U0484109

交融

苏台交流合作三十周年

江苏省台办 编著

江苏凤凰文艺出版社

图书在版编目（CIP）数据

交融：苏台交流合作三十周年 / 江苏省台办编著 . — 南京：江苏凤凰文艺出版社，2018.7

ISBN 978-7-5594-2094-7

Ⅰ . ①交… Ⅱ . ①江… Ⅲ . ①纪实文学－作品集－中国－当代 Ⅳ . ① I25

中国版本图书馆 CIP 数据核字（2018）第 100992 号

总 策 划	练月琴
责任编辑	张　黎
装帧设计	曲闵民

书　　名	交融：苏台交流合作三十周年
编　　著	江苏省台办
出版发行	江苏凤凰文艺出版社
出版社地址	南京市中央路165号，邮编：210009
出版社网址	http://www.jswenyi.com
印　　刷	上海雅昌艺术印刷有限公司
开　　本	787×1092毫米　1/16
印　　张	26
字　　数	300千字
版　　次	2018年7月第1版　2018年7月第1次印刷
标准书号	ISBN 978-7-5594-2094-7
定　　价	99.00元

（江苏凤凰文艺版图书凡印刷、装订错误可随时向承印厂调换）

多维聚焦 情系苏台

王晖
南京师范大学教授、博士师导师

江苏与台湾相距千里，但却有着特殊的历史渊源，如今更有着密切的现实联系。六十年风云际会，三十年合作交流，苏台两地各领域交流合作从无到有、从少到多、从小到大，逐步形成了人相近、情相亲、业相融的良好态势，是两岸关系和平发展历史潮流的积极参与者、有力贡献者和突出受益者，也充分展示了两岸经济社会融合发展的生动实践。编辑出版这部《交融：苏台交流合作三十周年》，初衷正是试图从不同层面记录苏台三十年交流合作历史变迁及现实状貌。

这部文集共收录长短文60篇，分为见证、寻根、诗情、执手和筑梦等五个部分，其内容之丰富、文体之多样、意味之隽永，完全可以用"多维聚焦、情系苏台"来概括。这其中，"多维"指的是文体、身份和视角的多维。就文体而言，文集呈现给读者的不仅有包括消息、特写和通讯在内的新闻报道，还有回忆录、口述实录、书信和诗歌等文体；就身份而言，作者有台湾海基会前官员、企业家、记者、市长、老兵、教师和台胞接待人员，被描述对象则更为多样，诸如两岸高层领导、各级台办干部、宗教界人士、企业家、台属、抗战女兵、大学教师、台湾媳妇或女婿等等；就视角而言，文集里既有基于两岸政治家以人民福祉为依归、建构命运共同体之"破冰"历程的极富宏阔感和历史感的深沉叙述，亦有基于经贸合作与慈善助学、展现两岸企业家由"投石问路"到"深度融合"曲折变迁的生动书写，更有基于文化、传统和家庭等各种要素，深情显现普通民众秉承"两岸一家亲"之理念，对亲情、爱情和友情的身体力行。这些或写实或诗意的文字，充分显示出大历史的波澜壮阔和小历史的纤毫毕现，以及国家、民族、家庭和个人的恩怨情愁与旷世悲欢。而无论何种文体、何种身份、何种视角，最终都聚焦于海峡两岸，情牵于江苏与台湾。

两岸关系和平发展背景下江苏与台湾全方位交流合作的三十年，无疑是这部文集书写的重点。这其中就有多篇对台湾政要赴江苏交流访问的纪实文字。在《亲历十二年前两岸"破冰"》一文中，陈旻以一个记者的视角，生动地记录了2005年国民党主席连战、亲民党主席宋楚瑜和新党主席郁慕明先后到访南京的"破冰之旅"。国民党原副主席、海基会原董事长江丙坤曾在十二年里37次造访江苏省、接待江苏各级领导专业交流团组88个。他在《以大智慧谱写两岸和平发展大历史》一文中写下了这样饱含深情的文字："江苏不仅和国民党有着密不可分历史渊源，也是我从事两岸工作的起点之一，有着其他省份所无法比拟的特殊情感。"《六越海峡探故里 祭祖寻根拾乡愁》一文则详实描述台湾前"行政院长"郝柏村的归乡之路，从1999到2011年的18年间，郝柏村率子孙先后六次回江苏盐城家乡祭祖寻根，并修订完成了四大册《苏北郝氏宗谱》。

苏台三十年合作交流的重头戏在于两地的经济合作。文集的"筑梦"部分以较多篇幅叙写台湾企业家来江苏投资兴业、慈善捐助、兴办教育文化和生态环保事业等，以此描绘两岸经济"交融"的盛景。在《苏台交流合作犹如涓涓细流汇聚成大江大海》的新闻报道中，江苏省台办原主任杜国玲用两个"史无前例"来形容苏台经济合作的突出特点。祖籍江阴的台湾企业家焦佑伦在自述《行至最高处两岸正潮平》中，追忆了自己与江苏"割舍不断"的情怀。在《怀着梦想做"傻"事——从台湾机械师到江宁"农民"》一文里，62岁的台湾企业家林铭田讲述自己到南京江宁24年，投资开发建设银杏湖风景区的目的是要圆"归隐梦"，为子孙后代留下一片青山绿水。《一位台商和41个昆山孩子》中叙写的陈桂祥，他的财富不仅仅是工厂，还有其在近20年时间里资助的41名贫困和优秀大学生。文集中还写到台湾80后企业家滕川在连云港开办"遇见台北"音乐餐厅，镇江大禹山下台商许培峰兄弟接力投资创业，台湾醒吾中学、醒吾技术学院创办人顾怀祖及其胞弟捐资近千万，帮助家乡盐城兴办小学、中学和大学等等，诸多感人事例不胜枚举。某种意义上说，以大批台商台企投资江苏的为标志的两地经济合作，正是大陆与台湾从对峙到和解再到合作的一个范例，也是大陆改革开放40年、正在走向世界舞台中央的历史见证。

海峡两岸、苏台两地，由交往、交流到交融渐进过程的深厚基础，都在于同为炎黄子孙的同声共气和血脉同源，正所谓"两岸一家亲"。这部文集每一个部分的叙述，大多在饱含真情与深情中表达出这样的高度认同，其中尤以"寻根"和"执手"等部分为最。在文集里，我们看到多篇最能体现亲密性与归属感的两岸家书，有母亲写给儿子的《大陆母亲写给台湾儿子三封信》，有耄耋姐妹的《来自台北的百封家书》，还有侄女写给伯父的《一封无法寄出的家书》（三篇篇名可能有改动，请核实正文，统一）。这样的文字令人动容，给人以强烈的情感冲击力。围绕"家"做文章的还有抒写台湾老兵回乡寻根的《梦里的海峡思恋》《老兵的回忆》《我与伯父有个约定》，描述台湾高僧归故里的《阔别40年重返故土 台湾高僧了中梦圆》，追忆被俘村民和职员返乡的《双合村的守望》和《落叶归根——百岁台胞施志超的回归之路》等。此外，文集中还有一些作品专注于对两岸交融"使者"的叙说，譬如《中华文化人文作舟 胼手胝足摆渡两岸》中第一个专业从事两岸文化交流的"陆配"——台湾媳妇赵丽娜，《我与台胞亚平兄二三事》中追忆与台胞诸亚平来往交情的徐州教师刘尊立，以及《一张老照片——跨越海峡70年的思念》里回忆与台湾小学老师师生情深的扬州老人谢建安等。而文集中"诗情"部分所收录的苏台两地诗人的诗歌作品，则以最为文学化的形式,以充满激情和深情的语言,表达对两岸及苏台交往与交融的由衷赞叹。它们或以旅者的身份描述两岸风物,或以艺术的名义抒写两岸的人文交流。而最终,这些作品的情感指向仍然都集聚在"家"上——"我们本就是失散的音符/为了同一个春天开始了合奏/我们本就是一母同胞的骨肉/面对同一个方向——家的方向"。这是屏子的诗《抱一抱你,我的兄弟》里的一句话,道出了我们的心声。

作为一部多文体聚合的文集,《交融》的阐释空间无疑是阔大的。而它给予我们更为清晰、更为强烈的感受则是那份以苏台为言说对象,诠释海峡两岸中国人渴望和平发展的深厚情意和坚定意志。"两岸交流,渐成常态酿和同;离岛回归大势,无论浪重重。"这是文集中秦玉林所写《望海潮·回家》里的词句,它既是现实,也是愿景。由衷期待进入新时代的祖国大陆和宝岛台湾携手合作、互利共赢,共画两岸最大同心圆,共享属于两岸中国人的荣光,共圆中华民族伟大复兴的中国梦。

目录

多维聚焦　情系苏台

001 / 印迹三十年

见证
破冰
038 / 以大智慧谱写两岸和平发展大历史
　　　——纪念苏台交流三十年
046 / 亲历十二年前两岸"破冰"
052 / 尘封三十年的往事
　　　——那些归巢的倦鸟
060 / 1+1=4
　　　——台湾记者的石城之恋
066 / 于情深中更期盼
073 / 穿越海峡的声音
078 / 情缘相牵　共觅血证
　　　——一把日军"百人斩"凶刀的追踪调查

还乡
094 / 阔别40年重返故土
　　　台湾高僧了中梦圆

102 / 星云回家
  ——一次载入史册的还乡

寻根

116 / 六越海峡探故里　祭祖寻根拾乡愁

121 / 代母亲喝了碗鲫鱼汤

125 / 双合村的守望

136 / 一位百岁抗战老人的海峡情

139 / 第一个回家的人

142 / 我与伯父有个约定
  追忆我的伯父——徐岳光先生

146 / 一封无法寄出的家书

151 / 少小离家老大回
  饱经忧患始归来

155 / 海州故园情

161 / 兄弟心连心，两岸一家亲

166 / 我为你而活着
  ——母亲的三封家书

169 / 台湾二姐的一百封信

174 / 90 岁，卖掉房子回家
  100 岁，家里如此温暖

182 / 亡故 14 年后，台湾老兵魂归故里

189 / 从志愿军到台湾兵，家才是最后的宿营地

196 / 七十年的找寻，梦里的海峡思恋

诗情
206 / 当我写下了《超炫·白蛇传》
210 / 锦凤歌
214 / 白发海峡（外二首）
218 / 泰州旅记组诗
224 / 一百岁，一起过七夕
228 / 抱一抱你，我的兄弟（外二首）
232 / 行走台湾（组诗）
238 / 昆山行
242 / 项里心　运河情
244 / 望海潮·回家

执手
故人情谊
250 / 昔日对手
　　　今日朋友
254 / 我与台湾亚平兄的二三事
260 / 一张师生照
　　　跨越海峡六十年的思念
265 / 两岸相思地
　　　海峡离恨天

交流使者

270 / 江苏率先成立
　　　首家省级台属联谊会

274 / 春风十里扬州路
　　　合作之花展新颜

279 / "台湾媳妇"邹韩燕，情系盐城三十载

282 / 台湾女婿南京过年

285 / 执着

288 / 人文作舟　胼手胝足摆渡两岸
　　　——台湾媳妇赵丽娜专业从事两岸文化交流

筑梦

298 / 苏台交流合作
　　　犹如涓涓细流汇聚成大江大海

302 / 行至最高处　两岸正潮平

306 / 至乐为善　清兴挥毫
　　　——林锡泉先生侧记

314 / 滕川：80后台湾男孩寻梦港城

319 / 怀着梦想做"傻"事
　　　——从台湾机械师到江宁"农民"

326 / 那一碗好茶叫红乌龙

331 / 马景鹏，月光爱恋着海洋

338 / 大禹山下创业的台湾人

348 / 百名台胞与宿迁一幢急诊大楼的情缘

353 / 一位台商和 41 个昆山孩子

358 / 一座城，一家人
　　　——台商谢学焕的淮安情

363 / 赤子心　故乡情

371 / 宝岛归来话情谊

377 / 恋恋乡情
　　　——顾氏兄弟的故乡情怀

391 / 银杏之乡是我家

印迹三十年

1987

11月6日
《人民日报》报道：最先经香港进入祖国大陆的台胞周纯娟女士，于11月4日赶赴江苏常州探亲。她是第一位持台胞旅行证赴祖国大陆探亲的台湾同胞。

1988

6月22日
台资企业常升丝网有限公司在张家港成立，这是江苏省批准设立的第一家由台商从台湾直接到江苏投资的企业。

11月2日
台湾开放探亲以来，江苏省一年接待台胞超过23万人次；先后有百余家台湾厂商、二百多位台湾工商界人士来江苏考察，南京、苏州、无锡、南通、镇江等市与台商合资兴办十多家企业，二十多家台湾厂商与江苏签订投资协议。

1989

7月31日

台湾同胞朱云娟女士取回她去台前埋在江苏常州故居的43件、总重1493.2克的黄金饰品。这是祖国大陆第一例台湾同胞取回在故乡埋藏的贵重物品。

9月5日

总投资500万美元的台资企业南京三星珐琅有限公司投产，这是其时落户江苏最大的一个台资项目。

1990

7月3日

台湾《联合报》报道：大陆第一个省级台属民间团体"江苏省台属联谊会"成立。

1991

7月25日

中共江苏省委对台工作办公室更名为中共江苏省委台湾工作办公室。刊物《江苏对台工作》从第7期开始改名为《台湾工作》。

1993

12月20日

中共江苏省委台湾工作办公室刊物《台湾工作》更名为《海峡广角》，试刊号出刊。这是江苏省第一份宣传介绍对台工作、涉台事务的综合性刊物。

1994

5月26日
江苏省首家涉台法律机构—江苏商务律师事务所南京海峡法律事务部成立。

6月24日
江苏省扬州市台资企业协会成立。这是江苏依法注册登记、成立的第一家台资企业协会。

9月24日至11月18日
江苏扬州木偶剧团在台湾51天演出78场,观众达六万两千余人次。这是江苏省第一个赴台交流的文艺团体,创大陆赴台演出团体演出时间、场次、观众的最高纪录。

1995

6月12日至6月18日
江苏15家出版社近年出版的文学、艺术、社会科学、自然科学、古籍、教育等七大类三千多种图书在台湾展出。这样由省一级出版单位联合组织的综合性大型书展在台湾举办还是第一次。

1996

12月12日

长江流域第一座大陆与台湾合资建设的南通新大码头正式对外开放运营,这是台商在江苏投资建设的第一个大型交通基础设施项目。

1997

3月25日至4月10日

江苏省佛教协会副会长、常州市天宁禅寺松纯大和尚等12人赴台交流。松纯接任台北妙法寺方丈(兼),开创海峡两岸佛教关系史上的先例。

11月8日

江苏省副省长陈必亨到常州,祝贺台商投资的光阳摩托车工业园建成。工业园包括1家主机厂和24家配套厂,形成年产5个系列13个品种20万辆摩托车的产能。这是目前大陆第一家具有完整配套体系及规模的摩托车工业园。

1998

4月3日至4月14日
江苏省新闻交流参访团赴台参访。这是江苏首次组织新闻团组赴台交流。

10月23日
昆山台湾同胞投资企业协会成立大会。这是大陆批准设立的第一家县级台资企业协会。

1999

11月1日至3日
首届海峡两岸尖端科学研讨会在江苏南京举行。

2000

10月26日
美洲华文《侨报》刊登大幅专题报道：江苏台资企业开办数、投资额居大陆各省市之首。

2001

6月13日

台湾同胞捐献的1000毫升骨髓，在江苏省苏州大学附属第一医院输入江苏女孩陈霞体内。江苏电视台、香港凤凰卫视台、台湾东森电视台和苏州电视台联合全程直播这一动人故事。

7月25日

《新华日报》和《经贸导报》分别报道：江苏沪士电子股份有限公司的名称正式被国家工商局核准登记，台商独资企业改制为合资股份公司在祖国大陆尚属首例，由此正式拉开江苏台资企业上市的序幕。

7月29日

记述一位台胞捐赠骨髓救助江苏泰州女孩动人故事的公益书《生命20小时》在南京举行首发式，中共江苏省委副书记任彦申出席首发式并讲话。该书出版利润和稿酬全部捐赠中国骨髓库。

2002

4月7日
江苏网络新闻媒体访问团10人赴台交流，这是到台湾参访的第一个大陆网络媒体团组。

4月8日
台湾彰化银行昆山代表处挂牌。这是台湾银行在祖国大陆设立的首家代表机构。

10月15日至10月18日
国务院台办和江苏省政府主办的"首届中国苏州电子信息博览会"在苏州举行。这是我省举办的第一个两岸电子信息企业共同参展的大型博览会。

2003

10月20日至10月24日
台湾杰出农民协会大陆参访团二十余人在江苏考察。该协会成员大都为获得台湾"神农奖"的农业专业人员，这是他们首次组团来江苏参访考察。

2004

4月18日
华硕电脑集团企业运动会暨万人献血活动同时在江苏省苏州市体育中心举行,这是台资企业首次在祖国大陆举办这样的活动。

12月29日
江苏太仓港经石垣岛到台湾高雄、基隆港的集装箱航线举行首航仪式,长江沿岸港口第一条间接通往台湾的航线就此开通。

2005

3月29日至3月30日

中国国民党副主席江丙坤率领参访团在江苏参访。

- 这是两岸分隔五十余年来，中国国民党首次正式组团到祖国大陆参观访问。

4月26日

应中共中央和胡锦涛总书记的邀请，时任中国国民党主席连战率领的中国国民党大陆访问团抵达南京，开始他赴大陆访问的第一站。连战在欢迎仪式上讲，对于中国国民党来说，南京是一个具有历史联结、感情联结的地方，我深深地感到此行难能可贵。

5月6日

应中共中央和胡锦涛总书记邀请访问祖国大陆的时任亲民党主席宋楚瑜，率领亲民党大陆访问团抵达南京访问。

7月7日至7月8日

新党主席郁慕明率领新党纪念抗日战争胜利六十周年大陆访问团30人在江苏南京参访。

2005 年 4 月 26 日
连战访问大陆时拜谒中山陵

2005年5月6日
亲民党主席宋楚瑜率领亲民党大陆访问团抵达南京访问。

图为宋楚瑜在南京禄口机场发表讲话。

2005年5月17日至5月20日
郁慕明一行参观侵华日军南京大屠杀遇难同胞纪念馆，并祭奠死难同胞。

2006

5月29日至5月30日

海峡两岸上市公司合作与发展高峰论坛在江苏江阴举行。

- 这是海峡两岸首次联合举办这样的论坛。

2007

7月20日

江苏省苏州市青年女子杭彬捐献的骨髓,在台北"荣民"总医院缓缓输入一位少女体中。这是首次由祖国大陆向台湾提供的两例造血干细胞之一。

2008

5月26日
应中共中央和胡锦涛总书记的邀请,中国国民党主席吴伯雄率团访问大陆,首站抵达南京。

7月4日
两岸周末包机暨大陆居民赴台旅游首航首发仪式在江苏南京禄口机场举行。

9月22日
首届海峡两岸企业家紫金山峰会在江苏南京举行。

11月1日
台湾中华航空公司首航江苏包机抵达南京禄口国际机场,标志两岸周末包机"台湾—南京"航班开通。

11月4日
《海峡两岸海运协议》签署,江苏连云港、太仓港等12个沿海沿江港口列为大陆首批对台直航港口。

2008年5月26日，
中国国民党主席吴伯雄一行到访南京。

图为5月27日吴伯雄拜谒完中山陵后题字

2009

7月13日

江苏省镇江市旅游团组从南京直飞台湾澎湖，澎湖百余名游客直飞南京，两者均采用落地签证方式通关。这是大陆旅游团首度使用落地签证进入澎湖，同时也是两岸首次实施陆客航空落地签证及首个两岸包机直航互动。

9月17日至9月20日

"江苏南京台湾名品交易会"举行，这是台湾在大陆举办的首个大规模展会。

11月8日

江苏省首个赴台投资项目——泰州市创新电子有限公司台湾办事处在台湾台北县中和市挂牌。

11月9日至11月14日

应中国国民党中央委员会邀请，中共江苏省委书记梁保华率江苏代表团赴台访问。此次赴台访问的江苏代表团包括文化教育、农业交流、农产品采购、旅游交流、企业家、文艺演出以及13个省辖市和昆山市等分团。这是近年来祖国大陆层次最高、规模最大的综合性入岛交流活动。梁保华是首位访台的中共省委书记，由中国国民党中央邀请，也属首次。

2009年11月10日，台湾江苏周暨首届台苏经贸合作论坛在台北揭幕。

2010

9月3日

江苏淮扬美食百年老字号——扬州冶春茶社在台北京华城开设的分店正式开业，成为大陆餐饮业赴台投资的首家独资项目，也是大陆国有资本赴台投资实体项目第一例。

9月16日

"江苏台湾周"暨2010（南京）台湾名品交易会开幕式在南京举行。同日，南京"台湾名品城"开业。

9月21日

海峡两岸（昆山）商贸合作区正式启动。

2012

5月22日

省委副书记石泰峰率江苏代表团赴台访问，并参加2012台湾江苏周活动。此次是继2009年之后，江苏第二次在台湾举办以"科技创新与产业合作"为主题的"江苏周"活动。

2010年9月16日
江苏台湾周开幕式

2013

11月4日
两岸企业家峰会原为江苏省主办,是南京市承办的海峡两岸企业家紫金山峰会。11月4日两岸企业家峰会年度大会在南京开幕。

7月11日
两岸企业家峰会成立大会在北京人民大会堂举行,峰会会员、顾问、特聘专家共约150人出席。大会通过《两岸企业家峰会章程》,选举产生峰会理事、常务理事和领导机构。该峰会成为两岸间继两岸经贸文化论坛、海峡两岸两会商谈、海峡论坛之后的第四大制度化交流合作平台,也是两岸最有影响的企业家交流合作平台。

2014

5月26日至5月30日
应台湾工业总会邀请,时任江苏省长李学勇率江苏访问团赴台考察访问。在台期间,李学勇会见了国民党荣誉主席连战、吴伯雄,两岸企业家峰会副理事长江丙坤等高层人士就深化苏台合作、促进和平发展广泛深入交流。

2015

11月29日

诚品大陆首家旗舰店"诚品生活苏州"正式开业。苏州诚品位于金鸡湖畔,总面积5.6万平方米,经营内容包括人文书店、文创平台与展演空间。

2016

5月13日至5月19日

中共江苏省委常委、省委宣传部部长王燕文率江苏新闻文化参访团赴台访问,并举办以"吴韵汉风·精彩江苏"为主题的非物质文化遗产精品展演活动。参访团在台期间,共举办"江苏非物质文化遗产展演月"开幕式、苏台文化产业项目签约仪式等近20场重点交流活动,在苏台新闻、影视、出版、演艺等领域达成了11项交流合作协议,取得了一系列交流合作成果。

2015年11月29日
诚品生活苏州开幕典礼剪彩

2016年5月13日至5月19日
江苏非物质文化遗产精品展演辅仁大学专场

2016

7月7日

总投资30亿美元的台积电南京12吋晶圆厂暨设计服务中心在南京浦口经济开发区开工建设，这是台商在大陆投资单体总量最大的项目。台积电南京项目是在台联电、力晶之后，台企在大陆设立的第三个12英寸晶圆厂，包含工厂和设计服务中心。其中，晶圆厂规划月产能为2万片的12英寸晶圆，预计在2018年的下半年正式投产16nm制程，将在2019年达到预定的产能。

10月30日

中国国民党主席洪秀柱率领中国国民党大陆访问团抵达南京禄口机场，开始南京、北京两地的访问行程。

10月30日

江苏省"紫峰奖"（台资企业）颁奖典礼在南京举行，64家台资企业成为"紫峰奖"得主。2016年，经国家批准，以省政府名义开展首届江苏省"紫峰奖"（台资企业）评选表彰活动。"紫峰奖"是江苏省政府授予在苏台资企业的最高奖项，也是大陆各省（区、市）中首个面向台资企业表彰颁发的奖项，是江苏对台工作的创新之举，在两岸工商界引起强烈反响。

2016年5月13日至5月19日
江苏非物质文化遗产精品展演月开幕式

2016年7月7日
台积电南京项目效果图

2016年10月30日
中国国民党主席洪秀柱率领中国国民党大陆访问团到访南京拜谒中山陵

2016年10月30日
两岸企业家峰会盛华仁副理事长和台湾方面副理事长江丙坤共同出席江苏省"紫峰奖"颁奖典礼,并为获奖企业颁奖。

2017

5月7日

讲述在苏台商台企创业及发展故事的主题图书《两岸家园——二十二个台湾人》新书发布会在淮安举行。该书书名由星云大师亲笔题写，共组织二十二位著名作家对在江苏创业的二十二位台商进行采访，记录台商在江苏和台湾的人生故事、创业发展故事，以文学的方式记录和思考他们的奋斗历程。通过故事和人物，细致地反映了苏台各领域交流合作情况，这是两岸关系和平发展的生动反映。

5月8日

"台商走电商启动暨京东·台企名品馆"上线仪式在江苏宿迁举行。来自上海、广东、江苏、黑龙江等一百八十多家台企入驻台企名品馆。国台办主任张志军在启动仪式上表示：期待"台商"搭乘"电商"直通快车，积极开拓内销市场。

2017年5月7日
《两岸家园——二十二个台湾人》新书发布会现场

2017年5月8日
"台商走电商"启动仪式

2017

6月12日至6月18日

江苏新闻文化参访团赴台访问,并成功举办"吴韵汉风江苏文化艺术节"。在一周的时间里,先后成功举办了"吴韵汉风江苏文化艺术节"开幕式、《两岸家园——二十二个台湾人》繁体版图书发布会、"翰墨江苏"优秀书画作品展、"精彩江苏"百名摄影家作品展、现代京剧《青衣》台湾首演及四场折子戏演出、苏台媒体签约仪式等9场重点活动,与岛内主流媒体、知名作家、出版社、文创单位等不同群体开展了10场互动交流活动,签署了7项交流合作协议,进一步巩固和深化了苏台新闻文化领域的交流与合作。

11月6日至11月7日

2017两岸企业家紫金山峰会在南京开幕,本届峰会以"两岸产业融合发展:新形势、新商机、新思路"为主题。

2017年6月12日至6月18日
现代京剧《青衣》新北首演

图为演出结束后集体合影

2017年6月12日至6月18日
现代京剧《青衣》在高雄佛光山上演

11月6日至11月7日
两岸企业家紫金山峰会大会现场

见证

破冰

以大智慧谱写两岸和平发展大历史
——纪念苏台交流三十年

江丙坤

"海基会"原董事长

2005年3月28日，我奉连主席之命，率国民党代表团赴大陆进行"缅怀与经贸之旅"，为连战主席之"和平之旅"铺路破冰。当天，先飞往广州黄花岗缅怀先贤先烈，翌日即前往南京中山陵拜谒孙中山先生陵寝，并参观总统府。国共关系，从此破冰融冰，进入历史的新进程，为2008年国民党再次赢得大选，奠定扎实基础。江苏不仅和国民党有着密不可分的历史渊源，也是我从事两岸工作的起点之一，我对江苏有着其他省份所无法比拟的特殊情感。

江苏，除了是台商投资最活跃、台资企业最密集之地，也是两岸经贸交流最频繁的地区之一。我想，这都是因为江苏占了天时、地利及人和。截至2016年，累计批准台资项目二万六千多件，实际到账台资717亿美元，苏台贸易额达两岸贸易总额的四分之一。而根据台湾电机电子工业同业公会最新公布的2016年中国大陆地区投资环境与风险调查评选结果显示，在23个"极力推荐城市"中，江苏即有10个城市和地区入选，居大陆各省市自治区之首。

江苏省同时也是积极推动两岸交流的省份。回顾这十二年来，我接待了88个江苏各级领导专业交流团组。而在我出访大陆的163次旅程中，造访江苏省者更多达37次之多；其中，特别有意义的，莫过于2009年4月，两岸"两会"在南京紫金山庄举行了第三次"江陈会谈"。我代表"海基会"和"海协会"陈云林会长签署了《海峡两岸金融合作协议》《海峡两岸空运补充协议》《海峡两岸共同打击犯罪及司法互助协议》，这是两岸关系发展进程上的一次重要的商谈。此外，由我内人担任团长的雅乐合唱团，应邀赴大陆慰问台商公开演唱11场，其中包括江苏省南京市、扬州市、张家港及镇江等地，歌声悠扬，传唱不息，也为两岸文化交流增添优美的音符。至于目前以两岸企业家为主体的民间最高层次的经贸交流平台"两岸企业家峰会"，更是从南京紫金山峰会不断升级转型而成立之两岸经贸策略对话的新平台。成立迄今，为两岸经贸交流与产业合作做出了巨大贡献。

谈到两岸关系，我常常说，我们要感谢两位伟大的领导人。一位是邓小平先生，他的改革开放改变了中国，也改变了全世界。而蒋经国先生在1987年也进行了开放，也推动国际化、自由化，大量的台资企业来到大陆发展，开始了两岸的经贸交流。当时因为地缘的关系，台湾的企业家朋友从台湾台北到香港，落脚广东；或经过香港转进上海，落脚在江苏。也因此广东及江苏变成台商密集聚集的地方，超过50000家的企业在这两个地方发展，投资金额占整个大陆投资的三分之一，台商在江苏、广东的投资助力这两个省成为经济第一、第二大省。特别是昆山，1990年还是个农村，到了2016年地区生产总值跃至3160亿人民币，比1990年倍增了158倍，可以说是整个大陆GDP成长最快速的县级市，我想台商的角色和贡献功不可没。

马云最近发表谈话，谈到"五新"，包括新零售、新金融、新技术、新制造以及新能源等会对未来30年各行各业产生很大的冲击。两岸关系超过一甲子了，期间起起伏伏，针对目前两岸关系的变局，我也愿意借用"五新"即新形势、新机遇、新台商、新世代及新责任来概括阐述我从苏台交流三十年来展望两岸关系的一些粗浅想法。

一、新形势

宏观的来说，我们正处在一个纷扰的世局，包括和平赤字、发展赤字、治理赤字，无一不是对全体人类的严峻挑战。就两岸关系而言，2017年5月以来，双方主管部门联系机制停摆，昔日荣景不再，又再度走回对立局势，台湾各界人士，不论是政界或工商企业家对此均忧心忡忡。我常比喻，过去我在"海基会"任内与"海协会"陈云林会长举行8次会谈所签署的18项协议，加上后续所签的5项协议，等同在这个台湾海峡上建构了一座跨海大桥，桥上铺设了23条高速公路，让两岸人流、物流、金流得以畅通无阻，而"九二共识"就是这座跨海大桥的"桥墩"，如今台湾当局不承认"九二共识"，两岸间各项机制停摆，如同桥墩不复存在。面对此一"新形势"，我们认为还是要回归正轨，本于"两岸一家亲"的理念，在"九二共识"基础上，建构两岸命运共同体，以对话代替对抗，积极化解纷争和矛盾、消弭歧见和冲突。政治信仰和两岸制度的不同，不应该成为两岸冲突的根源，一切应该以民众福祉为依归。

二、新机遇

大陆经济总量位居世界第二，对世界经济增长的贡献率超过30%，持续保持稳中向好的发展态势。上个月，大陆发布了《关于促进外商投资若干措施的通知》，从进一步减少外资准入限制等5个方面提出22条政策措施，提升外商投资法制化、国际化、便利化水平，促进外资增长。今后五年，大陆将进口商品8万亿美元，吸收外资6000亿美元，对外投资7500亿美元,这将为全世界提供更广阔的市场,更广泛的合作机遇。特别是"一带一路建设""京津冀协同发展""长江经济带发展"三大战略,深入推进以人为核心的新型城镇化,势必将带动两岸经贸交流与产业合作进入一个新领域,我真心期盼广大台资企业能掌握难得的历史新机遇,搭上大陆发展快车。

三、新台商

回顾过去两岸交流的历史,1987 年蒋经国先生开放老兵赴大陆探亲,同时也推动了经济自由化,台币快速升值,造成许许多多传统劳动密集产业无法生存,只得出走追逐另一块水草而居,他们落脚到广东珠三角一带。2002 年,民进党当局放宽大陆投资,从此台湾的信息产业又再一波的落户在今天的昆山、苏州和长江三角地。发展至今,广东是台资企业投资项目最多的地方,江苏是台资企业投资金额最多的地方。近年来,随着大陆进行供给侧结构改革,对产业结构进行大幅度调整,整体投资环境的发生巨大转变,员工薪资(包括"五险一金"的支出)和飙高的房价,都让台商经营成本一再上升;另外,各种环保条款和工作环境的提升,也让台商告别低廉劳力年代。此外,大陆本土企业不但规模愈来愈大,竞争力也愈来愈强,让台商陷入红海竞争市场,国内与国际市场竞争愈趋激烈。再加上,中美贸易摩擦加剧,以加工贸易为主之台商难免池鱼之殃。

第一代台商筚路蓝缕,开疆辟土,打出一片天地。但岁月不饶人,值此大陆改革开放近 40 年之际,第一代台商朋友们俨然已渐渐迈入凋零退场交班之际,如何让台商后起之秀传承先进台商们的经验,持续面对未来"新零售、新金融、新技术、新制造以及新能源"产业变化挑战,是新一代台商的重要课题。我希望未来新台商朋友们能持续发扬"爱拼才会赢"刻苦和锐意进取的拼搏精神,让台商成为继晋商、徽商、浙商、粤商及苏商之后,也能在大陆留名青史、有口皆碑的第六大商帮。

四、新世代

青年是民族的希望,也是两岸经济交流合作的未来,我非常感谢国台办及各地方政府对台湾青年来大陆发展特别的重视和关照。据统计,目前全大陆已经建立了53个海峡两岸青年就业创业示范区、示范基地和示范点,出台了二十多项政策措施,为台湾青年来大陆学习、工作、实习、就业、生活提供更多便利和更好的条件。我希望两岸工商企业朋友多想办法,多创造一些条件,多提供一些机会,搭建一些舞台,热情鼓励台湾青年投身两岸的经济交流合作。

今年5月,我在北京见证了台湾知名兄弟棒球队和北京北控集团所签署的两岸第一个职业棒球俱乐部合作协议,一方面是希望将台湾及全球爱好的棒球运动产业引进大陆,一方面也是着眼于棒球是台湾全民运动,特别是青年朋友们的最爱,因此我们可以利用棒球运动当作两岸青年朋友的一个交流平台和媒介,让两岸青年在运动竞技场上共同发挥出卓越的成绩。

五、新责任

记得2006年,我应邀出席在庐山举行之"赣台会",会上我发表三点意见来期许台商朋友们,第一,是合法经营、正派经营、小心翼翼经营；第二，是妥善照顾劳工，把劳工朋友当家人一般看待。第三，是事业有成，记得要反馈当地社会，善尽社会责任。日前（8月30日），相隔十一年，我又受邀出席第15届"赣台会"，除了重申前面三点期许外，我提出了第四点要求，也是对台商朋友们赋予的"新责任"。我希望台商朋友们，在如今两岸关系新形势底下，不要忘记善尽我们对两岸和平的一份责任。台商朋友们应该为维护两岸和平发展尽一份心力，唯有如此，才能让两岸和平发展，才能让台湾再度展现昔日荣景，而且更重要的是，这样我们才能留下安居乐业的资产给下一代。这是我们这一代，特别是台商朋友们责无旁贷的历史重任。

2012年9月，我辞卸"海基会"董事长。当时，陈云林会长誉我是"老骥伏枥，志在千里"；时任国台办主任王毅先生则以"破冰先锋、协商功臣、经贸推手、交流使者"十六个字来总结我的两岸工作。其实，这些都是受之有愧的溢美之词。美国开国元勋杰弗逊曾说："我们是属于农夫的世代，为了让我们的下一代能当律师，让我们的下下一代能够当诗人。"我是农家出身，我的使命就是耕耘，为两岸人民勤种福田，希望透过我们的努力，让下一代百姓能享受和平富庶的幸福生活，如同弘一法师说的："我到为植种，我行花未开；岂无佳色在，留待后人来。"《孟子·梁惠王篇》写道："惟仁者能以大事小，惟智者能以小事大"，我们期待两岸当局能以大智慧化解政治歧见，早日为两岸人民建立安居乐业的和谐家园。

习总书记2017年5月24日在给"台企联"10周年庆典贺词上再次宣示：我们希望广大台湾同胞能搭上大陆发展的快

车，我们欢迎广大台湾同胞来大陆投资兴业，将继续为台商台企在大陆发展提供更为有利的条件，让广大台湾同胞更深切地感受两岸一家人、两岸一家亲。

习总书记强调，我们愿意同广大台湾同胞分享大陆发展机遇，欢迎台湾同胞来大陆投资兴业。我们将继续研究出台相关政策措施，为台湾同胞在大陆学习、就业、创业、生活提供更多便利。我们也将切实维护台胞合法权益。

面对两岸"新形势"的挑战，我希望台商台胞朋友们把握前所未有的"新机遇"，建立"新台商"品牌，培养和鼓励两岸"新世代"多交流，同时也要勇于承担"新责任"，为两岸和平发展及中华民族的伟大复兴尽一份心力。

最后，再次向苏台交流三十周年表达祝愿之意，更要向历年来为苏台交流付出心力的各界人士表达敬意与谢意，期待我们能共同携手开创第二个"苏台三十年"。

亲历十二年前两岸"破冰"

陈旻

1987年10月，国务院办公厅公布有关接待探亲台胞的办法。1987年11月2日，第一批探亲台胞经香港来到大陆，两岸同胞隔绝状态被打破，两岸开启交流交往大门，迄今已整整30年。2005年4月29日，中国共产党与中国国民党两党领导人相隔60年后首次会谈并共同发布"两岸和平发展共同愿景"，开启了历史发展新篇章。2005年，台湾政要接二连三访问大陆，掀起前所未有的两岸交流热浪。作为《大公报》记者，那一年，我见证了两岸关系实现转折时部分重要的历史时刻。迄今，心头仍然会泛起阵阵涟漪，那些瞬间，始终在记忆中潋滟。

2005年是孙中山逝世八十周年。国民党副主席江丙坤率领"谒陵团"于3月29日抵达南京，敬谒孙中山先生陵墓。国民党高层正式组团前往南京中山陵谒陵是56年来首次，因此江丙坤此行被称为"破冰之旅"，也有为其党主席连战大陆行暖身的意味。

3月30日上午，江丙坤一行在南京中山陵拜谒孙中山先生陵寝后，在中山陵"博爱坊"前接受两百余名中外记者的采访。我是第一次看到如此阵势宏大的新闻大战。扛摄像机和抱着"大炮筒"相机的男记者们个个膀大腰圆，身强力壮，女记者们人人都是"花木兰"，面容坚毅，勇往直前。我的任务是报道文字加图片。江丙坤在中山陵博爱坊前发表演讲时，现场没有设置扩音设备。江丙坤说话的声音很轻，我与那二百多名记者拼抢，成功地抢到了距离他最近的位置，一字不漏地录下了他的全部演讲。当时很多被挤在后面的记者急得都要哭。那时的我，扎着马尾辫，工作专注。待结束全部采访时，我才发现发夹早已不见踪影，头发披散着，当时四处全是摄像镜头，我现在都不敢去想自己披头散发的模样。自那之后，索性把头发剪短了，一直短到现今。

而当中国国民党主席连战率团的"和平之旅"南京行程确定后，南京这座素有"火炉"之称的古都迅速升温。内地报名参与采访的记者已逾四百名，且不含港台地区的记者，一场新闻大战已硝烟弥漫。由于此次连战一行在南京的行程安全保卫级别较高，所有的记者在进入任何一个采访地点前都要接受极为严格的安全检查。我们每天要安检好几遍，胸前贴满了表示已通过安检的各种标记。

当时，所有的媒体都在费尽心思地打探相关消息，点滴信息都会被高度关注。我找到在南京禄口机场工作的朋友，提前三天获悉连战在南京一下飞机将立即在停机坪对两百余名中外记者发表演说。我了解到飞机将停在指定地点，有关方面将提前在距离飞机发动机约十八米处安放一个二十米长、一米高，有三个台阶的专门为新闻记者准备的采访台，每个台阶高五十公分，现场及通道将全部铺设红地毯……诸多现场细节被掌握，《大公报》最早发出了多篇独家报道，迅速被铺天盖地地转载。

那些日子的采访非常辛苦，因为几百名记者都要安检，每天凌晨即起，每一场采访必须至少提前两个小时到达。排长队过安检，已经成为家常便饭。4月26日下午，连战将到南京。过完安检后，记者们早早等在停机坪上，大家不敢离开，甚至不敢喝水，担心因去洗手间而失去最佳位置。傍晚，载着连战一行的专机降落后缓缓滑行至预定机位，机舱门开启的那一瞬间，"咔咔咔"，摁快门的声音密集响起，炫目的闪光灯中，我们都强烈地感受到那一刻的历史定格。

连战一行于 4 月 27 日在中山陵进行谒陵拜祭仪式。我们事先对当日报道做了周密的策划，有主稿消息、配稿、特写、背景专题、花絮点缀。最值得一提的是，我请南京大学历史系张生教授配发短评《跨过一甲子的问安》。张生教授的文字，思想与文采并举："连战先生感慨万千：'台北与南京并不遥远，但跨过窄窄的海峡，竟用了六十年。'一甲子过去，换了人间。南京虽仍承载着国民党人沉重的记忆，但和煦的阳光已经催开每一个人的笑颜。连战先生代表国民党人表示，要为和平稳定的两岸关系尽绵薄之力。是的，个体在历史宏大的银幕中总是影只形单，但兄弟同心，其利断金，谁能说人心所向的合力不能穿透横亘在海峡之上的千层冰、万重山？"这篇短评在当日的《新闻联播》中被播音员声情并茂地全文播出！

紧接着，5 月 6 日，亲民党主席宋楚瑜率团的"搭桥之旅"来到南京，两岸交流再掀高潮。在经历了对江丙坤、连战的采访报道后，记者们对安检、抢位、现场发回报道等工作模式已经不再陌生，大家都从容了许多，少了奋不顾身的拼抢，神情上亦有了松弛。与连战的儒雅相比，宋楚瑜更显风趣。宋楚瑜在博爱坊的演讲还用南京话说，"我四岁到南京，我也是老南京人，乖乖隆地咚，南京的进步吓死人哦！看到南京中山陵两旁的梧桐都要比南京的'大萝卜'还要大。"为此，我写了篇特写《宋楚瑜自认"老南京"》。

7 月 7 日，台湾新党主席郁慕明率领的"新党纪念抗战胜利六十周年大陆访问团"一行来南京。在跟随郁慕明一行前往中山陵谒陵时，我无意中碰到了录音笔的删除键，刚录下的郁慕明在博爱坊前的讲话被消除。我顿时急得满头大汗，那绝对是我一生中出汗最多的一回。《海峡之声》电台上海记者站记者张玉龙现场采访时使用的是专业录音机，在集体返回的车上，我请他回放录音，我再用录音笔重新翻录。正因为他的热心"救急"，此后，只要遇见他，我都会由衷地再三致谢。

因为有了先前的采访经验，我们的报道策划已"驾轻就熟"。除了按活动程序采访外，我们还联系上了郁慕明本人。郁慕明专门在金陵饭店接受《大公报》的专访，并且为《大公报》题写了"致《大公报》读者'大道之行 天下为公'"的字幅，令《大公报》的报道在新闻大战中因有独家内容而胜出。

十余年来，南京金陵饭店每年专门订阅一定数量的《大公报》，送给客人。那年，从江丙坤、连战、宋楚瑜，再到郁慕明，他们在南京的行程均下榻在金陵饭店，房间里都备有当日的《大公报》。酒店管理层告诉我，"他们一进门，就会看到《大公报》。"

在宋楚瑜结束大陆访问行程后，报社决定趁热推出"连宋大陆行回放系列"专题报道，展现"连宋行"报道中未曾曝光的幕后故事，所涉及到的省份一省发一个整版，强调可读性，江苏被排在第一期。我还记得，2005年5月13日，那是个周五晚上，我接到报社编辑部电话，说明专题采写要求后，指定两天内必须交稿。

接到任务后，我立即在周六奔波采访，周日下午如期发稿。本来确定发一个整版，编辑专门又要了一个整版，发成对开两版。资深编辑萧碧华制作的版面设计简洁大气，富有审美韵味，更添表现力与感染力。

不知不觉，两岸"破冰"已经12年。2005年，那些炎热的日子里，机场停机坪上的激烈拥挤、烈日下的博爱坊争抢位置、一次又一次的安检，我专门挤在大音箱旁听连宋的演讲，生怕漏掉一个字，等等，等等，都已经成为往事。

如今，想起那些时光，还真有几分眷念。

尘封三十年的往事
——那些归巢的倦鸟

范观澜

三十年前，我担任了泰州市台湾同胞接待站站长。1987年，国家为方便台湾同胞的开放探亲，从中央到地方各级人民政府新设立了一个专门机构——台胞接待站。那时，我刚从扬州党校培训毕业，被选至这个岗位。历时三年，经历了许多与台湾同胞相关联的事。如今虽然尘封了三十年之久，回味这些往事，却如同昨日一样。我亲历了海峡两岸分隔近四十年后，相逢一笑泯恩仇，血浓于水的同胞相聚的件件往事……

情暖游子亲人聚

"四十年前，我欲高飞远去，四十年后，我却落叶归根。泰州曾是我父母生命旅途中的驿站。我把满腔的热泪洒落在你脚下，我永远怀念这可爱的地方。"这是台胞谢承业先生回大陆寻亲，下榻泰州时，所写《归乡》诗中发自肺腑的感叹。

谢先生出生在当时泰州所属姜堰镇上的东板桥。早年外出求学，后来随国民党军队去了台湾。再后来在一家远洋公司供职，浪迹天涯，几度在海上遇险，又几度死里求生，曾为轰动的海难事件中的新闻人物。

1988年6月15日，谢先生如愿回抵阔别四十年的家乡。心头默念着：亲人，您在何方？去台前，他从最后一封家书中得知全家已迁至泰州城上的坡子街。而四十年后的泰州，已是今非昔比了。谢先生在坡子街上来回多趟，走访数家，都未寻得亲人线索。夜深了，谢先生辗转难眠："难道亲人都……肯定不可能！"

次日清早，我刚上班，就接待了这位谢先生。得知情况以后，先是安慰了一番。根据他所提供的父母和两个妹妹的名字，立即启动了帮他寻找亲人的工作。去公安局查人口居住卡，去坡子街走访老住户，去电台播放寻人启事，而这一切都没有能让谢先生如愿。后来谢先生又隐约回忆起在扬州、泰县两地曾有过远亲居住的线索。我随即拨通了扬州、泰县两地台胞接待站电话，请求他们帮助。两地同仁立即按线索出访，连夜走街串巷，力争早一点帮助谢先生找到他的亲人。

终于找到了！原来，谢先生一家五十年代初就迁至上海居住，老母还健在。谢先生简直不相信自己的耳朵。随即一辆桑塔纳轿车风驰电掣般地驶往上海。我陪着谢先生去与亲人团聚。

真的到家了！车直接开上海市南昌路274号大门。86岁，已患老年痴呆的谢老太太唰地站了起来，静默片刻，方才发出颤抖的声音："是承业儿吗？"谢先生紧紧抓住老母的手，泪水模糊了双眼，呜咽许久，才喊出，"妈妈——，我终于回家啦！"老泪纵横的慈母，默默看着儿子，半晌说道："儿啊，你不是死了吗？我每年都给你烧纸啊！"

站在一旁的亲戚赶忙向谢先生解释道："早年就听说你所在的海轮已遇难，说你也遭了不幸。想不到啊，你今天回来了。"此时此境，多少离别恨，多少梦断愁，萦绕在这一家人的心头。在场的人都深深地祝福谢家亲人团聚。

后来，这位谢先生给我写了一封信，感谢我帮他寻找故土亲人的情谊。信中这样说道："在我不得不收起行囊，再去'浪迹天涯'的时候，我再次感谢您，唐诗有云：'春草明年绿，王孙归不归。'……青山绿水，后会有期，我将永远怀念泰州这个可爱的地方。"

相逢一笑泯恩仇

台胞张体鉴，1987年两岸开放时已75岁高龄。居住在台北县新店市中山里溪园路249号的"荣民之家"，并享受终身福利。这位张先生原籍在安徽宿县，曾于1939年至1948年住在泰州，是时任国民党军驻泰某部的营长。在泰州期间曾娶本地葛氏姐妹为妻，并育有一女一男。姐生女儿，妹生儿子。姐姐早年去世，妹妹1949年后也改嫁至安徽马鞍山。

张老先生1949年1月随国民党部队去台后，两个子女均由岳母匡氏抚养。匡氏当时已91岁高龄。张先生为答谢老岳母抚养子女的恩德，于1988年3月6日从台湾回到泰州探亲。抵泰后，随即由女儿陪同去看望老岳母。哪知，刚至岳母门前，即遭到其妻弟葛某的拦截，出言不逊，不让其会面。还扬言要与他算算老母为他抚育一双儿女的账目。并说，由于他去了台湾，一家人都为他背了黑锅，受到了不公正的待遇。话语中怨气十足。

张先生甚觉难堪，亦有亲戚劝他不如早点离开泰州算了。但是次日下午，这位张先生来到我们接待站，述说了他的情况，希望得到我们的帮助。他忧心忡忡地说道："在台时，多少人劝他不要回来探亲，说大陆亲戚如何如何……还看到一些人本打算去大陆玩一两个月的，突然几天间就返回了。本来我还不相信这些，这次总算让我碰上了，想不到相隔四十年，世态炎凉，人心似冰水。"说着眼泪直往外流，并决定第二天就返台。

听完张先生的叙述，我立即安慰他，一方面劝他不要马上返回台湾，对家庭中发生的分歧要妥善解决；另一方面，向他表示，我们台胞接待站一定能够为他排忧解难，让他能见到老岳母，和亲人团聚。

经过说服教育和耐心的疏导，当事人葛某表示一定按照党的政策，同意张先生见老岳母。再则我还进一步安抚张先生的情绪，使他感到当地政府对他是关心的，也是能够帮助他解决问题的。

我决定去现场陪同张老先生看望岳母，以防意外，并带着相机，拍摄了这位老台胞与岳母会见的瞬间，题为《了却心愿》。其实当天张先生与妻弟葛某接触时，葛某由于我们的工作在先，见面就喊了一声"姐夫"，相逢一笑泯恩仇。

从我们得知情况到处理好这一事件，整整24小时，张先生深受感动，他万万想不到这样一件事，牵动了政府上上下下，这在台湾是不可能的。他本想早点回台湾，但由于心情愉快，决定要把探亲期过完再返回台湾。

这是最好的见证

1988年10月22日下午，我接到镇江市台胞接待站的电话，称有位台胞需要我们帮助。

不一会儿，姚永炘先生乘坐着一辆计程车，风尘仆仆来到我们接待站。经过接触得知，这位姚先生1937年生于泰州，7岁时家庭发生变故，父亡，后母亲带着他和姐姐妹妹与在政府任职的继父姚孝成组成家庭。1949年前姚先生去了台湾。先生曾就读于台湾师范大学，后来至美国留学，先后获得硕士、博士学位。现在在台湾大学、台湾师范大学任教，并在台南浦东营造公司做负责人，他是台湾社会学研究会执行秘书，并且是国际社会学某研究组织的召集人。

姚先生很坦诚地介绍了他的家世，并说："我是冒险来探路的。"他此次是随上海同乡会的一个旅行团到大陆，一到上海，就孤身一人来到泰州。目的有两个：一个是为父母亲探路，其继父，因过去在政府任职，恐回乡探亲不便。开放探亲后，想来泰州，却又不敢来；二是因自己年幼就外出了，原来的家世特殊，特地来寻根的。

姚先生真诚的一番话，真让我感慨。我认真向其介绍了台胞接待站所能做的工作，并着重介绍了党和政府的对台政策，让其一下子解除了疑虑。同时我又陪着他到原来的新北门一带寻亲访友。并唤起他儿时的一些记忆。

姚先生随身带着照相机与录音机把所见所闻都详细地记录下来，自己很快消除了疑虑。为解除他父母亲的疑虑，专门录下了我与他的交谈。他说："这是最好的见证。"由于我们的交往，这位姚先生消除了戒备心理，还主动与我交上了朋友。他说："这一次回来，要寻找的亲人都已过世，但是结识了你这位台胞接待站站长，我们将是永恒的朋友。"

的确，姚先生带着他的父母亲也回到了故乡泰州。他还在泰州捐建了一所小学，取名"德旺小学"。他还邀请了泰州首个文化代表团访问了台湾。

这是最好的礼物

1988年4月16日至5月4日，时任"世界佛教僧伽会"中文秘书长、"台湾中国佛教会"秘书长、台北首刹善导寺住持了中长老第一次返乡礼祖探亲，我全程陪同，历时半月之久。

在接待过程中,我拍摄了一批他在大陆活动的照片,做成一本影集,送给他做礼物。了中长老说:"这影集记录了我四十年后返乡的美好瞬间,这礼物比什么都好,这是最好的礼物。"

4月16日晚我开始在上海虹桥机场接机。本来当晚接机以后,即要赶回泰州的。时任中国佛教协会副会长、上海龙华古寺住持明旸长老与我们商量,能否请了中法师住上海一宿,以便两岸佛教人士交流。我便征求长老的意见。他直说:"听你安排。"

两岸佛教高僧会面,也是"破冰之旅"以后佛教界的首次交流。当时我即萌生了一个念头,能否把他们的交流用相机记录下来。这样一是能够宣传报道,二是可以作为史料保存。我主动征求长老的意见,把想法告诉他,他欣然同意。不但如此,他还将从台湾带来的一架新款尼康单反相机交给我,并说:"你拍的同时,请帮助我多拍几张,我好带回去,让其他人看看。"其实,当时我带着一台理光相机,性能远远不如长老的那台。作为摄影人,一下子拿起个新武器,再则我的作品很快就能到达宝岛台湾。这是一个多么好的机缘啊,着实令人兴奋。

了中长老返乡期间,参拜了光孝寺,回塘湾乡肖家庄祭祖,还参观了泰州梅兰芳史料陈列馆、博物馆、岳王庙和崇儒祠。除泰州外,他还去了泰县、扬州、镇江、南京、常州、无锡、苏州、上海等地。在与长老接触之中,了解到他此次回大陆的主要目的有三:一是实地了解泰州光孝寺的情况,据他说,近三四年间已派了四批人来了解,探讨如何修复,但回去的人一个都没有讲清楚;二是要与大陆佛教界商量如何做好两岸交流;三是探亲访友。

在陪同活动时，我抓住拍摄时机，特别注意长老的需要，拍摄了许多颇有价值的照片。图片多反映祖国大陆的宗教政策落实情况，长老与佛教人士的交流情况，一些庙宇的修复情况，反映大陆四十年来的巨大变化。另外，对城市建设、工厂规模、农村新貌，以及长老与大陆各级政府官员接触的镜头，都留心捕捉。

在拍摄过程中，我是当日拍摄，当日冲放，然后再送给他看。看到我拍摄的照片，长老亦感到非常亲切，同时对我也增加了依赖感。在他离开大陆前，我将为他拍摄的三百多幅照片进行整理。后来，我特地购买了一本黄封皮的影集，封面上题名《了中法师返乡探亲剪影》，扉页上我还写了一首藏头小诗，"了却心头愿，中兴光孝寺，归乡情切切，来日庆功成。"然后由市领导以政府的名义作为礼品送给他。

了中长老看到这本影集后激动不已，他深情地说道："这是最好的礼物，要谢谢观澜站长啊！"长老在离开大陆前把其他人所馈赠的一些礼品全部转送给他的亲戚，唯一带走的就是那本影集和一盘反映泰州情况的录像带。

长老回到台湾以后，即向他的同仁们介绍返乡探亲的情况，介绍大陆的宗教政策以及他的见闻等。有人问他，光孝寺已破坏得不像样，到底能否恢复？随即他指着上海龙华寺、常州天宁寺、镇江金山寺等地的照片说："这些寺庙都是刚刚修复起来。"有人问他，到大陆的安全问题有顾虑吗？他说："我都能去，你们不能去？"还有人问他，到大陆碰到困难怎么办？他说："只要找一找当地的台胞接待站，就一定会得到帮助。"

1+1=4
——台湾记者的石城之恋

栾铁虹　刘震坤　忱怡

我与台湾记者梁明晃、郭凤仪已经有好几年没有见面了，这次在台北见面，他们带给我的是一个惊喜："1+1=4。"这个等式在数学上显然是不成立的，但在生活中，对他们的家庭而言很成立。两位曾经是工作上的搭档，几年后，变成了四口之家。

老朋友又见面了，短短一个多小时，有多少话语要说，从故乡台湾来到遥远的南京石头城，这一路走来，牵起了他们的爱情……

相恋南京城

梁明晃、郭凤仪原来都是台湾东森电视台记者，曾经的同事，如今变成了夫妻，南京石头城，是他们采访的城市，也成为他们相恋的城市。

性格直爽的郭凤仪可能出于职业习惯，说起话来侃侃而谈。"那时，我们俩同属一个财经中心，跑财经新闻，没有搭档的机会，所以不可能有认识的机遇。一直到1999年的'9·12'大地震，那时才有了第一次合作，但只知道他的名字。后来开放台湾媒体到大陆驻点，由于我们在地震中表现蛮努力的，主管为了犒赏我们，就把我们俩都派过去了。"

当年两个二十多岁的年轻人，就这样机缘巧合地来到了大陆，来到了南京。这一段经历不仅丰富了他们的视野，也改变了他们的一生。用他们自己的话讲，在相处的时候也时常擦出火花。这火花不是爱情之花，而是吵架吵出来的。

"我们在大陆采访时，经常为工作而吵架，我要强，声音比较大，他脾气比较硬。过后我就对他说，我如何如何。他比我能忍耐，大概与修佛有关吧，他对我忍让比较多。"郭风仪说。

作为摄像记者的梁明晃，说话慢声慢语，显得十分腼腆，"因为工作要求很高，我们就算是男女朋友，但我对我的工作还是坚持高标准，不免会有一些冲突，可是我是对事不对人，都希望把工作做得更好。"

郭风仪说："工作中的争执让我们彼此越来越了解，其实我的个性还是很硬的，有时还不知道如何夫妻相处，朋友如何相处，相处的艺术必须要一进一退，有一个人肯定要睁一只眼，闭一只眼。"

回想在南京的那一段往事，就像翻开了一本旧书，虽然时隔很久，但书中的字字句句还是深深印刻在了两人的心里。这两个在性格上格格不入的方形石头，在南京这座城市里，开始学会容忍和接纳，他们都在寻找最能磨合的方式，把自己渐渐打磨成为圆润的雨花石。至于在恋爱中谁追谁的问题，他们彼此都有一个说法，各自都有一个版本，打算以后各自写各自的回忆录，向孩子讲述各自的故事。

面对爱情的升华，梁明晃和郭风仪有了一个好的结局。他们相识在台湾，相恋在石城，这段跨越海峡的爱情，得到了美满的结果。

南京印象

翻开他们带来的三大本影集，当年在南京拍的一张张照片，映入了我们眼帘，对南京的印象又引起了他们的遐想。

"南京是一个富有文化气息的地方，六朝古都，玩的有特色,吃的有文化,秦淮八绝,江南书院、中山陵、玄武湖……"梁明晃回忆说。

郭风仪的回忆更带有一点浪漫,"秋天,中山陵周边的银杏树和马路上的梧桐树,金黄色的树叶落下来,让我觉得好像在日本,因为在日本,在那个季节,也有这样的意境。"

他们来南京拍摄最多的地方就数南京夫子庙和秦淮河,拍摄最多的要数行道旁的梧桐树。

梧桐树为南京衬托出一种古老而深邃的意蕴,南京本身凝重的历史底蕴更是如同一曲悠长的旋律缓缓流淌,从古流到今,从此地流向远方。一个城市一旦有了一种标志性的树木,便足以让人们回味它的面貌、眼神与脚步。

"其实我也很想在那个梧桐树下,跟他浪漫地约会,而不是一直在拍片子、工作,我一直没有机会和他讲。"郭风仪为没有在南京尽情浪漫而感到遗憾。

郭风仪指着一张梁明晃站在江南贡院前的照片说:"离江南贡院不远的地方有一条秦淮河,我们在秦淮河岸拍完之后,很想坐个船,然后游一下,到处走一走,看一看,可是你不能把机器丢在饭店,你还是得背出来,很不方便。"

在以后的几次采访中,他们对南京有一种特别亲近的感觉,毕竟以前都是在教科书上看到的南京,了解的秦淮河。可是当他们亲身走在秦淮河边去体验时,那种感觉让他们留连忘返。陪同他们采访的导游,讲述了浪漫秦淮河的故事。"秦淮河既守住了南京源远流长的古都氛围,又为南京注入了新的灵动色彩。乘船荡漾在河水上,飘飘然如御风而行,两边迎来典雅的江南建筑,秦淮八艳画像和文人墨士所留诗句,让人的心也飘到了那久远的年代。曾经的繁华，曾经的衰落，都已逝去，今日的秦淮河依旧淙淙潺潺。其中含蕴了多少六朝往事，绿如茵，陈如酒……"

家庭与事业

在台湾有一种说法，如果一个家庭有一儿一女且儿子先出生的话，让哥哥照顾妹妹，那就得到95分；如果先有女孩，再生了个男孩，让姐姐照顾弟弟，那就是100分的满分。梁明晃和郭凤仪的家庭，显然就是这95分的家庭。

"男孩叫梁磊，女孩叫梁晶，因为我们的性格直来直往，希望小孩要像我们一样，做人光明磊落，也希望他们要有良心，在他们大一点的时候，就带他们到大陆走一走，看看孕育中华民族的地方，是很重要的。"梁明晃向我们介绍说。

郭凤仪告诉我们，"因为在上海驻点时，受大陆生活习惯的影响，我们很喜欢给孩子取单名，单名比较响亮，所以给两个孩子的名字就取了单名，结果被妈妈和婆婆唠叨了很久。"原来梁明晃是客家人，家人比较传统，在给孩子取名字的时候，由于他们与家人的意见不一，被"碎碎念"了很多遍是很正常的。

"因为一次意外事件，我们俩离开了原来的工作单位（东森），开了一家餐饮店，开店后的彼此相处，使我们俩之间的感情更加升华，因为开店后遇到了很多困难，彼此更加珍惜现在所拥有的一切。后来我们又回到媒体工作，但没有选择在同一个单位。"

梁明晃和郭凤仪，现在虽已不在同一家媒体工作，但彼此仍经常来往于台湾和大陆，对比两岸记者，他们深有体会。

"大陆记者认为我们台湾记者很冲很拼，但深度方面不够，大陆记者比较温和，但有深度，各有利弊。"

"这与我们所处的环境和竞争气氛有关系，现在我发现大陆记者的敬业精神令我们非常敬佩，我认为两岸记者应该有越来越多的合作机会，通过交流达到彼此的了解。"

"希望大陆记者要掌握第一手资料，不要过多用台湾媒体送出去的画面，或经过修改的内容。通过交流、采访，看一看台湾到底如何，以此来了解台湾。在台湾，除少数人外，大部分人都很善良，只有你亲自来看，才能感受到。"

南京和台湾，虽然相隔遥远，但同根同源的文化和同为中国人的真挚感情，将这两个地方紧紧系在了一起，同样，也把我们和台湾记者联系在一起，"2000年我从台湾来到南京采访，没想到在这找到了我的爱，找到属于我的幸福，现在我已是两个孩子的妈妈了，我希望等孩子长大后，带他们到南京，看看爸爸妈妈曾经相爱的地方"。

作于2009年6月

于情深中更期盼

庄政荣

我是一名台属，今年75岁，家住无锡市滨湖区南方泉古镇。1983年以来，我先后参加无锡县、锡山市、滨湖区台属联谊会，与广大台属一道密切联谊台胞亲友，共做推动两岸民间交流交往，促进两岸关系和平发展的实事。欣值海峡两岸开启交流交往三十周年之际，现仅以小小一角南方泉为例，忆述两岸同胞血浓于水的交融中那鲜为人知的故事，见证血脉所系，人心所向，"两岸一家亲"！

甘作鸿雁架桥连心

记得在1981年的农历腊月二十六，在台北无锡同乡会主持事务的八旬父亲，不管阻隔毅然托香港挚友转手邮来了首封家书，字里行间无不流淌着滴滴亲情、乡愁。此后，孑然老父与我经港友中转经常互倾心声，期盼能早日"直通"。1984年初，港胞乡友陈先生带来了家父"鸟倦盼归"亲笔信，还欣喜转告"老父即将绕道新加坡归来"的口信，我家老少喜出望外，忙碌准备迎候父亲回归团聚。岂料，从此全无音讯，直至深秋黄叶落地之时，突兀收到台北无锡同乡会的唁电和隆重公祭悼念父亲不幸车祸辞世的专刊报道……时任台"财政部长"陆润康亲书挽额"贤声永怀"，道出了在台乡亲崇仰他老人家的悠悠心声……在父亲离世周年时节，我撰文《怀念父亲》刊登同乡会《无锡乡讯》，缅怀追念先父挚爱家国之精神，感恩同乡会贤达众亲情谊，期愿早日故里相叙铭谢。

1987年台湾解禁开放民众赴大陆探亲。其时，因长期分隔等种种原委，不少台胞尚存顾虑。在县和镇的关心支持下，我利用下班后和休息日的时间骑脚踏车走村穿巷上门家访，先后与43户台属谈心，了解在台亲人基本情况，对数户无法联系的委请《无锡乡讯》刊登寻亲启事。经过二十多天奔波、以心换心沟通，做好了台胞亲人工作。紧接着我在全镇台属座谈会上发起了"写一封平安家信、寄一份节日贺卡、打一个问候电话"的倡议，广大台属积极响应，运用多种方式和渠道联系台亲，盼迎团聚。我则依托台北同乡会《无锡乡讯》平台，热情介绍家乡无锡改革开放、发展经济的可喜巨变，"点睛"抒怀故乡厚重隽永的文化底蕴与传承、山明水秀的自然环境和安居乐业人文宜居的发展环境，热忱欢迎台胞携亲偕友来大陆、回故乡走走看看，探亲访友，同游太湖山水美景。

精诚所至，金石为开。古镇南方泉去台人员共35名，在开放探亲之前2名不幸去世、1名重病且均为独身。经过广大台属连续通讯以情感连心、解惑释疑，33户台胞终于打消顾虑，愿择适当时机携家人回乡团聚，两地亲情日臻密切。

亲缘乡谊情深意长

我怀着两岸同胞一家亲的深厚感情，利用自己海外关系多的资源优势，积极投身于接待服务台胞工作。镇党委政府高度重视、积极采纳我的建议，迅速建立了镇、村两级台胞接待工作机制，包括村里挂钩台属及时上报台胞动态信息，镇接待组切实制定台胞接待方案，相关部门单位负责街道用车、用餐、参观活动等后勤保障工作,明确一名镇领导和我负责主体接待。

1988年，清明节期间，接待了第一位回乡台胞王甫泉先生。因他离乡四十多年，且与我素不认识，当即主动自我介绍："我是台属，父亲庄孟照生前在台北无锡同乡会服务。"听到我父亲名字，他立即起身拉住我的手激动说："庄老太爷德高望重，对我们后辈无微不至关照。今日有缘见到老太爷的公子，真是幸会！"我们在亲如家人的融洽氛围里相互拉起家常。我还邀请陪同王先生参观了乡镇企业两家，游览了鼋头渚景区，他情不自禁、连口不绝地称赞："家乡真好真美！"短短5天行程即将结束前夕，我应约与王甫泉话别并携我的《游子吟》书法新作送上。他读了又诵，热泪夺眶而出，稍一会，他倾吐了埋藏心底的乡愁：

原来，因家境清寒，王甫泉15岁就离开父母姐弟只身去上海工厂当学徒。1948年间，工厂和全体员工迁台，他恳请回家辞别双亲，然军令如山不允，从此天各一方，唯有隔海苦等遥望。后来，经同乡相助离厂自谋生计，历经二十多年艰难拼搏，好不容易立足台中创办实业。他在企业取名号的那天，专门召集儿女妻子开家庭会议，将深思熟虑取名"锡申"的含义告诉家人：我们的"根"在大陆无锡，又是从上海迁来台湾，全家老少要把"锡申"代代相传，铭记祖根，常念亲恩！此后，每逢吃年夜饭，他总是把幼年在家乡如何磕头祭祀祖先的情形、大年夜守岁时母亲讲的"老鼠做亲"的有趣故事等等传统习俗回忆诉说，还要"考问"孙辈为啥叫"锡申"。

夜已深人亦静的时候，王甫泉先生再次拿起《游子吟》条幅动情地说："感谢您知我心，给了我最珍贵的、刻骨铭心的礼物。能够回家，是我这辈子最大的心愿！明天就要返程，我会把来大陆回家乡的所见所闻和亲身感受一一告知家人、同乡、朋友，愿明年结伴同行再回来相叙。"

同年年底举行了台港侨属迎新年茶话会。镇领导通报了经济社会发展成效，感谢眷属们并希望新一年里发挥好独特优势和更大的作用。会上，我和眷属们交流了近两年来开展海外联谊，宣讲台侨政策，介绍家乡发展的做法和成效，向全镇的台港侨胞寄发了"贺卡信"道一声新春祝福，表一份亲情乡谊。

1989年春暖花开之时，台胞王甫泉阖家回乡祭祖扫墓，率妻儿孙辈认祖根会亲眷，还在父母坟上捧了黄土带回台湾作永久纪念。他欣喜地说："我已经联系十多位同乡启程回乡，下半年我将再回来。"果然，11户35名台胞接踵而至。中秋节后，他和台商杨先生来上海、无锡等地考察洽谈合作商务。此后的十余年里，每逢新年大年初一，他总是抢早打来电话恭贺新禧，互相问候祝福，亲情融融胜过兄弟。平时，他在电话里谈了偕儿子去广东、上海、浙江，与大陆厂商合作蛮顺利，还高兴地说"九二共识"和"三通"是两岸民众的心愿和福祉！2005年间，王甫泉来电说，他牵线的一位台商朋友已在无锡东亭开发区投资办厂，占地面积约70亩，终于为家乡做了点事情，他还请我帮助台商联系、协调解决一些事宜。二十余天后，那位台商与我通电话，事情已圆满解决，他再三表示感谢！我真诚告知，只要及时反映沟通，主管部门都会热情帮助台企排忧解难，为台商安心发展提供有力支撑。

开启两岸交往交流的头一个十年，是台胞回乡探亲的高峰期，我镇的第一代偕第二、第三代约三百多名台胞都先后回来，有部分台胞还多次来大陆、回家乡观光，考察、会亲，接待频次高，人数多，任务重。我和分管领导积极探索深化接待工作，形成了以"接待服务为基础，交往交流为重心"的创新理念、方法和途径，如请分管工业经济、经贸、教育、社会事业的副镇长分别介入交流交往,让台胞台商详细了解产业扶持、引资引智、操作程序等具体办法,促进锡台两地民间交流交往务实发展,涌现出台胞台商参与大陆和家乡经济社会发展的生动事例:八十高龄的老台胞周力根先生主动慷慨捐资1000美元表心意,支持家乡教育事业;其子周台生扎根上海浦东,投资兴办实业公司。经过"以台引台",林老板意愿来镇投资设厂并选中一处厂房,镇领导亲自协调腾地安排满足需求。县、区台办及台属联谊会经常联系、节日走访台企,与林老板座谈交流听取要求建议,帮助落实台企门面改造、绿化、申办架设电视、网络线路等实事,鼓励台商生根无锡兴旺发展。原国民党"中央委员"、台"财政部长"、时任台湾大安银行董事长陆润康先生多次偕家人回乡探亲,县和镇联合接待,交流锡台两地经贸、金融发展经验,密切了亲情乡谊为基石的两岸民间交流交往:陆先生多次邀请家乡无锡工商界人士等组团赴台考察,从组织台商台企代表人士参加洽谈交流,确定参观对象及线路,到住宿生活等全过程,精心安排,辛苦奔波,确保了考察活动顺利进行且富有成效;他积极组织台商赴大陆考察,引荐台商来无锡投资,并荣任无锡台资企业协会名誉会长;他曾率先组团赴北京,出席两岸三产服务业研讨会,并率先组织台湾民营银行金融家再上北京恳谈探索。

  30年来,海峡两岸交往交流走过了不平凡的历程,取得了世人瞩目、两岸同胞获得福祉的伟大成果。当下,作为台属和曾荣获"江苏省台胞接待工作先进个人"称号的我,不忘初心,实干担当,要为巩固来之不易的成果,深化两岸交往交流而不懈努力,发挥好优势和作用,肩负起时代的使命、应尽的责任。于情深中，也更加期盼两岸同胞同愿同行，凝聚起中华民族的强大力量，推动两岸关系和平发展，携手共谱和平统一、振兴中华的历史华章。

穿越海峡的声音

宋祖荫

我不是台胞台属，也没有去过宝岛，但是我与海峡对岸有着不解的情缘。多少年来，我所撰写的各类新闻报道、人物通讯和广播特写等作品化为电波，无数次地通过对台湾广播的《金陵之声》《海峡之声》，以及中国国际广播电台华语台《中国之窗》等媒体传播到海峡对岸，捎去祖国大陆民众对海峡对岸同胞的深深思念。

海域有疆，声音无界。我是基层一线记者，也是普通的新闻人，我的职业生涯与广播电视有缘，与新闻有缘。几乎一辈子从事声音、图像及文字报道，也收获新闻报道里纷呈的春华秋实。在很长的一段时间里，我比较关注对台广播节目，担任对台广播特约通讯员，也参与许多对台经贸、文化活动的宣传报道。在我的新闻人生简历里，也留存了不少对台广播节目。每每打开这些尘封的报道，那些值得纪念和回忆的往事历历在目。

太仓民间有个织女庙，每逢农历初七，不少当地人前去烧香祭拜，老年人中也有牛郎织女相会的神话传说。那是进入新千年的头几年，连上海、苏州、常熟等地香客也纷纷前来，其中有几位投资昆山、太仓的台湾企业家亲属。当时，《金陵之声》广播电台节目部主任李绪元与我联系，询问是否能够采录一档文化类节目，讲述太仓传说牛郎织女降生地的由来，以及中华传统节日的风俗嬗变。

于是，我来到太仓台办拜访相关人员，走访当地文化学者陈有觉、媒体人士倪敏毓，还电话采访省民间文学协会原秘书长蒋义海先生，撰写了《源于江苏太仓的中国情人节》。记得录音报道是这样开篇的："说到中国的'情人节'，我们自然要联想到西方的情人节。现在中国的年轻人,从内地到香港特区和澳门特区,从大陆到台湾,对于西方的情人节都非常热衷,其炽热程度甚至令不少西方人都自叹不如。而他们对于中国牛郎织女'鹊桥相会'的传统则有些冷落。但是,与此同时对于海外的华侨华人和热爱中国文化的听众来说,七月初七的'鹊桥相会'却令他们有一种神思遐想……"

这篇报道播出后,不少对中国传统文化感兴趣的学者、还有大陆的台胞眷属等,相继来到太仓织女庙、黄姑桥遗址考察。逢节假日抑或周末,慕名朝拜者更是纷至沓来,把织女庙四周围得水泄不通。

郑和七下西洋,是中国乃至世界航海史上的一件大事,海峡两岸对此非常关注。郑和航海的起锚地就在太仓,2005年纪念郑和下西洋600周年,太仓举办规模盛大的纪念活动。我们与中国国际广播电台、苏州广播电视总台合作,直播特别节目《扬帆天下,友谊和平》,我们把直播现场设在太仓市体育馆,对第三届"中国太仓郑和航海节"开幕式特别晚会现场直播,通过调频、中波和短波三种方式,借用6条国际电讯通道及互联网,节目覆盖台港澳及澳大利亚、新西兰等地区,我们在节目中结合"凤凰号下西洋"活动,请来了专家学者,连线驻外记者,整个报道还注重对台湾元素的穿插,如在采访上海海事大学时平教授时,他说,台湾有个学者院士,也是美国的院士吴今博士,其论及中国历史上有三个人真正走向了世界:一个是孔子,儒家思想出去了;二是忽必烈,武力打出去的;还有一个就是郑和,和平走出去的。

围绕郑和下西洋600周年活动,我们还采写了新闻节目《郑和渊源再续佳缘》，报道太仓与非洲肯尼亚马林迪市签约缔结友好城市；专题《非洲姑娘梦想成真的故事》，聚焦一个传说是当年郑和船队后代的非洲女孩的"中国情结"，分别在《金陵之声》对台节目广播，并双双获得江苏广播彩虹奖对港澳台节目二等奖。

2008年12月15日，这是载入两岸关系发展史册的重要日子。这一天，两岸同胞魂牵梦绕的海运首航、空运直航和直接通邮基本实现。这一天，江苏太仓港和天津、上海、福州等6个城市港口的15艘货轮同步启航驶向台湾，而台湾高雄、基隆、台中等港口的航商也选定这天上午举行首航仪式齐发大陆。两岸货轮从此结束绕行第三地的历史，两岸同胞期盼30年之久的愿望终于实现了。这是一个历史性的重要时刻，也是记者生涯的难得机遇。

那天，我们报道直航的记者一行早早来到太仓港码头，只见靠泊码头的"天福"号货轮，满载大陆二百多标箱的液晶面板灯光电产品整装待发。时任"海协会"副会长王富卿、海峡两岸航运协会常务副理事长李凤岐、副省长张卫国、苏州市委书记王荣等领导共同见证了这一历史性的时刻。给我留下特别印象的几位来自台湾的客人，人人精神矍铄，笑容满面，盛装出席，他们由衷地感叹："等了三十年了！"

在汽笛声、鼓掌声、礼炮声响彻的码头现场，我迅速采访了承担首航任务的台湾华荣海运公司副总经理林维云，参加规划两岸海运直航的国家交通部总工程师蒋千，专程从台湾返回太仓的太仓台胞投资企业协会会长刘显模，太仓港港务局长梅正荣等，通过这些不同当事人的亲身经历和生动讲述，完成了广播消息《太仓港开出长江沿岸首条台湾航线》，当晚在江苏新闻广播《第一时间》播出。同时录音报道《太仓港：赢得海运直航"第一票"》，很快在《金陵之声》对台节目中播出，该报道还荣获当年江苏广播彩虹奖对港澳台节目一等奖，并在国际台《中国之窗》节目播出。

  电波可以穿越时空，声音留下永远的记忆。对台广播节目的采集、撰稿和制作，是我曾经新闻职业生涯的重要组成部分。在这些纷繁的采访活动中，我结识了一批从事对台工作的领导和朋友，结识了一批台湾的学者、客商及文化人，亲历见证了一些推进海峡两岸关系的重要活动，也感受到与海峡对岸同胞血浓于水的亲情。

情缘相牵　共觅血证
—— 一把日军"百人斩"凶刀的追踪调查

吴建宁

作为电视记者，在我的采访生涯中，迄今共有8次赴台湾工作的经历。由于工作内容多为历史题材，我在台湾采访过许多人物，收集过众多史料。但追踪调查一把日军"百人斩"凶刀的经历却让我刻骨铭心，挥之不去，永志难忘。

八十年前，在中国的南京，侵华日军制造了震惊世界的南京大屠杀事件。当时，有两个臭名昭著的杀人凶手进行杀人比赛，其中一人杀人的最高记录是106人，一人是105人。然而，几十年以后，一把南京大屠杀中杀107人的日本军刀在台北被发现，这个杀人的数字超过了当年杀人比赛的最高记录，让人震惊。这把罪恶屠刀的凶手是谁？何以到的台北？

于是，围绕这把日军凶刀，我在海峡两岸展开了长达两年的调查。从在南京得到信息到奔赴台北拍摄取证、从台北折回南京查到四川，找到凶刀的收缴者、再聚焦西安、台北，查找凶刀的收藏者亲属、再赴台北找到凶刀的捐献者。

至此，一位凶刀的收缴者，一位凶刀的捐献者，海峡两岸的两个当事人，面对记者的摄像机，讲述了这把日本军刀从收缴到收藏，从收藏到捐献，这几十年间所发生的故事。

1997年12月13日，中央电视台《东方时空》以特别节目的形式，就侵华日军南京大屠杀中，砍杀我国同胞107人的一把军刀进行了报道，我作为这把凶刀的追踪调查者，也接受了《东方时空》的采访。这一天正是侵华日军南京大屠杀事件60周年，全国亿万观众从电视屏幕上看到了现保存在台北的这把罪恶的日本军刀。

发现"百人斩"凶刀，首赴台湾追踪

1995年5月，为纪念中国人民抗日战争胜利50周年和世界人民反法西斯战争胜利50周年，反映侵华日军南京大屠杀事件的真相，我正在执行反映南京大屠杀题材的纪录片拍摄。在实际拍摄中，在浩如烟海的资料中，我发现有许多当事人、相关原始档案在台湾。作为媒体，我们有这个优势，难道不能跨过海峡觅血证、把两岸的采访和史料汇合起来吗？我将这一想法向时任南京电视台台长周福龙做了汇报，周台长立即拍板支持。

海峡两岸都是中国人，日本军国主义发动的侵华战争给中华民族带来深重灾难，这是海峡两岸人民共赴国难的一段历史。

1995年7月，我们首次踏上了祖国的宝岛台湾，寻觅侵华日军南京大屠杀的罪证史料，采访南京大屠杀事件幸存者、历史见证人和岛内专家学者，收集台湾各界对这一历史事件的反应。

赴台采访前，要做许多调查工作，查阅大量资料，熟悉岛内的情况。行前的两天，我们摄制组的倪永杰先生，时任南京市台办的宣传科科长，他在南京大学图书馆港台阅览室，发现当年香港的《广角镜》杂志上，刊登了一则短讯，说在台湾的台中县"军史馆"里，展出一把日军南京大屠杀中"百人斩"的凶刀。只有寥寥数语，没有任何背景介绍。

我当时以为，这大概是南京大屠杀中，杀人比赛的日军两少尉中，其中一人所使用的一把军刀。因为这两个杀人凶手恶贯满盈，臭名昭著。知道这一历史事件的人很多，但都没有见过这一杀人凶刀。电视是讲究视觉形象的，如能将这一凶刀拍摄下来，那将是展现日军暴行的有力物证。

1995年7月31日，我们踏上了台湾的土地。预先拟订的采访对象和拍摄景点，早已电传到了台湾，负责接待我们的台湾电视公司的朋友事先已经做了缜密安排，拍摄"百人斩"凶刀，成为我们临时提出的新增项目。于是，我们驱车从台北赶到台中，从台中又折回台北，原来香港的这本杂志有误，这把"百人斩"凶刀不是在台中"军史馆"，而是收藏在台北的"国军历史文物馆"里。

当时，馆内正在举办"抗战胜利50周年特展"，南京大屠杀事件有一片专门的展区，"百人斩"凶刀就陈列在一楼一个长方形的玻璃展柜内，旁边还辅以日军南京大屠杀的照片和用军刀砍杀中国人的仿真蜡像。

这把凶刀是一把常见的日本军刀，所不同的是刀柄上有一镶嵌的铜块，上面用日文刻写着"南京之役杀107人"的字样，留下当年侵略者炫耀自己杀人成果的罪恶印记。

为了让我们拍摄清晰，馆内工作人员主动把凶刀从展柜中取出，供我们拍摄。捧在手上的军刀让人感到无比沉重，触目惊心的"南京之役杀107人"的文字更使人心潮难平。

当年我从台湾回来后，做了一个纪录片，叫《跨越海峡的寻访》。节目的开头我就用了这把凶刀的一组特写画面。我在解说词中写道："我们传看着这把缺了刃的军刀，仿佛屠刀下的冤魂在呼喊，沉甸甸的军刀，沉甸甸的心境……"这的确反映了我当时的心情。

一把罪恶的屠刀，107位同胞的头颅。这个杀107人的记录，已经超过了当年日军杀人比赛的最高记录106人，令人非常震惊。看来，它不像是杀人比赛的日军两少尉所使用的军刀，那么它是谁的呢？又是怎么到了台湾的呢？为此，长达两年的调查在海峡两岸展开。

调查从台北开始，寻找凶刀的捐献者

经查台北"国军历史文物馆"里的档案记录，"南京之役杀107人"的日军军刀是国民党原第16军中将副军长魏炳文先生所收藏。1971年魏炳文先生去世，1985年军刀由其亲属捐献出来。

杀人的凶刀留下日军残暴的罪证，但这一罪恶的屠夫是谁？战后是否受到应有的惩罚？凶刀默默无闻的几十年间发生过哪些事情？看来，只有找到当事人，才能弄清这里面的来龙去脉。但是，收藏凶刀的历史文物馆里没有这方面的资料，馆内的工作人员自1985年后已经换了几茬，魏炳文亲属的下落也无人知晓。我当时请台湾研究南京大屠杀史料的有关专家帮助了解，也没有打听到。最后，我把电话打到台北黄埔军校同心会，请他们帮助查找魏炳文的亲属。结果我被告知，魏炳文系黄埔一期毕业生，陕西西安人，亲属情况不知。至此，线索刚有一点头绪，便又中断，我们赴台采访的期限已到，只好带着这些问题，回大陆再继续查找。

在四川大竹县找到凶刀的收缴者

1995年8月16日，我们离开了台湾回到南京，查证日本凶刀的事情在继续进行。回到南京的当天晚上，我就给南京大学历史系教授高兴祖打了电话，告诉他台北展出的这把日本凶刀和我们在台湾调查的情况。高兴祖教授是南京大屠杀史研究会的会长，研究南京大屠杀事件的著名专家。高教授凭着他的记忆和渊博的知识，回忆起他许多年前看过的一篇文章。连夜，他在家中仔细地查找，深夜给我打来电话，告诉我他查出了凶刀的收缴者，居住在四川大竹县的余鸿成。

原来，1985年纪念抗战胜利40周年时，身为四川大竹县侨联副主席的余鸿成老人曾在全国政协的《人民政协报》上写了一篇名为《难忘的血债》的文章，文中讲述了他曾经收缴过这把日本凶刀的事情，细心的高兴祖教授当时便把这篇文章收集起来了。这与我们在台北调查的情况完全吻合，我们又获得了新的线索。

第二天我便往四川打电话查询，原来，四川省有两个类似读音叫"大竹"的县，一个是足球的"足"，一个是竹子的"竹"，结果在竹子的"竹"的大竹县，找到了仍然健康地生活在那里的余鸿成老人。

大竹县侨联的一位负责同志在电话里告诉我，余老家中没有电话，我提出希望余老能写封信，把他当时收缴军刀的情况告诉我们一下。结果，县上的同志一口答应，他们将登门转告。几天后，我收到余老发自四川大竹的快件信，信中表达了自己无比激动的心情。一个沉寂了多年，参加过抗战的老人，本着对历史的高度负责精神，在信中详细述说了他当年收缴日军这把杀人凶刀的经过和他现在的心情。

原来，1946年1月，在中国境内投降的日军尚未完全解除武装，余鸿成时任国民政府第16军22师辎重兵营中校营长，奉命去河北定县接收日军独立混成第1旅团的全部军马。当时，日军方面由一位在日本帝国大学毕业的大尉联络官与他办理交接手续。交谈中，日军联络官见余鸿成对军刀感兴趣，便告诉余鸿成，说他自己很惋惜自己手中的这把祖上传下来的战刀。因是战俘身份，军刀作为副武器不能携带回国。

在军马移交完毕后，日军大尉联络官代表旅团长，向余鸿成上交了10把军刀。事后，余鸿成每把都抽开看过，其中就有沾满中国军民鲜血的这把刻有"南京之役杀107人"字样的凶刀。

据余鸿成回忆，这把杀107人的凶刀不是这个日军联络官自己佩带的那把，两把刀样式有明显区别。当时，喜爱军刀收藏的余鸿成深信这把凶刀不吉利，带回去以后生活会不顺当，他就拿出其中5把，包括这把凶刀，请一起来接收军马的军工兵营营长李福堂带回上交了军部。此后，这把凶刀被时任16军中将副军长的魏炳文留下来收藏，之后，又辗转带到了台湾。

余老在信中还介绍了魏炳文先生的情况，说他是黄埔一期的毕业生，西安事变时参加过反蒋签名，以后一直没有被重用。

余老随信还寄来他和老伴的近照及全家三代人的合影。余老说，他1949年参加北平起义，新中国成立后在国家新闻出版署一直工作到退休。余老自己是成都人，四川大竹县是他老伴的故乡。

手捧着余老的信，端详着老人家的照片，我的心被这位历史老人的真诚、坦率打动了。余老作为一段抗战历史的见证人,对民族、对历史的高度负责态度,着实让我产生深深的敬意。

聚焦西安,从魏炳文亲属中寻找突破

我在寻找凶刀收缴者的时候,另一条寻找凶刀捐献者的线也在同时进行。

根据台北黄埔军校同心会和余鸿成老人提供的资料,魏炳文先生是黄埔一期毕业生和陕西西安人是可以确定的。那么,通过查找魏炳文在陕西的亲属,就有可能获得魏炳文在台亲属的下落,找到魏炳文在台的亲属,就可以了解凶刀来台后或其它一些有关这把凶刀的情况。这样,查寻的焦点便又聚到远离古城南京的另一座中国古城西安。

1996年初,我首先给西安西北建筑工程学院的呼延如璞老师和谢尊一老师打了电话,将调查这把凶刀的情况和我的想法告诉了他们,请他们帮助与陕西省黄埔军校同学会联系,查找魏炳文先生在大陆的亲属,然后再扩大线索,查找魏炳文在台亲属的地址。

呼延如璞老师当时就一口答应下来,并在以后的实际操作中,做了大量细致的工作。他在陕西省黄埔军校同学会的帮助下,查找工作取得了实质性的结果。

呼延如璞老师接到我的电话后,便在西安进行了细致的调查,他首先从陕西省黄埔军校同学会那里了解到了魏炳文先生在西安市和长安县的两位侄子的地址,接着又登门拜访,从魏炳文侄子那索要到了魏炳文的弟弟魏炳超在台北的地址,之后,又迅速地告诉了我。很快,我同魏炳文先生在西安郊县长安的侄子魏英通了电话,了解到魏炳文先生还有几个子女定居台北，但他们都没有来过大陆，魏家堂兄弟姐妹之间也无来往，魏炳文在台北子女的地址不知。

再次赴台，寻访凶刀的捐献者

1997年是侵华日军南京大屠杀遇难同胞遇难60周年。11月10日，我在两年之后，再次有机会来到宝岛台湾采访。无疑，寻访凶刀的捐献者魏炳文先生的亲属成为我的首选。

11月11日，在台北卧龙街56巷30号的大院里，我终于叩响了魏炳文先生的弟弟魏炳超的家门。魏炳超先生当年72岁了，来台后一直孤身一人，现在独居一室，住在一所"荣民"大院里。说明来意后，老人家告诉我，魏炳文先生去世后，军刀是由其小儿子魏亮先生保管并捐献出来的。我从魏炳超老先生那里索要了魏亮先生家中的电话，当天我就与魏亮先生联系上了。

几次电话交谈，魏亮先生在热情中总还流露出少许犹豫。看来他对大陆了解并不多，对接受大陆记者的采访，心中尚有顾虑。

几番电话沟通，我们建立了最初的了解，魏亮先生终于如约来到我住的饭店同我见了面。我对魏亮先生说："海峡两岸都是中国人，抗战是我们共赴国难的一段历史，你们魏家两代人在几十年里有心收藏了这把凶刀，最后又把它捐献出来，对我们民族是有贡献的。我们为这把凶刀调查了两年，找你找了两年，如果当事人不谈，这段历史谁来作证呢？"建立了信任，魏亮先生便愉快地接受了采访。

魏亮先生是在台湾出生的年轻人，上有两个哥哥，一个姐姐，他排行最后，是魏炳文先生生前最喜欢的小儿子。

魏亮告诉我，他父亲来台后，一直赋闲在家，家中的这把刀外人一般都不知道，他们一般也不对外人讲，他小时候就把玩这把刀，到成人后又捐出这把刀，这把刀一直伴随着他们一家的生活，并引出了许多事情。

魏亮介绍说，上世纪五六十年代，台湾有家电影制片厂拍了一部影片叫《扬子江风云》，他父亲曾经借出这把刀，在影片中当道具用，片中出现过这把刀的特写。有个日本人看到这部影片后，到处打听他们家的地址，三番五次找上门来要高价收购这把刀。为此，他父亲先后搬了四次家，躲避骚扰，每次搬家后，这个日本人都把他们家找到，盯得很紧。

魏亮说，这把刀很厉害，一尺厚的马粪纸，一刀下去都能砍透。他小时候拿刀砍树玩，用力很猛的时候，握刀柄的手打开，手掌上都沾满许多血渣渣。刀柄上绕有一道道的麻线。小时候不懂，现在想起来觉得恐怖得很。后来长大了，知道了这个刀的价值，也不敢再玩了。

这把军刀为什么这么招日本人的关注？为什么这么值钱？魏亮告诉我，出于好奇，1971年魏炳文先生去世后，他曾叫台北一家拍卖公司估价，当时他被告知，至少一百万美金。魏亮吓了一跳，回家告诉母亲后，母亲误会他要卖刀，为此还发了脾气。魏亮对我说："给多少钱我也不能卖，那些被砍的人死得多冤，我怎么能忍心拿他们的血腥钱呢？如果要卖，这把刀早就不在我手里了。"

1985年初，魏亮的母亲魏常莲去世，弥留之际，老人家交代子女，把这把刀捐献出去，留下了一个普通中国妇女的遗言。就这样，魏亮在他母亲去世两个月后，经与他的哥哥、姐姐商量，在抗战胜利 40 周年的时候，将军刀捐献了出来。

魏亮特别告诉我，1997 年初，还有一个日本人来找过他，要买这把刀，魏亮对此很警惕。

据了解，魏炳文先生生前和死后，魏家在台湾的生活并不宽裕，魏亮本人长期从事公交车的驾驶工作，当时已提前退休，每日还在为生计奔波。魏家两代人不为金钱所动，最终把军刀捐给了历史文物部门，反映了他们对历史的负责态度。

海峡两岸是一家，打断骨头连着筋。中华民族向来就有讲"义"的传统，我想在这件事情上，魏炳文先生一家所表现出的"义"应该是一种民族大义。

中华民族大家庭，两岸亲情血样浓

为调查、收集侵华日军南京大屠杀的罪证史料，海峡两岸同胞始终给予了我热情的关心和支持。为调查一把侵华日军"百人斩"凶刀，我能有机会两次赴台湾采访，把两年的调查成果对比联系，形成调查结果，许多人问我最深的感受是什么？我觉得那就是血浓于水的同胞亲情。

第一次赴台，我们在台北采访南京大屠杀幸存者朱传誉老先生，并不是我们事先知道的线索，而是朱先生在台湾的电视里看到我们来台的消息后，主动找到我们，要求为历史作证的。面对我们的摄像机，朱先生指着自己腿上被日军砍杀的伤疤说："这个记录到现在快 60 年了，老天爷要我活下来，就是要我做今天的这个历史见证。"

94 岁高龄的原远东国际军事法庭中国检查官顾问、台湾大学教授桂裕先生对我们说："从受害国家角度来讲，战后对日本战争罪行的处罚还太轻，甚至此国职位最高的人都应该承担全部战争责任。"

84岁的蒋纬国先生在接受我们采访时谈到："对南京大屠杀，我最不满意的是，他做了这件坏事，由他的政府、由他的教育当局来篡改历史，否认这件事情。这是人类的道德所不允许的，是后来的日本人不允许当年的日本人如此做的。我为他们忧，为整个人类文化忧。怎么可以人类文化到了20世纪的末了，还会有这种做了坏事又全部赖光了的？"

1997年11月25日，我第二次赴台采访结束回到南京4天后，又赶赴四川大竹，采访日军"百人斩"凶刀的收缴者余鸿成老人。

余鸿成老人见到我时非常高兴，我们通过书信交往了两年，终于在四川大竹见了面。当时余老正患眼疾，为接受电视采访，他提前到医院拆了线。当我把从台湾带来的魏炳文先生的照片拿给他辨认时，余老戴上老花镜，在灯下看了又看，最后负责地说："不错，就是他。"

余老当年77岁了，还经常向学校的孩子们讲述抗战的故事。他对我们调查日军战争罪行的工作，表现出由衷地欣慰。我问余老："您作为一位参加过抗战的历史老人，对那段历史最深的印象是什么？"余老略作思考后对我说："枪炮轰鸣，硝烟弥漫，尸横遍野，屠杀惨绝人寰。这就是我记忆中的日本军国主义发动的侵华战争。"

围绕这把日军凶刀的调查，牵发起海峡两岸中国人的爱国情感。共赴国难的历史，共同的民族情结，把两岸的中国人连在了一起。

海峡两岸一衣带水，两岸同胞情同手足。亲情无边，亲情无价。

苍天有眼，漏网"大鱼"浮出水面

2017年8月，我们1995年赴台时的摄制组成员之一，现任上海台湾研究所常务副所长的倪永杰与我联系，告知保存在台湾的那把日军"百人斩"凶刀的持有者有了下落。我迫不及待地看完相关材料，兴奋无比。

原来，有学者经过查证，这把"南京之役杀107人"的日本军刀的持有者叫马见塚八藏，是日军独立混成第一旅团的军官。

调查者通过查阅《终战时帝国陆军全现役将校职务名鉴》，得到了独立混成第一旅团在向国民政府第16军投降时的所有日军军官名单，又通过查阅《南京战史资料集》中所有参加南京战役的日军军官名册，终于锁定了唯一一位参加过南京大屠杀，且日本投降时在独立混成第一旅团任职的日军军官——马见塚八藏。

马见塚八藏为日本鹿儿岛县人，生卒年月不详。1937年南京大屠杀时为日军大尉，担任日军第6师团步兵第23联队第11中队队长。1938年初调走，后任职务不详。

1944年1月15日，马见塚八藏就任日军独立混成第一旅团独立步兵第72大队大队长，时为日军少佐。

1945年9月，日军独立混成第一旅团于河北定县投降，随后就地等待中国军队接收。1946年1月，向中国军队第16

军缴械，前往天津收容所，1946年5月回到日本鹿儿岛。战后一直逍遥法外，逃脱了审判，在鹿儿岛得以终老。

侵华日军制造的南京大屠杀惨案，在南京烧杀淫掠的暴行，是反和平、反人类、反国际法准则和战争法规的犯罪行为，是日本法西斯泼洒三十万中国人鲜血，刻在20世纪人类历史上的一个永远磨灭不掉的历史事实。

以史为鉴，面向未来。台北保存的这把日军"百人斩"凶刀，成为海峡两岸的中国人，共同声讨侵华日军战争罪行的铁血证据。

见证

还乡

阔别40年重返故土
台湾高僧了中梦圆

余蓝

1949年离开家乡泰州去台湾时,"世界佛教僧伽会"会长、台湾玄奘大学董事长,台北善导寺住持了中法师年仅17岁,他没有想到这一去竟是整整40年。他更没有想到,1987年两岸交流的冰封解冻,40年后越过海峡重返故土的他,竟圆梦自己创办的玄奘大学得以分供大陆玄奘舍利,从而名实相符。回眸往事,了中法师感慨:两岸佛教文化交流,最大的盛事是大陆奉赠玄奘三藏舍利给台湾玄奘大学,"这一历史盛事,已成为两岸佛教界流芳千古的佳话。"

返乡心愿促两岸佛教交流

1987年,海峡两岸冻结了近40年的坚冰消融。1988年4月16日至5月4日,时任世界佛教僧伽会秘书长、台湾"中国佛教会"秘书长、台北首刹善导寺住持的了中法师第一次回泰州返乡礼祖探亲。时任泰州台胞接待站站长的范观澜,在4月16日晚赶赴上海虹桥机场迎接。

范观澜回忆,"那年,57岁的了中法师在上海一下飞机,就急着要回泰州,车速已经很快,可他一直嫌慢。"了中法师一路催促,说,"如遇警察让罚款,我认了,只要能早早回到家。"了中法师告诉范观澜,"这里是我的家,我常用泰州话在台湾讲经。"

回乡半个月中,了中法师参拜光孝寺,回塘湾乡肖家庄祭祖,还去了镇江、南京、苏州、上海等地参访。了中法师此次回大陆的主要目的除了探亲访友、修复泰州光孝寺之外,最重要的心愿是受时任台湾"中国佛教会"会长白圣长老的委托,与大陆佛教界商量开展两岸交流。

灵谷寺瞻礼玄奘舍利

1989年4月,了中法师率团参访大陆22天。

了中法师在刊发在《海潮音》第83卷第11期的《玄奘三藏法师舍利的出土及奉安玄奘大学的经过》一文中记载:在1989年4月,返乡探亲,路经南京,到灵谷寺拜访,始知寺中供奉有奘公舍利;而我在台湾创办的大学,是以奘公的德号"玄奘"为校名,因此对灵谷寺供奉的奘公舍利,有一分独特的亲切感。

4月17日,在随参访团去灵谷寺的路上,范观澜告诉了中,灵谷寺中供奉着玄奘顶骨舍利。了中随即问这舍利的来龙去脉。了中法师对玄奘舍利曾做过详细研究,知道南京供奉一份玄奘顶骨舍利,但并不知是在灵谷寺。

抵达寺庙山门,时任江苏省佛教协会副会长、南京市佛教协会会长、灵谷寺方丈真慈大和尚已在迎候。参观无量殿后,了中迫不及待地询问真慈:"玄奘舍利供奉何处?"步入位于大雄宝殿后方的玄奘大师纪念堂,堂中供奉着玄奘大师坐像,坐像前矗立着一座明代十三层密檐楠木塔,塔中安放着玄奘大师部分顶骨舍利。

真慈告知了中,这里供奉的玄奘大师顶骨舍利原来存放在南京博物院,1973年,灵谷寺修复开放时,请来寺中供奉。

伫立于玄奘大师的纪念塔前,了中法师掏出老花眼镜,仔仔细细凝望玄奘顶骨舍利。在灵谷寺瞻礼玄奘舍利时,了中对范观澜说,玄奘大师不仅为佛门千古高僧,亦为中国历史伟人。他西行求法,将印度中期大乘经教传入中国,历经译述整编成为完整的中国法相唯识学体系，弘扬后世，同时将中国学术思想施教于异邦，为中国佛教学术教育树立千古典范。

当时，台湾佛教界在白圣长老的发起下，于新竹香山的柑林翠谷中，创建了玄奘大学。玄奘大学以"以教育弘扬玄奘精神，藉学术培育济世人才"为建校理念，因此尊奉玄奘大师的德号为校名。但是自创校以来，了中一直思量，既然校名"玄奘"，如能恭请到玄奘大师舍利，建塔于校园中，以为镇校之宝该是多么理想。而目前中国大陆及日本虽然都有珍藏玄奘大师舍利，可是如何才能请得到呢？

奔走两岸　三年终成心愿

伫立在灵谷塔下，了中法师亦明白，玄奘大师圆寂于唐高宗麟德元年，一千三百余载悠悠岁月，历经多少战乱，多少风霜雨雪。1942年南京所发现的玄奘大师顶骨舍利，目前不论是在日本或在中国大陆均被视为稀世珍宝，岂能轻易分赠与人。

为使多年心愿达成，了中法师逐一登门拜访江苏省及南京市相关部门，但是他们均认为兹事体大，这是国家文化珍宝，非经中央核准，谁都无权赠送。了中锲而不舍，转往北京，拜访中国佛教协会会长赵朴初老居士，请他帮忙。"谁知第一次接触，就承赵老居士欢喜应允，认为这是促进两岸佛教文化交流最大的贡献。""皇天不负苦心人，我三年多奔走于两岸之间，多少次的文书往返，梦想终于成真，在1998年的金秋十月获得实现，而成就这项盛事的是关心两岸佛教的朴老。"

据江苏省宗教局官员回忆，1997年3月，了中法师致函中国佛教协会，提出这一请求。赵朴初会长表示赞同和支持。赵朴老说："台湾虽然已有玄奘大师的顶骨舍利，但那是从当时的日本侵略者手中转过去的。现在台湾玄奘大学要从大陆请一份玄奘顶骨舍利，意义不同。我们要支持玄奘大学，这有利于增进海峡两岸佛教界的联系和友谊。"当年5月底，了中法师和玄奘大学校董明乘法师、今能法师专程到北京拜会中国佛教协会和国家宗教局，当面申述恭请的要求。赵朴初和杨同祥先后会见了了中法师一行，表示将积极支持并努力促成这一盛事。

经征求江苏省和南京市宗教部门意见，并征得南京市政府和灵谷寺僧众同意，国家宗教局和国台办正式批准，同意赠送一份玄奘大师顶骨舍利给台湾玄奘大学供奉。

了中法师亲率二百余人团赴大陆迎请舍利

1998年9月29日上午，"灵谷寺玄奘法师顶骨舍利迎送法会"隆重举行，南京灵谷寺珍藏的玄奘大师顶骨舍利中的一粒长28.2毫米、宽17.9毫米、高14.2毫米、重2.8863克的顶骨舍利，分供台湾玄奘大学。

今年74岁，时任南京市佛教协会副会长的刘大任作为具体执行者，参与了全过程。他回忆道，当时江苏省宗教局交给他"一个任务"——特别为此事撰写《南京灵谷寺所藏玄奘法师顶骨的来龙去脉》，"要写明玄奘大师顶骨的真实性"，"写的文章与舍利一道带到台湾去"，后此文于1999年3月刊发于台湾《海潮音》第80卷第3期。

刘大任说，前期准备工作都由他经手完成。刘大任找熟人制作了一个小小的红木宝鼎,用于盛放届时取出的顶骨舍利,"因为知道与台湾有关,朋友没有收取费用"。他还专门找到南京一家玻璃厂,"因为舍利是供奉在密封玻璃罐里,要用砂轮打开玻璃罐,取出一粒后,余下的再密封"。

1998年8月23日,南京灵谷寺举行玄奘大师顶骨舍利迎送法会,中国佛教协会副会长、当代著名高僧茗山法师和灵谷寺方丈真慈法师主持法会,并亲手将恭请出的一份玄奘大师顶骨舍利,置于红木宝鼎中,再放入由了中法师精心制作的38厘米高的舍利塔内,将舍利塔放入锦盒,盖上灵谷寺的大印及茗山长老的私章。

1998年9月25日,了中法师率二百余人的"玄奘三藏法师舍利奉迎团"前往大陆,迎请舍利。玄奘大学董事长悟明长老为名誉团长,了中法师为团长。

他们先到北京,时任全国政协主席的李瑞环由赵朴老陪同会见了代表团主要成员。赵朴初在欢迎宴会上说:"了中法师在台湾经过多年的苦心筹划,创办了玄奘大学。为使这所大学效法玄奘法师精神,办好教育,了中法师向我们提出迎请玄奘法师顶骨舍利的要求,我们完全赞同和支持了中法师的这一殊胜行愿,乐于助成这一历史盛事。"赵朴初表示,"有好题目才能做好文章,诸位为迎请玄奘法师顶骨舍利而来,这是一个最好的题目。我深信,海峡两岸的佛教界一定会用这个好题目,共同写出一篇又一篇好文章,载入中国佛教史册。"

玄奘舍利台湾隆重举办奉安大典

对于"灵谷寺玄奘法师顶骨舍利迎送法会",了中法师记载道："海峡两岸诸山长老，佛教四众及各界人士千余人参加典礼法会。茗山长老代表中国佛教协会宣读赠送函，真慈大和尚代表灵谷寺将舍利赠送玄奘大学，由我代表接受，完成了我多年的心愿，也完成了两岸佛教交流最大的盛事。"

1998年10月2日，中国佛教协会亦组成三十余人的舍利护送团到台湾。在了中法师的记载中："'行政院长'萧万长暨各级长官，各界来宾，佛教界人士，全校师生五千多人，迎接这一千载难逢的胜事，盛况有如当年奘公载誉归国，万人夹道欢迎的情形。今日盛况，堪追当年殊荣，古今映辉，永传佳话。"

10月3日，台湾玄奘大学举行了隆重的玄奘大师顶骨舍利交接仪式和安放供奉法会。当天风和日丽，一大早，诸山长老、四众弟子等数千人将玄奘大学校园挤得水泄不通。10时，在礼堂举行"奉赠大典"，首先由大陆护送团团长茗山长老宣读赠函，再由灵谷寺住持真慈法师奉赠舍利，由了中法师接受。

茗山长老在交接仪式上说："了中法师创办玄奘大学，效法玄奘精神，培育人才。为使这所大学名副其实，经过多方支持，从南京灵谷寺迎请玄奘法师顶骨舍利安奉纪念，让大家瞻仰学习，这不仅是玄奘大学的盛事，也是海峡两岸佛教界的一件盛事。""愿共同努力增进两岸佛教界的友好合作，为维护世界和平、促进祖国和平统一做出贡献。"

奉赠典礼结束后，由长老法师一一排列，依序将舍利由礼堂传递至白圣长老纪念大楼四楼的三藏馆。在戒定真香的梵乐声中，每位长老法师以无比的虔诚传送舍利，所有的居士排列两侧护送，然后，在纪念堂举行"奉安典礼"。此后，这粒舍利成为镇校瑰宝。了中法师记录："也因此，玄奘大学将十月三日，订为校庆日，在建校史中，永志不忘这一具有特殊意义的纪念日。"

星云回家
——一次载入史册的还乡

马越

1989年3月27日，北京国际机场。

白云、蓝天，红霞，和谐辉映。国航CA110划过天际，安全着陆。

接机大厅里，中国佛教协会会长赵朴初、副会长明旸法师以及中国佛教协会各部门负责人、广济寺、法源寺僧众约五十人翘首以待。

一行七十余人簇拥着一位身材高大、慈眉善目的法师走出海关。八十三岁高龄的赵朴初会长迈步上前，紧紧握住法师的手说："今天我们见面，真是千载一时，一时千载啊！"

对于隔断多年的两岸佛教界而言，这是一个值得载入史册的时刻。

相隔一天，3月28日，扬州市民族宗教事务处向扬州市政府递交了《关于接待台湾星云法师弘法探亲团计划的报告》。烟花三月，江都老城区育人巷内，乡邻们兴奋地奔走相告："大和尚李国深要回来了！"

在被海峡隔开近半个世纪后，台湾佛光山开山宗长星云大师率先带领"国际佛教促进会弘法探亲团"共五百余人，分五梯次赴大陆弘法探亲。这趟行程对于六十三岁的大师个人而言，是游子还乡了，承接故土的血脉了。

春风吹拂海峡岸

"我祖籍扬州，居台半世纪，适逢中国多难，战乱频仍，我在青少年时期，历经颠沛流离，忧患相煎的岁月，目睹杀人盈野，血流成渠的惨状，身遭骨肉离散，天人永隔的悲剧。多年来，我深信许多人和我一样，世代的对立意识已然云淡风清，两岸彼此的隔阂才是大家心中未愈的伤痕。"

——台湾佛光山开山宗长星云大师

二十世纪初，方圆不足10平方公里的扬州仙女庙镇寺庙林立。在古仙女庙和古大圣寺北侧，住着一户李姓庄户，家中祖母是一位虔诚的佛教徒。小孙子李国深幼年成日玩耍于寺庙，这里的一草一木、一砖一瓦都刻在了他幼小的心灵上，也注定了此生与之密不可分的因缘。

二十世纪动荡的三十年代，12岁的李国深跟随母亲从家乡前往南京寻找杳无音讯的父亲，途中偶遇南京栖霞山寺知客，因为一句童言"我愿意做和尚"被引荐入了寺庙。1939年2月1日，南京栖霞山寺上，监院志开上人收了此生唯一的入室徒弟，融斋法师为他取字号"今觉"，内号"悟彻"，成为禅宗临济宗第48代弟子。此后经年，这位扬州弟子自取法号"星云"，蕴含光明与自由之意，并以此成名。

1949年前后战事频仍，为了救护不断增多的伤残士兵与流离失所的百姓，僧侣们受乐观法师的号召，组成僧侣救护队，为众生服务。23岁的星云来不及与家人告别，与江苏僧侣救护队的师兄弟一道，匆匆登上了开往台湾的轮船，却不知这一去竟是漫长的隔绝与等待。

二十世纪中期的台湾，佛教土壤极其贫乏。日本败退后，台湾佛教一度在迷信的、龙蛇混杂的、地位低落的社会边缘苟延残喘。1949年，国民党从大陆全面溃逃，台湾警备司令部颁布"禁严令"，除封锁港口，严禁出入外，还限制在台居民的人身自由，居住迁徙自由，言论、讲学、著作及出版自由，集会结社自由，通讯自由等。当星云一众大陆僧侣来到台湾时，面对的正是社会白色恐怖、佛教一盘散沙的局面。

初来台湾的外省和尚星云，不仅衣食无着落，更一度被诬陷为匪谍，被捕入狱二十三天。重重打击下，当初一道来台的僧人一个个离去，分道扬镳，各奔前程。星云却在弘法利生这条道路上一步一步走了下去，用了半个世纪的时间，从台北走到宜兰，从雷音寺走上佛光山，从台湾岛走向世界，成为一代大德高僧，而他的内心对于还乡的渴望却愈来愈强烈。

上世纪八十年代中期，中共中央和中国政府确立了"和平统一、一国两制"基本方针，形成了改善和发展两岸关系的政策体系。大陆方面争取两岸关系发展的实际努力，对台湾产生越来越大的积极影响。

1987年，星云大师与中华佛教居士学会代表田刘世纶女士（又名叶曼）应邀参加泰皇六十岁诞庆典，座位刚好安排在中国佛教协会会长赵朴初夫妇的后一排。碍于当时两岸佛教界分割多年的情势，两人一时无从交谈。就在典礼刚开始不久，赵夫人突然咳嗽起来，坐在后排的田夫人立即拿出一颗止咳糖递给她。当晚，赵朴老打破隔阂，回赠大作以示感谢，遂有了彼此交流的机缘。

赵朴老出生于安徽安庆，早年就读于苏州东吴大学，本都是中国人，安庆与扬州相邻甚近，对于这位在海外弘法有成的同乡朋友，年长二十岁的赵朴老内心十分欢喜。海外相逢，他乡遇故知，畅谈之下，两人在许多事情上竟共识颇多。日后，赵朴老托人转赠给星云一首亲笔题的诗联："富有恒沙界，贵为天人师。"

1987年，台湾政治发生了1949年以来最大的变化，民主化、本土化浪潮兴起。7月，台湾当局解除自1949年开始实行的"戒严令"。10月15日，在台湾民众的强烈要求下，台湾当局被迫宣布允许在大陆有血亲、姻亲、三等亲的台湾居民可以经第三地转赴大陆探亲。16日，国务院办公厅公布了关于台湾同胞来祖国大陆探亲旅游接待办法。

1988年11月，星云大师在洛杉矶西来寺主办世界佛教徒友谊会第十六届大会暨第七届世界佛教青年友谊会，这是国际佛教协会第一次在西半球召开的会议。星云将主题定为"发扬佛慧，为和平而团结"，并主动邀请海峡两岸的佛教会，希望打破嫌隙，共谱新曲。赵朴老接到邀请后，经过多番协商，两地佛教分别以"中国北京"和"中国台北"的名称参加大会，首开海峡两岸佛教交流之创举。

只有真正接触交流后才有彼此的深入了解。一年后，赵朴老向星云大师发出了弘法探亲的正式邀请，星云欣然应允，率先带领着75人的"国际佛教促进会弘法探亲团"转机香港，飞抵北京，展开了西安、成都、敦煌、重庆、武汉、南京、扬州、镇江、上海、杭州一路的弘法和探亲行程。这一趟回家之旅看似风平浪静，事实上，作为台湾佛教界重要人物的星云大师在美国洛杉矶西来寺宣布将访问大陆时，这一消息在台湾仍然引起了轩然大波。

百感交集回故里

"我有50多年做记者的经验，还是第一次见到倾城出动、万人空巷的场面，车队到达江都时，人们列队欢迎，且每一行列都是两三层，有人从高楼伸出头来，有人爬上大树观看，掌声、欢声响成一片。星云大师见了母亲后献上一束鲜花，握住了母亲的手，一句'我回来了！'再也无语。老母亲说：'回来就好！回来就好！'泪光交织中，诉不尽思念之苦，道不尽离情别绪。"

——资深记者陆铿

"今天我们见面，真是千载一时，一时千载啊！"这一画面被定格在历史的记忆中，这一天不仅在现代佛教史上，更在两岸交流史上有了继往开来的意义。

1989年3月28日，扬州市政府收到扬州市民族宗教事务处递交的《关于接待台湾星云法师弘法探亲团计划的报告》：

"应中国佛教协会赵朴初会长的邀请，台湾国民党中央评议委员、国际佛教促进会会长、台湾'中国佛教会'常务理事、台湾文化大学印度研究所所长、台湾东海大学教授、台湾佛光山和美国西来寺创始人星云法师率国际佛教促进会弘法探亲团一行75人，将于1989年4月20日由南京来扬州。根据国务院宗教事务局转发《中国佛教协会接待星云法师一行的计划安排》和省宗教局对这次接待的计划，该团在扬州活动一天，将参拜大明寺，游览瘦西湖。星云法师本人还将去故乡江都探望八十八岁的老母和亲属。"

报告中指出："做好对星云一行的接待工作，对两岸佛教界增进了解和友谊，促进祖国和平统一大业，都会产生良好的影响。因此，必须予以充分重视，在接待中应本着诚挚友好、体现政策的方针。"

事实证明，星云大师1989年首次率团弘法探亲在全国各地都受到了热情的接待，在家乡扬州更是受到高规格的重视与尊重。

4月18日下午4点，南京火车站外，雪烦、明学、园湛、安上、真慈等法师和栖霞寺、灵谷寺、鸡鸣寺、栖霞山佛学分院、金陵刻经处僧尼、居士八十余人，以及江苏省、南京市宗教事务局负责人一早守候在车站外，翘首以盼。

5点18分，从上海来宁的92次火车抵达火车站。星云大师一下车，一束束欢迎的鲜花扑面而来，一百多人的欢迎队伍夹道向他合十致意。此时正值春暖花开时节，在历经寒冬后，人们的心头洋溢着春风。南京栖霞山上，春暖花开，桃杏灿烂，空气中弥漫着故人归来的气息。

5月19日上午，南京市佛教协会会长、栖霞寺名誉方丈雪烦法师，栖霞寺方丈真慈法师，以及一百多名僧尼、居士等候在山门口，在明旸法师和上海玉佛寺方丈真禅法师的陪同下，当年的扬州小和尚终于在耳顺之年回到少年出家地。

这是一次跨越时空海峡的重逢，当年星云就读焦山佛学院时的院长雪烦大师已经八旬高龄，能在有生之年看到昔日的老师，星云热泪盈眶。两人握手相视，彼此不能语。好一会儿，星云才说道："50年前，我在栖霞古寺生活6年，我衷心感谢长老们对我的辛勤培育。这次回来，见到了古刹佛像庄严，庙宇整洁，到处明光敞亮，我衷心感激在座诸位把栖霞古寺保护得这样完好。"一瞬间，宾主双方又红了眼眶。

用衣袖擦拭眼泪后，星云大师微笑着向台湾弟子介绍身边的栖霞山寺法师们，及至说道"这是合成法师，当年他打过我，但我很感激他！"大家不禁再次笑中带泪。

随后，星云大师带领弟子前往墓塔祭拜先人，又前往中国佛学院栖霞分院，为栖霞小师弟们开示演讲。对于这位前辈师父，学僧们非常好奇，开示中他们竟意外地听到诸位台湾法师用扬州小调演唱佛光山寺禅诗。半个世纪了，星云不仅自己难忘乡音，更教会了台湾弟子说扬州话。讲演结束时，前辈师父的一句"要以栖霞之光，照亮未来中国佛教的前途"，令小学僧们热血沸腾。这一天在他们的人生中也成为了一个值得纪念的日子。

露从今夜白，月是故乡明，即便身为大师，也会近乡情切。

4月20日清晨，暗淡的天空原本飘着些些雨丝，临近8点时，天边赫然放白，小雨在不知不觉中停止了，空气中飘荡着雨后青草的香味。

扬州蜀冈中峰上的古刹大明寺山门外早已铺好了红地毯，大明寺住持瑞祥大师和弟子能修，协同扬州市佛教协会会长印波法师在山门外夹道等候着还乡的游子。当载满人的大型旅游车驶入山门时，霎时鸣钟击鼓，钟声鼓声在天空中久久回荡。当年，星云大师在镇江宝华山隆昌寺受戒的时候，印波法师是授戒师。虽然时隔四十多年，作为印波法师的戒弟子，星云下了车，一见师父的面，就握住老师的手说："我很感激老师的授戒！"原本淡定祥和的印波法师竟也红了眼眶。

星云从正门进入大明寺大殿礼佛、前往鉴真纪念堂礼祖，继而到藏经楼跟省市党政领导以及江浙沪的诸位长老会面交流。时间一分一秒流逝，而此时星云却归心似箭："全世界的人我都不怕，我现在就是怕我的母亲，她在家等得太久了，现在到扬州还不回家,我怕她生气呀!"由于行程紧凑,活动繁多,此次回故乡扬州仅有一天的时间,为了让星云大师有较多的时间回江都探望母亲,一切繁俗礼节皆被简化。

上午十点左右,江都县主干道两边挤满了等待的人,早就听说大和尚要回家了,人们兴奋中带着好奇,一时间人群夹道,汽车几乎开不过去。当星云一行人乘坐的车慢慢行至万福新村,已是十一点多。随行记者陆铿忠实记录了当日的情景:

"我还是第一次见到倾城出动、万人空巷的场面,车队到达江都时,人们列队欢迎,且每一行列都是两三层,有人从高楼伸出头来,有人爬上大树观看,掌声、欢声响成一片。星云大师见了母亲后献上一束鲜花,握住了母亲的手,一句'我回来了!'再也无语。老母亲说:'回来就好!回来就好!'泪光交织中,诉不尽思念之苦,道不尽离情别绪。接着,二人在阳台上和大家见面,出家弟子唱了一首《母亲颂》,唐德刚朗诵了祝贺母子团聚的诗。星云大师用平易的扬州乡音说:'我就是李国深呀!'"

母亲老了,那么瘦小,屋里人太多了,母亲伸手轻轻抓住星云的僧袖,星云偷偷从僧袖中伸出手握住母亲的手,几个小时就这么一直握着,握着,笑着,闪着泪还笑着………

要走了,星云大师双手合十,向家乡的父老乡亲施礼问好。那一日热闹欢喜的场景,永远留在了所有在场的乡亲父老的记忆中。他们都听到了这位同乡大和尚说的一句话:"家乡真美,家乡人更美,不仅美在面孔,更是美在心灵。"临行前,随团的各位法师齐声诵道:

白云一片去悠悠，
万里归来四十秋。
七十二贤齐晋拜，
高堂欢乐满扬州。

满树桃花犹向春

"广大台湾同胞都是我们的骨肉天亲。大家同根同源、同文同宗，心之相系、情之相融，本是血脉相连的一家人。两岸走近、同胞团圆是两岸同胞的共同心愿，没有什么力量能把我们割裂开来。"

——习近平总书记

距离星云大师首次还乡已经过去28年了。日后，星云回乡频繁。2005年，他倡导旗下的台湾佛光山文教基金会捐资在扬州建设"鉴真图书馆"。2007年，他参加了中国扬州佛教教育论坛。同年，他在扬州双博馆举办"觉有情——星云大师墨迹世界巡回展"。2008年，他在鉴真图书馆里开辟"扬州讲坛"，为家乡建造一艘"文化讲座航母"。2010年3月，八十三岁的星云大师首次登上扬州讲坛，脱口而出的便是"'一江春水向东流'，从家乡出家，几十年来我最大的心愿就是回家乡，回扬州"。台下在座的家乡父老们为之动容。

72年前，这位扬州少年凄离故土，出家为僧；62年前，年轻的僧人带着信仰离开大陆，前往台湾；数年后，即便成为万人景仰的高僧，在尝遍人间甘苦、看遍世间万象后，无论身在世界何处，梦魂萦绕的依然是自己的故土，那里不仅有自己的亲人，也留有自己的根。

海峡两岸从隔绝走向交往、从紧张动荡走向和平发展，这是一个不可阻挡的趋势。星云大师率团还乡，开交流风气之先，创团圆至善之业，给普通民众做出榜样，为两岸交通做出表率。此后三十年，两岸人民往来扩大、经济合作深化、文化交流活跃、社会交往频繁，几乎各个领域都建立起交流协作的平台。

古稀之年，这位佛教界的传奇人物以"人间佛教"为方舟，不仅致力于两岸佛教界的来往交流，更投身于两岸文化的交融发展，他要将中华文化的桃枝栽种到世界五大洲。

仅 2006 年到 2010 年，星云大师造访大陆近三十次，他的足迹遍布黑龙江、辽宁、北京、成都、重庆、复建、深圳、云南、广西等地。他参访寺院、传承法脉、演讲论道，出版著作，他捐献希望中学、希望小学、图书馆以及云水医院。2008 年四川汶川大地震爆发，81 岁高龄的星云大师成立"救灾指挥中心"，募集大量医疗物资，为自己的同胞拨款赈济。2010 年，他捐资 3000 万人民币帮助南京大学建设中华文化研究院，更加致力于弘扬中华文化。

当年，他说："我出家是受外婆的影响，回到扬州，看到老太太，仿佛看到外婆的影子；看到女士先生，仿佛看到父亲母亲的影子；看到年轻人，仿佛看到当年同学的影子，……这就是回家的感觉。"两岸同胞同根同源、同文同种，海峡再怎么宽，阻断不了血脉，阻隔不了团聚的念想。

1989 年 4 月 20 日，已经成为一个载入史册的日子，一次镂刻心版的回忆。

寻根

六越海峡探故里
祭祖寻根拾乡愁

陈旻

穿越台湾海峡，一条回家的路究竟要走多久？对于台湾前"行政院长"郝柏村来说，从1938年春到1999年4月首度返乡，这条魂牵梦萦的回家路他走了漫长的61年。2011年9月8日，郝柏村搭乘"盐城—台北（桃园）直航"首航班机第六次回到家乡，1500千米的航程只用了一小时五十分钟。

原江苏省盐城市盐都区台办主任张宗煜说，如今，两岸交通便利，18年间郝柏村率子孙先后六次回乡祭祖寻根，修订完成四大册《苏北郝氏宗谱》，每次都要反复对后代强调："中国人，不能忘记自己的根本！"曾经5次参与郝柏村返乡接待工作的张宗煜向笔者娓娓道来其中鲜为人知的故事。

如今成郝荣村最年长者

2011年4月，第五次回乡祭祖的郝柏村，向盐城葛武镇党委书记李晓东赠送唐代诗人贺知章《回乡偶书》条幅，他说："这首诗虽说是唐代的，实际上诗里面的意境就是写的我。我离家整整61年，回家后头发都白了，郝荣庄的儿童相见不相识。"离家时郝柏村还是风华正茂的19岁青年，再回故乡，却已是历尽沧桑的80岁老人。

郝荣村位于盐城市区西南约40千米处，1919年8月8日，郝柏村出生在这里，9岁去尚庄小学住校读书之前，他的童年时光都在村里度过。

郝氏家族始祖原为苏州富户，明代初期，迁移至苏北盐城郝荣庄，传至郝柏村时，已经历了18代。如今郝荣庄改名郝荣村，535户人家，二千七百余人，98%的人姓郝，现有郝氏传人25世、26世，村里数郝柏村最为年长。

1999年4月5日，郝柏村一家人回到了郝荣村，"整个村里的人都出来迎接他，郝老先生高兴得不得了！满面笑容，从开头笑到最后，还特别喜欢问村里人'你是不是姓郝？''我是十八世，你是多少世？'"

19岁与父母一别成永诀

1935年，16岁的郝柏村初中毕业于盐城中学，考取南京陆军军官学校炮科，从此成为职业军人。1938年1月20日，校长蒋介石在武昌主持了他们的毕业典礼，并特批十天假期，家乡在还没有沦陷地区的毕业生，都可以回家探望父母。

郝柏村说，"我走过汉口、郑州、衢州，到了苏北，回到我的家，见到我的父母，停留了十天。我不知道什么时候再有机会见面，所以全家照了一个相，这张照片，在我家里，我的子孙，大家都要记得的。"

郝柏村儿子郝龙斌曾告诉张宗煜，父亲跟他提起那年的往事，"奶奶说：'儿子回来了！'爷爷说：'你瞎说。'结果，夜里有人敲门，打开门，真的是三年未见到的儿子回来了。"

在郝氏故居正屋东方墙壁上挂着一张摄于1938年的全家合影。那年，19岁的郝柏村一身戎装回到家，全家专门乘船去县城，拍了这张全家照，郝柏村说，这是他的母亲第一次照相，也是她留在世上唯一的照片。这张全家福，郝柏村一直随身携带。到了台湾，他请人把这张照片绘成大幅油画，挂在家中的客厅里。他还请人依据照片制成父母铜像，安放在书房里，日夜相伴。

结束十天假期，告别父母。郝柏村没有想到，这一别竟成永诀。

郝柏村 61 年漫漫回家路

1999 年 4 月 5 日上午 9 时，郝柏村领着全家人，在父母"显考郝公肇基 妣袁氏珍宝之墓"前上香、磕头。再"见"父母，已是一甲子之后，那一刻，长跪不起的郝柏村双泪长流。郝龙斌说，印象中，他从没看过父亲掉泪。

首次回到郝荣村，已完全陌生的家乡却又处处似曾相识。祭拜父母之后，郝柏村迫不及待地走向定格于 61 年前记忆中的老家。踏上进村的小路，郝柏村就满有把握地告诉郝龙斌："我们家就在前边。"

刚走几步，迎面碰上郝荣村里唯一与郝柏村同属第 18 代且同龄的郝道平，但却相见不相识。郝柏村风趣地说："不是儿童相见不相识，是八十老翁不相识。"

儿时戏水的小河、小河上的小桥、郝氏宗祠里童年读私塾时相伴的那棵百年银杏树，依然是记忆中的模样。伫立在银杏树下，郝柏村感慨，"一别六十载，人已老，树已高。"

再走村里的小巷，郝柏村惊讶："巷子比我以前走的时候窄多了。"郝龙斌说："那是因为你当年人小个子矮，现在你长大了，觉得它狭小。"大家都开怀大笑。

郝柏村走进自己小时候住过的小屋，他告诉孙女郝汉祥，父亲对他要求很严，从小培养他的独立生活能力。在他 6 岁开始上私塾时，父亲就让他独自住进这间房间，按照《朱子格言》要求他"黎明即起，洒扫庭除"，每天早上叠被、扫地，"每天读书，每天要写 100 个字，写不好写不完不能出来玩。"郝柏村说，那时候，郝荣庄与葛武镇只有一个尚庄小学，距离他的家15里路，"八十多年前，我们要坐船去，大约要坐两三个钟头。我9岁就离开了家，到尚庄小学去住校读书，上所谓新学堂。只有寒暑假才能回家。"

4月5日下午，郝柏村还特别回到当年就读过的尚庄小学，未进校门便看见一位少年犹似自己当年，叫住这少年，请他在自己手心写下名字。在教室里，郝柏村告诉大家："这是我上的第一个洋学堂。"郝柏村听尚庄小学校长介绍学校的发展之后，询问校长："校史有没有把我的名字写进去？"校长向郝柏村赠送了一本校史，"郝柏村"列在知名校友之中。

1999年，郝柏村首次回乡寻根，他告诉随团的台湾记者："我的根就在这里！"他强调，中国人不能忘记自己的根本，人不一定要归根，但是决不能忘了根。

2005年10月18日，郝柏村第三次回郝荣村扫墓。在郝氏宗祠题写了"不忘根本 中华之光"。

代母亲喝了碗鲫鱼汤

杨均承

出租车司机从上海城隍庙载着我奔往虹口，到了一个小区门口，回身把地址还给我，以一口上海腔说道："就是这里啦，侬就要见到亲人了。"下了车，看见大门口一位中年妇人焦急望着我下车的方向，犹豫地喊着："是均承哥哥吗？"是了，这一定就是玉珍表妹，我招手向前笑道："总算见面了。"

一封由香港转来的信

当年先父母随军撤退来台，本要带着舅舅同行，但是船期不定，待命期间舅舅放心不下镇江老家，坚持要在等船的空档回去交代一下，反正上海和镇江不远。母亲拗不过他，只好千叮咛万嘱咐，要他快去快回……想不到，这一别就是永诀，也是母亲心中永远的痛。

小时候最常听母亲叨念的，就是她聪明懂事的弟弟，不仅书读得好，还打得一手好算盘，是家中柜上的好帮手。有时走在街上，她会突然伫足看着某个路人，告诉我："这人长得像你舅舅，分开这么些年了，也不知道他长得多高多大。"

而母亲回忆最多的，是舅舅知道她喜欢吃螃蟹和鲫鱼，常常跳到门口运河里去抓鲫鱼、摸螃蟹，一抓就是一盆子。这为了让姊姊开心而不顾自己危险的举动，不知道挨了外公多少顿打。

能够和舅舅联络上，简直是奇迹。1980年，新竹市南门派出所的一位警察来访，进门高喊："报喜啦！老家来信了。"母亲纳闷这是怎么一回事？原来，邮局接到一封由香港转来的信，信封上写着先父的名字，地址却只有"台湾新竹空军八大队"九个字。三十多年前的老番号，再加上人事全非，这几乎算是一封"死信"。但是邮差先生锲而不舍地找到了熟识的警员，看有没有办法将死信救活。

无巧不巧，警员同志们聊天的时候，有人眼尖看到了这封信，也知道我家住在东门的管区，这封信真的活了！母亲感激万分，不知该怎么表达谢意，那位警员说："大姊别客气，快联络吧，我是想联络都没有路子呢！"

以后的鱼雁往返，我就是当然的代笔人，一年总要透过香港通上四、五封信。每次写信都是大事，母亲会娓娓口述姊弟的儿时情景，以及现今彼此的家庭状况，然后每封信末都表达了没能带上弟弟同行的遗憾与歉意。舅舅回信总是一句老话："焉知非福、焉知非福，今天也是家庭美满，除了想姊弟再见一面，余生别无所求。"

为您撒一抔故乡的土

开放探亲是天大的喜事，但当母亲兴致勃勃准备出发前往上海，却突然觉得身体不对劲——二期的肠癌阻断了回乡路。术后在腹部装了个人工肛门，每隔一日都要冲洗清理，当然不便远行了。

舅舅不死心，在上海打听到同样病况患者的生活状态，将自家洗手间改装了抽水马桶并加装扶手，且为了方便母亲起居，更重新装潢了一个单间，一切就等母亲身体状况允许时，先飞香港，舅舅到机场亲迎陪同转机。无奈的是，舅舅此时已经是肺癌三期，化疗以后没有多久就辞世了！

母亲得知噩耗，喃喃自语："不甘心哪，舍不得哪！"从此日渐消瘦，待我警觉，她已经是癌症晚期了。在安宁病房我陪着母亲聊天，话题总会绕到舅舅身上。我向她保证，出院后一定陪她回上海看看舅舅给她准备的住所。明知她此生再无出院的可能，这些话也仅是安慰而已了！

办完母亲的丧事，我决心代母亲了这一桩遗愿。2001年的夏天，我终于到了上海，随着玉珍表妹回家，看见舅妈在门口迎我。我扶着老人坐下，伏身向她磕了三个头。舅妈忙不迭地拉我，我说："见舅如见娘，舅舅虽然不在了，舅妈也就是我唯一的长辈了。"舅妈十分感慨，抹着眼泪絮絮叨叨诉说舅舅生前种种，我也忍不住陪着唏嘘。在舅舅牌位前行礼，我双手合十，心香一炷，默告舅舅我代母亲回来看他了。

此时表妹端出一碗鲫鱼汆萝卜汤放在我面前。舅妈告诉我："你舅舅说你母亲从前最喜欢吃螃蟹和鲫鱼汆萝卜汤，'姊姊回来的第一顿一定是做这两样她最喜欢的河鲜。'现在螃蟹不是季节，鲫鱼倒不少，我做了这碗汤，你代你母亲喝了吧。"

这碗奶白色的汤做得很讲究，鱼卵取出以后掺和了绞肉再灌回鱼腹，但是我没吃出滋味来，因为鼻头总是酸的。

临走时我在小区旁的树边刨了一抔土，用信封装着，带回台湾。而后在母亲的坟前，把那包土撒在香座上，告诉母亲："我看了舅妈，也在舅舅灵前行了礼。现在再为您撒下一抔故乡的土，您的心愿我都代行了，您也应该无憾了。"

双合村的守望

杨雪燕

迎着朝阳，一路向东。

正是仲秋时节。连绵几日的阴雨已经悄然远去，江海大地天高云淡，阳光和暖。田野里的稻谷已经泛黄飘香，朵朵白云在黑色的龙头屋脊上空缭绕。目光掠过一幢幢漂亮的小洋楼，心情不由就欢欣明快起来。

眼见一块蓝底白字的路牌醒目地立在路边——"陆家车路"，才知这里就是双合村了。在接到采访任务之前，我对这个黄海之滨的小村庄并不陌生。早在2013年，中央电视台的记者们就曾来到这里，拍摄了一部纪录片——《双合村的亡命人》。片子讲述的是建国后不久，江苏省海门市双合村的87名村民在出海捕鱼之际被台湾军方掳去后发生的悲欢故事。

半个多世纪过去了，这些失踪者和他们的亲人所经历的生离死别和劫后重逢，一直让我震撼和感慨，却未曾想到，自己有朝一日竟会走进这个村庄，在这方血泪浸染的土地上驻足和怀想……

一条路和三座桥

得知我们前来采访，年轻的村支书已经邀约了七八位村民集中在村委会等候。这些村民都是和台湾有关联的，换句话说，他们都有亲人经历了1950年3月的那起海上劫持事件。我在他们脸上仔细搜寻，希望能够找到这67年人间悲喜在他们脸上烙下的印痕，却终究未能如愿。正如他们生活的这个村庄一样，我在他们身上所能感受到的，只有一片安详。

话题从我们来时经过的一条路——陆家车路开始。这是一条平整的水泥路，虽然看起来并不宽阔，却是村里的主干道。

村民们告诉我，修建这条路的出资人，正是从双合村走出去的台湾游子们。除了修路，他们还为家人建新房，为村里建桥梁——村里有三座桥都是他们援建的。陆家和娥桥、德惠桥……那些桥，都被当地老百姓亲切地唤作"台湾桥"——多少深情厚谊都蕴含在这个朴实的名字里。

站在陆家和娥桥上往北望去，陆家车路在阳光下闪着厚重的光泽。我从桥上缓缓走过，仿佛拨开了历史厚重的灰尘，67年前的一幕依稀可辨……

那是在一场特大风暴之后，双合村的庄稼几乎颗粒无收，整个村庄都被饥饿和恐慌深深笼罩。为了活命，双合村的一百多名青壮年不得不组成船队出海作业——他们要靠海上的收获来度过眼前的饥荒。于是，一个晨雾弥漫的黎明，双合村的青壮年们汇成一支浩浩荡荡的队伍出海去了。他们满怀希望而去，谁曾想，这一去竟走上了一条不归之路——一百多人出海，87人被海上劫匪掳走，从此之后杳无音信。

曹俊茂是当时侥幸逃脱的一名渔民。如今，67年过去了，他的儿子曹宝荣也已经从教师岗位上光荣退休。说起父亲当年回到家时的情景，他依然心有余悸："那天，父亲失魂落魄地跑回来，衣服上血迹斑斑，身上、腿上、胳膊上都是伤痕，他悲怆地告诉双合村的人们，他的87名伙伴都被海匪劫持了！"

一个村庄的87人集体消失，老天和双合村开了一个多大的玩笑。他们中有70人已结婚成家，这意味着双合村有多少女人失去了丈夫，有多少孩子失去了父亲，又有多少老人失去了儿子。适逢饥荒，又痛失亲人，用灭顶之灾来形容当时村里众多家庭的遭遇并不为过。

那一年的春天，走在双合村陆家车路上，到处都是凄厉的哭喊声。村民们说，站在南边可以听到北边的哭声，站在北边又听到南边的哭喊声。母亲们疯了似的跪在路上呼喊着孩子的名字；年轻的妻子们披头散发站在路边哀哀痛哭；孩子们不明所以，眼睛里满是恐惧。

村民们把希望寄托于神灵，他们纷纷跑进镇上的一座寺庙，焚香祷告，祈求神灵护佑他们失踪的亲人，祈盼他们的亲人早日归来。骤然旺盛起来的香火照亮了寺院的香炉，却未能给双合村人带来一点点亲人的消息。

从此，双合村有了一个悲情的名字——"寡妇村"。从此，唯有袅袅的香火，在这个小小村庄里升腾缠绕……

一条小河和一段岁月

行走在双合村里，与一条小河不期而遇。我不知道这条小河的名字，或许它本来就没有名字，这无关紧要。我能看到的是，时光在流水里缓缓漂移，半个世纪前的心酸往事——浮现……

江海洪是家里的独子，他的失踪让其寡母伤心欲绝，日夜哭泣中竟哭瞎了眼睛；陆洪涛的父母更是绝望，他们家的四个儿子——陆洪涛、陆雪昌、陆海昌、陆水水兄弟四人全部失踪，儿媳不堪重负改嫁，只留下几个年幼的孙子、孙女。为了生存，老两口只好带着孙子孙女外出乞讨……

苦涩的岁月里，双合村的女人们有的在绝望中离开了人世，有的不堪重负改嫁他乡。而选择了坚守的女人们，唯有擦干眼泪，艰难撑起一方家庭的天空。江汉忠的母亲就是当年留守的女人之一，丈夫江海洪失踪时，她才32岁，家里上有老人，下有3个年幼的孩子。饥荒之年，一个女人要养活这一家人该有多么艰难！为了养活孩子，她去挖野菜、偷偷出海、外出乞讨……"我的妈妈是最苦的！"说起母亲，年过七旬的江汉忠依然忍不住老泪横流。令人扼腕叹息的是，这位饱经苦难的老人在1990年不幸离世。她永远也不会知道，几个月后，她日思夜想的丈夫会踏上归乡之路啊！

还有些女人，选择了另一种坚守。仇素香的丈夫陆广元失踪时，儿子陆志豪才7个月。年轻的她抱着襁褓中的孩子痛不欲生。为了养活孩子，她不得不抱着他外出乞讨。几年后，她才由长辈作主与小叔成婚，含辛茹苦抚养孩子长大。

父亲失踪，母亲改嫁，让双合村的很多孩子一下子成了孤儿。这些孩子没有享受到丝毫童年的欢乐，小小年纪就挑起了生活的重担，在成长的历程中遭受了种种苦难——他们跟随长辈外出乞讨，四处奔波打零工，还常常冒着被海潮吞噬的危险"赶小海"（在滩涂上挖掘海鲜）贴补家用。可是，大海并没有护佑这些苦命孩子——那一天，6岁的姜云芳正在和村里的孩子们"赶小海"，突然间两米高的巨浪扑来，十几个孩子瞬间就被海浪吞噬……

失去亲人的痛苦，自然灾害的侵袭，并没有击垮善良坚强的村民们。他们互相扶持，守望相助，彼此支撑着走过那段黑色的岁月。

一只邮箱和一所"邮局"

陆家和娥桥的桥头有几间白墙黑瓦的老房子，其中有一间房子的墙壁上挂着一只绿色的邮箱。这是生活中常见的那种最普通的邮箱，毫无特异之处。可是，当它倏然撞进我眼帘的时候，我却分明感到了自己心灵的震颤——在这个不同寻常的村子里，这只邮箱仿佛天生就具备了某种象征的意味——是的，没有经历过生离死别的人，是不会懂得一封家书对于亲人是何等的重要的。

这是1973年的某一天，一封从美国寄来的信件飞到了双合村的陆金岐家。这封神秘海外来信的到来，仿佛向沉寂的双合村丢进一枚炸弹——这是失踪亲人的来信啊！他们居然还活着啊！他们是去了台湾啊！人们奔走相告，涕泪纵横……

寄信人叫陆水其，是陆金岐的哥哥。他那时已从台湾部队退役，到了远洋轮船上工作。利用中美关系的解冻，陆水其在美国停靠时试探性地向家乡寄出了这封家书。在信里他告诉家人，他们当年在海上是被国民党部队抓去的，到台湾后被编入国民党军34师74团接受新兵训练，后来又被派往金门岛驻防。在1954年9月的金门炮战中，他们就在前线，有两人已在战火中死亡。

23年的期盼，23年的守望，终于盼来了亲人的确切消息，这是多大的意外和惊喜！然而，那时"文革"尚未结束，"海外关系"的阴影还像一座大山压在他们的头顶。因此，一切的往来通信都在秘密中进行。双合村的人们按照陆水其指定的地址陆续寄出了家书，这些珍贵的信件到了陆水其手上，又被他悄悄转往每一位在台湾的亲人手中，这在台湾老兵中掀起了一阵温暖的飓风……

再后来，在双合村与台湾的亲人之间，又有了一个隐形的"邮局"——陆强林老人的家。陆强林的侄子陆宝洪也是当年被抓到台湾的87名村民之一,当时只有十几岁,是他们中年龄最小的一位。陆宝洪退伍后当了一名政府司机,利用工作便利,他和大陆的叔叔自觉承担起两岸书信中转的任务,在双合村和台湾之间架起了一座温情的桥梁。

从此,海峡两岸的亲人们终于可以在信笺上一诉衷肠了。在村干部的保护下,这样的秘密通信,竟一直持续了十多个年头。

一摞相册和一串故事

在午后暖洋洋的新居里,村民姜云芳向我展示了一摞相册,这些相册记录了他们一家和大哥姜海余一家之间多年来亲密往来的故事——这些年里,他们家如同村里许多家庭一样,与海峡彼岸的家人频繁来往,不仅兄弟姐妹之间感情笃实,两个家庭之间也早已亲密无间。

"父母在世时,最常念叨的就是失踪的大哥姜海余的名字。姜海余失踪之后,嫂子因思念过度,一年多后就去世了。每逢过年的时候,全家人围着桌子吃饭,父母亲总不忘把哥哥嫂嫂的两碗饭也摆在桌上。"姜云芳还清楚地记得,大哥第一次回来的时候,见到母亲的第一句话就是——"母亲,不孝儿回来了!"

只一句话,便让在场的所有人潸然泪下。

然而,姜海余并不是最早回家的游子,第一个归来的是陆连生——原国民党军34师74团士兵。

那是1986年的春天,这位对故乡日思夜想了36年的老人,借旅游之名从台湾辗转日本,一路求助摸索,终于跟跟跄跄投入故乡的怀抱。那时候，两岸的紧张关系还未解冻，陆连生此举可谓铤而走险。

陆连生回家的消息瞬间轰动了全村，故乡用最浓的亲情深情拥抱了这位游子。陆连生陶醉在亲情乡情里，并且把这种幸福延伸传递到了台湾。台湾的老兵们分享着陆连生带来的故乡和亲人们的消息，思乡之情愈加汹涌。

念念不忘，必有回响。面对时代潮流和两岸中国人的共同心愿，1987年7月15日，台湾当局终于宣布解除实行了38年之久的"戒严令"。当年11月2日，正式开放台湾民众赴大陆探亲。

1988年的4月，双合村的游子们终于迎来了他们人生暮年的春天——姜海余等8位台湾老兵终于跨过海峡，回到了自己日思夜想的故乡。漫长岁月的煎熬，让当年的青壮年如今都已变成了两鬓斑白的老人。在那个鲜花怒放的春天，当8名游子敲响自己的家门时，真是恍若隔世。

那一年，双合村的油菜花开得格外艳丽，黄灿灿，明晃晃，照得游子们的眼睛，汪出了滚滚热泪。满面尘霜归故里，执手相望泪千行。多少风雨沧桑，多少深切思念，终于化为团圆的惊喜。一幕幕重逢的画面，如同温暖的阳光，投射在双合村人的记忆里，让这个被悲情笼罩了三十多年的小村落终于春暖花开。

从此以后，故乡行就成为了这些游子最渴望的事。从1988年第一批游子归来以后，先后有六十多名双合村的游子踏上了故乡的土地。每年的清明节，双合村的墓地里总会聚集着众多从台湾归来祭奠亲人的老兵。

重逢的喜悦不止发生在双合村，也发生在千里之外的台湾。1990年，村民陆志豪在江苏省台办和海门市台办的帮助下，跨越海峡去台湾探亲，生平第一次踏上了台湾的土地。江汉忠和姜云芳则是第二批去台湾探亲的村民。令他们意外和感动的是，台湾的同胞听说他们是从大陆来的，都纷纷热情地迎上来和他们合影；老乡们得知他们的到来，纷纷向他们发出热情的邀请……

一个老人和一份祈愿

走进陆志豪家里的时候，日头已经西斜。他的母亲——92岁的仇素香老人正坐在家里和儿女拉着家常，满头的银发在女儿的梳子下闪耀着岁月的光泽。她跌宕的一生，也是众多双合村台属的缩影。然而，说起那些年的苦难，老人却只是淡然一笑，一脸的波澜不惊。是的，命运无常，生活无常，但是历尽了劫难，岁月依然静好。

就像67年前那场噩梦，这个世界的变化总是让我们猝不及防。想当初，双合村的人们刚去台湾探亲的时候，满眼都是好奇。而如今，台湾的同胞回到双合村，满脸都是惊喜。

这些年里，随着两岸亲人互访的不断密切，无形中已有了许多的交融。双合村的人们不再愿意做井底之蛙，他们跳出小井，拥抱世界——在台办和台湾亲人的鼓励和帮助下，村民们纷纷打破原有的"男人出海女人务农"的生活方式，有的承包土地做起了职业农民，有的开办超市搞起了第三产业，还有的村民学习养殖技术开拓农副产品市场……

半个多世纪的风风雨雨，让双合村发生了天翻地覆的变化——昔日贫穷落后的小村庄，如今已经是一座现代化的农业大村；昔日温饱难继的村民们也早就结束了出海捕鱼的时代。掰开手指数一数，如今全村职业渔民不足20人，且都已年逾花甲。村里年轻人都出去闯荡了，留守下来的村民们靠着土地租金和第三产业，生活得安稳而富足。

"最初去台湾探亲，我们心里还藏有一个小秘密，那就是可以打工挣钱。那时候，台湾和大陆的劳动报酬还存在较大的差距，打工两个月，就能挣2万多元钱，这在当时可是一笔巨款啊！"当姜云芳说出这番话的时候，周边的几个村民都会意地笑了。

"可是现在不同了，现在去台湾，除了探亲就是旅游，再也想不到打工这样的事情了。"姜云芳感慨地说，"说心里话，现在我们的生活真的一点不比他们差了。"

在不知不觉的融合中，一切都悄悄发生着变化，许许多多的温暖和感动也在双合村萦绕。1990年，65岁的陆连生叶落归根，在双合村正式定居下来，并于次年组建了幸福的家庭。此后的几年间，在台办的协调下，先后又有25名台湾老兵回到了双合村定居。遗憾的是，这些身份特别的双合村人现在都已先后辞世。

2014年，双合村的最后一名游子陆连生在故乡安然离世，享年93岁。终老故乡，魂归故里，毕生夙愿已圆满，这位渡尽劫波的老人，离开的时候满足而安详。

当初被迫离家的87名村民，如今健在的尚有21人。每年春天，这些白发苍苍的老人们依然会穿越千里奔波归来——无论他们漂泊多久，他们的根依然在故乡的泥土里深扎盘绕，他们的血液依然在故乡的土地上潺潺流淌……

离开双合村的时候。姜云芳忽然说，真希望两岸早点统一啊！我愣了一下，旋即眼睛湿润了——淳朴的乡音如一股热泉，让我的眼睛和心头都热气腾腾。我相信，这样的话一定是从他的心底迸发出来的。我也相信，这个愿望的实现不会遥远。

这一天是 2017 年 10 月 13 日。5 天后，一个声音从北京传来："两岸同胞是命运与共的骨肉兄弟，是血浓于水的一家人。解决台湾问题、实现祖国完全统一，是全体中华儿女的共同愿望。"

嘹亮的声音在双合村的上空久久回荡。我似乎看到，又一个温暖的春天，正在向双合村缓缓走来……

一位百岁抗战老人的海峡情

张学良　徐利宏

在徐州市泉山区御景湾小区，每天晨练的队伍中大家总能看到一位年近百岁的老人，她就是99岁的抗战女兵田茂华。她精神矍铄、健谈，有总也讲不完的海峡故事。

1938年，田茂华参军，加入位于陕西宝鸡的黄埔军校第七分校十五期女生队。之后，她结识了同为黄埔学生的姜邵勋。1945年，他们在西安举行了婚礼。

1948年，她在徐州娘家抚养他们八个月大的儿子。12月1日，徐州解放，姜邵勋要把她们母子接到南京。田茂华的妈妈舍不得外孙，死活没有同意去南京。最终，一步三回首地离开了徐州，之后，又追随他的校长去了台湾。

她想不到，这一别，竟要用41年的时光去等待，去呼唤。她一直挣扎着生活，睡半夜，起五更。但她从没有放弃寻找他的机会。

1962年，她给他写信，一夜之间写了几千字，字字句句都是她啼血的呼唤。那封信在福建前线通过喇叭对着海峡对岸大声广播，对方发出强烈的干扰。她的声音最终未能越过窄窄的海峡。她一直注视着那小小的海岛，从秋波到慈目，目光始终是那样的执著坚定。

1986年，一位台湾的现役军人从马来西亚辗转到徐州探亲。这位军人听说了她的故事后，握着她的手说，"大姐！我回台湾后，就帮您找，哪怕将来我坐牢，也要帮您找到您丈夫！"到台湾后，他立即和台湾的徐州同乡会取得联系，很快得知，她的丈夫听说大陆家人已经都不在人世了，便在台湾重新娶妻生子。

在这位现役军官的帮助下，1989年，她丈夫在台湾的妻子和台湾的儿子来到了北京。此时，距离她和丈夫分开已整整41年。

她这时才知道丈夫已于1984年病逝了。1948年的那一别竟成了永诀。听着台湾来人诉说着丈夫在台湾的点点滴滴，她泪如雨下，拉过儿子，让他给这位台湾的妈妈磕响头，这是拜祖宗、老师、长辈的大礼。她感谢这位台湾女子对她丈夫的照顾。这位台湾女子也把她视如姐妹，台湾的儿子亲切地叫她"妈妈"！

战争，使她失去了天伦之乐，失去了爱情。99岁的田茂华老妈妈对战争带来的创伤有着切肤之痛。"渡尽劫波兄弟在，相逢一笑泯恩仇"，华夏儿女再不能兵戎相见了！

第一个回家的人

周纯娟
1987年首批获台胞证回乡探亲第一人

美不美，家乡水；亲不亲，故乡人；常州武进，是我日思夜想，深深眷恋的故土。

少小离家老大回。
舟遥遥以轻飏，
风飘飘而吹衣。
问征夫以前路，
恨晨光之熹微。

这是我此生的心声。故乡似一坛陈年老酒，我已酝酿了数十年，曾走遍天涯海角，却望断归乡路⋯⋯

我的家在常州局前街娑罗巷（现已无此巷），1948年毕业于武进医院（第一人民医院前身）附属真儒护校（常州卫校前身），同年随夫婿蜜月旅行，经上海、湖北、湖南、广州、香港玩到了台湾，从远隔重洋，漂泊异乡，言语不通，奋斗至今已65年。从小姑娘，到已拥有曾孙的太婆。回忆当初虽经常书信常州父亲，却常因音讯全无而泪眼望乡。

多年后，皇天不负苦心人，一位香港好友到上海带着我的书信找到了日夜思念的父亲的下落。不忍思亲之苦，1986年，邀请家父到香港一聚，并约定1987年香港再聚。因早早办好赴港手续，而有幸成为"001号"交流签证持有者（《人民日报》及《文汇报》第二天以头条新闻报道）。经历从每次返乡的辗转奔波到家乡机场的客运直航，点点滴滴都凝聚着两地有情人的诸多努力与付出⋯⋯

三十年前与父亲的见面似乎还在眼前，历经手续的繁琐，长途的奔波，与日夜思念的老父亲终于见面了！诉说离别故事，感叹世事沧桑，体会重逢喜悦……一幕幕，一幅幅，一如昨日。重逢激情过后，眼见家园破旧，家人生活清苦，不觉心酸。回忆分离的日日夜夜，不禁悲从中来，一家人相拥，泣不成声……从此，我每年千辛万苦回家团聚，也尽自己所能改善家人的生活。

一晃30年过去，家乡以惊人的面貌改变着，昔日江南的小桥流水、小巷幽深，如今被摩登高楼大厦替代，街道绿化，广场公园，四季皆景，处处如画……真的难以相信，古老的城市在短短30年间有如此美丽的蜕变。人民生活个个小康，我的家人、乡邻也早已以车代步，生活富足，这一切都足以告慰在天之灵的父亲。老父亲要是再活几年，晚年生活定将更加精彩。而这，也是我心头一大遗憾。

漂泊异乡越久，回乡之心越增，亲乡之心越浓，因此买下文享小屋作为叶落归根之居所。

岁月催人老。如今两鬓渐白，青丝渐稀，不免感怀岁月蹉跎。一年年的经历，都成回忆。年过八十真的百味杂陈，叹！八十人生，无法求全，过去的路，无法抹去；以后的日子，只有缓缓而乏力地与岁月拔河。愿人民生活更好，也期许自己学习苏东坡，在晴时、多云、阵雨中从容地吟啸徐行。

我觉得一天很短，来不及拥抱清晨就已经手握黄昏；我觉得一年也短，短得来不及细品殷红窦绿，就要打点素裹秋霜；我觉得一生更短，短得来不及享用美好年华就已经身处暮年！世界在变，但我对故乡的情不会变。我很感谢常州乡亲对我的抬爱。在此，我要大声对你们说，我对你们的感谢、感恩，直到永远……

我与伯父有个约定
追忆我的伯父——徐岳光先生

徐金才

2017年5月8日是先伯父去世九周年的日子，我们全家之所以在这样的时刻，再游南京阅江楼，缘于十年前也在这同样的时节，同样的场景他与我有约，相约以后每到南京，都来这里赏景游玩。可如今这个约定再也无法实现，因为他已去了另一个世界。他走得很匆忙，以至于我未能在他病重弥留之际为他尽上一点孝道，未能在他故去的时刻为他送上一程，更未能参加他的葬礼追祭。尽管已经过去九年了，但我内心深处一直对此难以释怀，不尽的思念如涓涓流水，时常在我心头流淌，任凭岁月的洗涤也无法抹去我对他的深深缅怀。

来到阅江楼前，我步履沉重，但我不是因阅江楼厚重的历史话题而感到心灵深沉，也不是因它浓郁的文化底韵而感到举步艰难。今天，我又来了，而我的伯父却永远不能再来。他的失约，再一次勾起我对他的深深敬意与无尽怀念，往事记忆犹新，历历在目。

伯父如果还健在，应该是89岁高龄了。他15岁时远离父母，只身随乡亲远赴上海闯荡，从此便杳无音讯，那时祖母逢年过节都会为他另烧一份纸钱。三十多年后的一天，我们一家人却突然收到他从西班牙辗转寄来的家书，他说他还活着，只是孤身一人，流浪海外。原来伯父当年参加了国民党，解放前夕跟随部队辗转留在了台湾，当他得知家中祖母尚健在，且兄弟亲友户户人丁兴旺时，他更是欣喜若狂，几十年的音讯隔绝，更是激起他迫切的思乡之情。当年，在台湾方面尚未开放老兵回大陆探亲之时，他就置台湾有关部门的严密监管于不顾，毅然绕道泰国，并经香港中转，终于在1986年中秋之际，回到了他阔别近40年的家乡。我至今还记得他与祖母相见的场景，他一步一叩首来到祖母面前长跪不起，在场的人无不为之动容。在以后的岁月里，随着台湾方面的管制逐步放开，他几乎每年都会回来，除了省亲，他还尽阅大陆名胜古迹，包括我与他的约定——阅江楼。

伯父同我非常有缘，记得他第一次来大陆探亲，竟同我在上海不期而遇。那时我正好在省城南京学习，远在上海的舅舅要我周末去他家做客，我本打算按时返回，但舅舅说什么也不让我走，要我在他家多住一天。谁知就是这么一天，舅舅竟然接到伯父从香港发来的电报，说他晚上七点在虹桥机场落地。当时如果不是舅舅的挽留，如果我坚持按时返回，那我就不可能在第一时间与从未谋面的伯父相见。当他在机场得知我也来接机的时候更是激动不已，我们紧紧相拥，喜极而泣。伯父连声对我说道："我们真是有缘。"从那以后，他二十多次的大陆之行，几乎都是由我负责接送照应。

说到这里，我不得不提一下我的舅舅和伯父他们二人的别样人生。他俩从小一起长大，是很好的童年玩伴。不过后来，他们各自选择了不同的道路，一个参加了共产党，一个参加了国民党，一个参加了新四军，一个参加了国民革命军。如今他俩均已作古，一个安葬在上海龙华烈士陵园，一个安葬在台湾高雄陆军公墓。他们二人虽然有着不同的人生轨迹，却经历过共同奋斗的苦难岁月，都是曾经为抗战事业贡献出血和热的战士！

伯父对家乡和亲友始终怀有浓烈的乡情与亲情，当得知家乡遭遇水灾时，他节衣缩食，慷慨解囊。亲友中不管谁有困难他都会牵挂在心头。每逢佳节思乡之夜，他更是久久不能入眠，他用笔把家乡亲人的名字写上一遍又一遍、照片看上一遍又一遍，他就用这种方式表达着对家乡亲人的眷念之情。伯父是一个懂得感恩的人，他也一直秉承着"施恩不图报，有恩不能忘"的宗旨，不管是亲友还是乡邻，只要有困难，他都会毫不犹豫、尽其所能地施以援手，他的言行深得家乡亲友、乡邻的赞许。伯父虽然没有显赫的身世，也没有传奇的人生，但他在我们心中永远高大伟岸，永远可亲可敬。

当年，伯父突然因病逝世，因时值两岸尚未完全开放，加之时间紧急，大陆亲属无一亲往追祭，这令亲友们痛心不已，为表追思之情，特在他的祖籍地江苏滨海为他布置了灵堂，灵堂挽联"魂归九天呼伯父，芳留百代忆高风"，并在老家祖坟旁为他立碑树传。若他在天有灵，一定会感受到我们这跨越海峡的追祭，感受到大陆亲人对他的深情呼唤。直到2009年的清明节，我们亲友一行十人，终以赴台旅游的名义前往祭奠。在伯父的墓碑前，我轻轻拂去他遗像上的尘埃，向他深深鞠躬，心里默念道："伯父，我终于来看您了。"泪水流淌了满脸。

记忆又回到十年前的那一天，在阅江楼下，我与伯父也是这样拾级而上，边走边聊，从明朝的朝代更迭，到朱元璋的为人治国之道，再到他对我们的殷殷期盼和谆谆教诲，叔侄二人畅谈古今。现在回想起来，谁能料到十年前的阅江楼之行，竟成了我与他的最后一次相聚，而后，便是天人永隔。

不知不觉已是夕阳西下，阅江楼的壮观与雄伟在晚霞映衬下格外耀眼，此时孙子顽皮的小手突然抓住我，他说："爷爷我们该回家了。"我如梦初醒。虽然伯父再也无法履行与我同游阅江楼的约定，但我还是来了，长江水滚滚东逝，眼前景物如旧，一如十年前的那天。

一封无法寄出的家书

杨蕴

伯父：

您好！

我是您的侄女，我总是叫您"大爷"，您跟我说过台湾那边叫"伯父"，好听。我一直不肯改，今天我想听您的话，叫您"伯父"。

父亲已从台湾回来，安全到家了，这两天他总是在讲述您的故事，断断续续的，我就这么陪着他，也听得断断续续的。父亲的精神也不如以前了，经常讲着讲着就开始流泪，然后就不再出声了。今天我突然就想写封信给天堂的您，虽不知这封信该寄往何处，但就是想跟您聊聊家常。

"一个大门分两扇，进进出出一家人，一道海峡连两岸，世世代代一条根……"每每电视里响起这首歌，父亲都会默默发呆，忘记手头的事情，要好一会儿才能缓过神来，有时还会小声重复着："两岸一家亲，一家亲。"以前我不懂，现在，我似乎懂了，那是一种满满当当、却又绵绵无期的思念。

听父亲说，以前生活得很不好，您1947年被岳母卖去当兵，1948年随军去了台湾，那时，您才19岁。为此，父亲多次去找那家人讨说法，然而又有何用？1980年，一封漂洋过海的信被送到了爷爷手中，爷爷立即喊来家里所有人分享这个好消息，父亲颤颤巍巍地从爷爷手中接过这封信，当着所有人的面读出来，听母亲说，他越读越激动，越读越兴奋，后来突然嚎啕大哭，再也读不下去了。您在信里说，在台湾当了10年兵之后您就下海做生意，结了婚生了子，生活得不错，只是离家太远，免不了孤单。虽然您并没有倾诉其中辛酸，但我们都知道，独自在台湾打拼32年啊，没有亲人的陪伴和扶持，个中滋味可想而知，必是艰难万千。好在从这封信开始，我们家就算是团圆了，虽然隔海相望相距甚远，但是总算可以正常通信互问安好，爷爷奶奶可以确认自己的大儿子身在何方、是否健康，已很是满足。

1989年，村里着实热闹了一阵子，因为，您回来了！自收到您的来信说近期将来探亲，家里的氛围就空前热闹，爷爷奶奶乐得合不拢嘴，父亲母亲忙里忙外地张罗。您的第一次探亲成了附近几个村的大事，邻居们接连登门祝贺。那段时间，爷爷每天都要去村口站上半天，直到天黑才肯回家，终于有一天，他迎上了您，欢欢喜喜地带着您一起回了家！那天晚上，爷爷一整晚没有说话，只是目不转睛地盯着您看，握着您的手不舍得放开，仿佛生怕一松手您就走了，一走就又是几十年。奶奶做了一桌您最爱吃的饭菜，流着泪不停地给您夹菜，却不许我们几个小孩子动筷。您也哭了，您说："三十多年了，我终于又吃上了妈妈给做的饭。"您闲来无事，就给我们几个小孩子讲故事，讲外面的世界，讲台湾的发展，虽然当时的我们根本听不懂，却又都听得津津有味。您的探亲，使我们家大变样、换新颜，您张罗着盖了新房子，给家里置办各种新家具；您带来了附近几个村第一台彩色电视机，大人小孩都来看上两眼；您给我们带来了从没见过的糖果，我和哥哥捧着花花绿绿的糖果满村显摆；您给我买了漂亮的新裙子，我从来都不舍得穿……

短短半个月时间，您就返回台湾了，您说两岸开放交流已有两年了，现在大陆和台湾再也不是两个世界，以后可以经常回来，我们也可以到台湾住段时间。在这之后，您每隔三四年就回来一次，看看年迈的父母，看看唯一的弟弟，看看家，看看这个小时候生活的故乡。

2004年，爷爷奶奶双双去世，您听到噩耗后立即赶回来，却因路途遥远，最终也没能见上最后一面。已是75岁高龄的您，和父亲在坟墓前聊了一整夜。父亲说，那天晚上你们聊了很多，您讲了初到台湾的茫然和无所适从，下海经商翻了无数跟头，独自在台湾举目无亲的痛苦，每逢佳节那种绵延不绝的思念……

这是您最后一次回家，回您真正的家。您的儿子继顺哥在电话里说，您在返回台湾后身体一直不好，实在不适合长途奔波，可是您却只字未提，每次打电话都说很好，只是挂念家乡的亲人，担心我父亲的身体，关照我的工作。您和继顺哥多次提出，邀请我们到台湾走走看看，我们也说，大陆与台湾开放交流多年，沟通交流都很方便频繁，父亲与您多年未见，可以找个时间陪父亲到台湾与您聚聚。然而由于我工作繁忙等等各种事情耽搁下来，终未成行，这也是我最大的遗憾。

2017年6月24日深夜，噩耗传来，父亲在电话里泣不成声，母亲接过电话告诉我，您，过世了。震惊、悲痛、不舍，各种感情席卷而来，拧成一股巨大复杂的绳索，将我的大脑和心脏捆绑、挤压、抽打，我感到无比的憋屈，说不出一个字安慰父亲，沉默良久，才挤出几个字："爸，我去给您办签证。"可是正常签证办理需要15天时间，父亲根本无法去看一眼已经沉睡的兄长。我们向县里有关部门说明情况，县里也为您和父亲的兄弟之情动容，为父亲批复了特事特办签证，仅用4天便办理好了所有手续，父亲拿到签证，只不停地说"好、好、好"，便立即奔赴您的身边。继顺哥见到父亲又哭了，父亲拍着继顺哥的肩膀说："没事孩子，我来了，叔叔来了。"父亲帮助继顺哥一起，送了您最后一程。父亲在台湾停留了十几天，走过了您当兵守卫的地方，走过了您跑海经商的海岸，尝了您在信里提到的特色小吃，做的最多的，就是驻足在您经常散步的林间小道……

"无论家里无论家外，血浓于水情意深"，您走了，父亲回来了，但是亲情不会断，会随着继顺哥、随着我，一辈一辈地传过去。继顺哥送父亲登机前说："叔，明年我去看您。"我们大家都会等着他，来看看自己真正的家乡。我们中间隔了一条台湾海峡，这条海峡早已不是无法逾越的鸿沟，而是我们走亲访友的走廊；里面流淌的不是凶猛海兽，而是我们延绵不绝的亲情。未来的路，我们可以携手并肩，手足相连！

伯父，都说落叶归根，您是不是已经回来了？父亲说，您会回来的，您在外面太久了，该想家了，我们也想您了。

此致

敬礼！

您的侄女　杨蕴

2017 年 7 月 18 日

少小离家老大回
饱经忧患始归来

羊开明

明天是一个特殊的日子——父亲节。我自认命运不赖，生父、养父与公公，生命中曾得有三位父亲大人的养育教诲与支撑引领。但内心深处，我最感喟怀念的常常是叔父羊宗达，他不是父亲却胜似父亲！也许是他的命途坎坷，也许是他的所做脱俗。

叔父从小因家境贫困，辍学独上南下的列车去上海做学徒，岂知因缺乏地理知识，错上北去的列车到了镇江，在一家煤球店打短工。一个偶然的机遇，他毅然报名参军抗日，他觉得国难当头，好男儿当拿起武器保家卫国。之后在国民党军中任职。抗战胜利后回乡参加接收日本宪兵队的工作，担任前黄区区署长。1949年随国民党军队赴台。"少小离家老大回，饱经忧患始归来。慎终追远毋忘本，统一升平气象开。"这是叔父85岁时吐露的心声，飘零异乡，饱经忧患的叔父，晚年特别怀恋故土，期盼祖国和平统一。1967年起叔父就在台北筹建"台北武进同乡会"，并历任9届理事，自1991年起至2006年去世，先后回乡11次。叔父从海峡两岸的风风雨雨和自己几十年的人生经历中，明白了一个道理：海峡两岸和则双赢，分则两损。祖国一定要统一，民族才能振兴。

自我1991年认识叔父起，叔父做的几件大事在我脑海留下了深刻的影响，这些事充分印证了他的远见卓识，气度胸襟与人格魅力！

早在1993年，叔父在台北武进同乡会率先发起组织"青年认识故乡访问团"回乡参观访问，团员以高校的学生为主，多数是首次到大陆，他们参访了家乡的名胜古迹，了解家乡的经济建设并寻根访亲，扫墓祭祖。10年后叔父再度组织青年返乡参观访问,增进台湾青年一代对祖国对家乡的热爱和感情。

叔父为了凝聚集散的羊氏后人,上世纪九十年代曾出资购得美国哥伦比亚大学图书馆所藏,台北《联合报》国学文化基金会文献馆影印的辛亥版《羊氏宗谱》三部,回大陆携羊氏北京、上海等地的分支族人代表,历时四年,几易其稿,耗资九万余元人民币,续修羊氏宗谱。可贵的是,此次续修一改以往女子不予入谱之习俗,男女平等,一律上谱,连我这个送养开姓的侄女也署名"羊开明"而入了谱,以此激励羊氏后代建功立业,好好做人。这实属弘扬民族文化,彰显文明新风之义举。

90年代初,叔父回乡多次为家乡的小学修路装灯,添置图书、电话、仪器设备等。至2001年,叔父又将节衣缩食所积攒的五十万元人民币,以创办该校的伯父羊仲祺的名义,设立"羊仲祺教育基金会",捐赠给家乡芦家巷小学,奖励优秀生,帮助贫困生。虽然有些亲友对此大惑不解,觉得应当把这笔钱分给当年留在大陆的两个女儿作为补偿。但叔父义无反顾,定要报答桑梓养育之恩。

叔父晚年留下"长眠清明山,叶落要归根"的遗嘱,现在,叔父安眠于生他养他的武进大地,安享家乡的清风明月与日月霞光。

最让我铭记于心的是叔父对我的谆谆教诲。在我为是否要参与市台谊会工作而犹豫不决时,叔父亲自从台湾来信,鼓励我说:"在大时代的历史长河中,能为和平统一祖国奉献心力,非吾侄个人之荣幸,凡我亲友,亦有荣焉!"叔父把致力于两岸交流,祖国统一的服务看作是应尽的义务,全家的光荣,叔父的长信至今读来仍叩击着我心扉。就是在叔父的言传身教下，我参与了市台谊会的工作，十几年来，协助市台办台谊会组织开展了各种活动，学习参观、组织交流、义诊服务、慰问台属……并在辛亥百年之际自费赴台旅游观光，联络台湾亲人。

如今，叔父虽然离开了我们，但是他对族人的眷眷关爱，对故乡的深深依恋，对祖国的赤诚挚爱，永留我心；他的矢志不渝，气度胸襟和人格魅力永远影响着我们。我要学习他的为人，铭记他的嘱托，真正做到"为和平统一祖国奉献心力"，以告慰叔父的在天之灵！

海州故园情

卜伟

时间是 2004 年 6 月，海州古城的石榴花开了。"六月石榴红似锦，石榴花红艳逼人"，成千上万株的花朵挤在一起，热热闹闹地开起来，形成了一片颇为壮观的花海。

一位游子在离开故乡——连云港海州半个多世纪后，终于回到了这方让他魂牵梦萦的土地，回到了一次次想起就让他泪湿衣襟的故土，回到了他发出人生第一声啼哭的地方。

这位年逾七旬的老人是旅台"海州同乡会"理事长——李平荫先生。

老人至今还清楚地记得，那是 1949 年初春，春寒料峭，早晨起来，屋檐上挂满了长长的冰溜溜，苏北平原和往年一样的"倒春寒"。年仅 14 岁的他，离开了故乡海州，他将要去一个陌生的城市——上海，再从上海启程去他从来没听说过的地方，那个地方叫台湾。

临行前，舅舅从菜园里刨了满满的一瓶土给他。对他说："宁恋本乡一捻土，莫爱他乡万两金。"舅妈给了他一双亲手做的虎头鞋。特意用兔毛将鞋口、虎耳、虎眼等镶边，鞋子红、黄、白间杂，兔毛随风飘动，虎头也有了动感，活灵活现。这位年仅 14 岁的少年还没有阅历体会肝肠寸断的离别，只是感觉晶莹的泪花让他眼前模糊起来。

这一走，半个多世纪就这样过去了。半个世纪在历史的长河中仅仅是一瞬，但人生能有几个这样的一瞬？这不经意的一瞬，包含了多少人间冷暖，酸甜苦辣。

刚到台湾的李平荫和家人居住在一个叫"小鬼摊"的地方。从"小鬼摊"这个名字，你就不难猜出这里环境的恶劣。他们靠做麻油馓子，卖水饺、做韭菜饼等海州地区传统的食品为生。

为了生计，李平荫还送过报纸、踏过三轮、卖过奖券，像其他同乡一样，经过了一番异常辛苦的岁月。

李平荫的父亲李岐嵩，曾任东华汽车公司总经理及海州地区报社社长。他一直注重孩子们的学业，即便生活艰苦，也坚持让孩子们读书。1952年，李平荫考进强恕中学高中部，1955年他又以优异的成绩考进师大国文学系。毕业后一直从事教育工作，是台湾地区知名的教育家，曾担任"台北市文化教育交流发展协会"理事长，台湾强恕中学校长和董事长，也是马英九、蒋孝勇、俞士纲等台湾地区政要的老师。

半个多世纪，一道浅浅的海峡阻挡了老人回家的路，海州古城那方山水一次次地出现在他的梦里，半夜醒来，枕巾已被泪水浸湿。

不是游子，怎能体会那情难自禁的浓浓乡愁，不是游子，哪能感受离别时的肝肠寸断。但只要是一滴水就会汇入江海，只要是游子就一定会投向母亲的怀抱。

2004年6月，年逾七旬的李平荫带领海州同乡会首次组成省亲团回家了。回到了衣胞之地，让他日夜思念的家乡——古城海州。

连云港历史上一直被称为"海州"，1961年才改名为连云港。在台湾的海州老乡，他们都自称是海州人，常年对家乡的思念，使他们自然地组建了自己的社团——海州同乡会。

"少小离家老大回，乡音无改鬓毛衰。"经过半个多世纪的沧桑岁月，海州古城已经找不到原来的模样了。但是他们的乡音未改，都操着一口纯正的海州话，满街的乡音听起来像音乐一样动听悦耳。双龙井——这是李平荫老人他们小时候曾经嬉耍玩闹的地方，两眼老井里的泉水依然清澈，顿时，这些耄耋老人忽然就变成了孩子，脸上洋溢出纯真的笑容。距离双龙井不远，就是百年名校海州中学，团队里大部分人曾是这里的学生。回到母校，身为教育家的李平荫老人十分亲切。他和海州中学师生交谈甚欢，说起很多相同的话题，尽管他们之前从未谋面，但就像老朋友一样。

几天的行程很快就结束了。一张照片在网上感动了很多人，这可能也是李平荫老人没有想到的。那是李平荫和年逾八旬的舅妈离别时的一个镜头。高大健硕的李平荫将矮小瘦弱的舅妈拢在了怀里，两位老人脸上满是晶莹的泪珠，默默地互相看着，李平荫的手里拿着舅妈亲手做的一双老虎鞋。

很多网友在网上留言，湖南一位女士，说看到了这些照片，忍不住泪流满面，自己的舅舅，两年前也是这样离开的，睹物思情不禁黯然神伤。

谁言寸草心，报得三春晖？李平荫说，无论身处何地，连云港这片热土在他的心中重过千钧。能够为家乡做点实实在在的事情，他的内心也会感到无比欣慰。

"二十年来大陆之行，了解大陆进步实况，又交了不少朋友，由陌生变好感，虽然我的退休金几乎都花在两岸交流及支持同乡会的各项活动上，但我感到很有意义，我的内人及子女们也都支持我。人到老年，特别怀念家乡，但愿有生之年，两岸能够和平融合，这是我的心愿。"

这是李平荫在海州中学演讲时的开场白。一口纯正的海州方言，一位饱经沧桑的老人，一张张青春的脸庞，同受一方山水养育。当老人讲到与故乡的情缘，那浓浓地思乡之情，感动了全校师生。

二十年间，这位客居台湾的老人，以一位游子的赤诚之心，在连台两地交流中竭尽全力，架起宝岛与港城交流的一座桥梁。这位已耄耋之年的老人，向台湾各界大力宣传连云港市近年来经济建设和社会发展所发生的巨大变化，为连台两地经济、文化、教育、科技等合作牵线搭桥、献计出力。

2012年6月17日，李平荫率领台湾强恕篮球队到连云港市访问。2015年，海州同乡会理事会发起成立了台湾中华两岸文化教育暨体育交流发展促进会，旨在进一步推动两岸文化教育交流，涉及教育、体育、文创等多项活动。2016年5月31日，李平荫率领台湾的中华两岸文化教育暨体育交流发展促进会考察团先后参观了江苏省对台交流基地花果山、连云港市规划馆、海州古城、民主路老街、盐河巷文化街、孔望山和连岛度假区等地，领略连云港市深厚的历史文化底蕴，了解连云港市经济社会发展情况。通过考察交流，他希望连台两地通过更多层面的合作，相互撷长补短，共同促进两地经济贸易、教育、文化、体育等方面的长远发展，为两岸民众谋福利。

情有多深？爱有多重？

李平荫老人对家乡近年来翻天覆地的变化感到十分振奋和欣慰。他多次在台湾向企业家推介连云港。他说，连云港作为"一带一路"交汇点，战略地位十分重要，来这片热土创业投资，一定会有神话般的收获。老人对家乡的发展充满信心，他多次说，连云港只要抢抓机遇，必能实现后发先至的目标，连云港的明天会更加美丽，东方大港的百年梦想定能实现。

今年，李平荫老人已经83岁了，健康状况不允许他和以前一样长途跋涉地回到自己的家乡。老人无时无刻不思念着自己的故乡——海州古城。他多想变成古城城墙上的一只南来的燕子,静静地看着自己家乡的山山水水。

　　李玉龙是李平荫老人的公子,一位优秀的企业家。在父亲的影响下,他将大部分的精力也投入到两岸的交流活动中,目前担任中华两岸文化教育体育交流发展促进会的秘书长。在父子俩的努力下,仅2017年7月就成功举办了"海峡杯"中华两岸青年女子篮球锦标赛和两岸中小学生合唱音乐会。活动影响广泛,为两岸的青年搭建了文化体育交流的平台。国民党主席吴敦义先生专门发来贺信,马英九先生专程到篮球赛现场加油鼓劲。

　　"此夜曲中闻折柳,何人不起故园情?"岁月会老去,但是李平荫心中的那一份思乡情结却历久弥新。尽管他已不再年轻,但他的灵魂深处却依然摇曳着家乡蔷薇河畔那一丛丛青青的芦苇。他的那一份深情,那一份牵挂和依恋,终将化作海峡上空那道七彩虹霓……

兄弟心连心，两岸一家亲

讲述：王永利
撰稿：鲍文军（王永利女婿）

每天晚上八点半，我都会准时打开电视收看中央电视台国际频道的《海峡两岸》节目，也许有些人会感到好奇：你一个普普通通的农民干吗对《海峡两岸》这个节目这么感兴趣呢？告诉你吧，因为海峡的那一岸——台湾，有我分离近40年后才相见的大哥。我们兄弟俩虽然隔了近40年才相见，但我们兄弟俩心心相映，互相思念，每次我看《海峡两岸》，就像看到了我大哥的生活一样，就像是看到了我亲爱的大哥。

我大哥王永涛，中华人民共和国成立前曾任国民党军舰舰长，1949年去台湾，曾任台北中山医院院长。我们离散近40年间，大哥无时无刻不在挂念着我们一家人，而我们同样也时刻挂念着大哥。自1971年收到大哥的第一封信，一晃已经46年过去了，在那个两岸隔绝的特殊年代，收到这封信经历了多少的坎坷呀！同样，哥哥在寄这封信的时候，经历了多少曲折，自是不言而喻，好在总算有消息了，一家人看到了希望，哥哥还活着。我清楚地记得，这第一封信寄出的地址是荷兰阿姆斯特丹港。

当我们惊喜地收到大哥亲手书写着"中华人民共和国江苏南京"字样的第一封信时，全家人终于在多年的等待中等到了大哥的消息，确切知道大哥还健在，那甭提多高兴了！海峡两岸能通信了，这期间不知经历过多少曲折、多少坎坷，此刻，我们收到了大哥的来信，数十年来积压在全家人心中的石头终于落了地，我们也终于看到了希望，更确信我们终会有相聚的那一天。接信后，我们随即给大哥回了信，信中我们诉说了多年的思念情，告知了全家的平安讯，也表达了我们早日相聚的愿望。大哥接信后，不仅陆续来信表诉亲情，而且每月按时寄钱回来，说要孝敬母亲，改善我们家庭的生活，大哥的做法更使我们感到了亲情的温暖，感到了"两岸一家"的亲近和亲切。

1987年10月15日，台湾地区宣布开放台湾居民到大陆探亲。10月16日，经国务院批准，国务院办公厅公布了《关于台湾同胞来祖国大陆探亲旅游接待办法的通知》。这个消息一传开，顿时就像一股暖流温暖着我们全家人的心，我们终于盼到了这一天，我们终于能了却近40年的心愿和大哥相见了！此后，再次收到哥哥的信时，地址已经变成了中国台湾，他在信中也表达了自己急切盼望回家探亲的迫切心情，这消息像一股温泉，从我心灵深处涌出，然后窜升到我四肢百脉，窜升到我的眼眶。我简直无法描述那一瞬间的感动。"大陆探亲"的开放，缓解了多少人长久思乡的煎熬，又了却了多少人几十年来的心愿啊！这一年，每天都能在报纸上、电视上看到和听到许多亲人朋友隔了几十年重逢而泣的故事，我也一直在心里默念着："哥哥，你快回来吧！"与此同时，我们全家也在超前勾画着大哥回来时的激动和喜庆场面。

这一天终于盼来了！1988年，大哥在离散家人40年后，重新踏上了故土。当大哥走下机舱时，大哥和我们全都流下了兴奋的泪水，大家亲切拥抱，激情相呼，动人的场景也感动了机场的其他众人。我知道，大哥和我们多年来日思夜想的愿望实现了，久别重逢，怎能不心情激动、思绪万千？！整整40年，40年啦，在外的游子终于回到阔别已久的故乡。出了机场后，大家千言万语，相对泪诉，情真意重，一路话语未歇。回家的途中，我看到大哥的眼眶始终红红的，到家后，大哥"扑通"一声恭敬地跪拜在母亲面前，放声恸哭，母子俩又激动又高兴，久久相抱，那情景更让家人和乡邻们泪流不已，感慨万分。

20世纪90年代，农村改革加快了发展步伐。当时，在大哥的鼓励和资助下，我于1998年承包了聚宝山集体的鱼塘，把一个年年亏损的企业发展为年利润几万元的企业，并且一干就干了10年，直到政府建设聚宝山公园征用。在此期间，大哥不仅给了我资金上的帮助，而且给了我更多的精神上的鼓励和支持。因而，每当我在经营中遇到挫折和困难时，我首先想到的就是身在台湾大哥的希望和期待，这样一来，所有的困难和劳累都被弃之脑后了。在我承包鱼塘的10年中，大哥给了我数不胜数的建议，他的每一句话我都牢记在心，真像吃了一颗颗定心丸，促使着我坚持、发展、壮大。2001年大哥又一次回来时，大哥还特意要求我在鱼塘旁的小屋中烧煮我自己喂养的鱼给他吃。餐桌上，大哥不时夸我干得很好，餐后还让一家人合影留念，温馨和幸福的鱼塘聚餐让我们都终身难忘。现在鱼塘已经成了聚宝山公园的美丽湖泊，我经常散步到这几个湖泊，睹景思亲，聚宝山湖泊凝聚我们两岸兄弟多少的情义啊。

大哥每次回来，家乡当地党委和政府主要领导都出面接待，并安排参观过南京港、烷基苯厂等企业和市容市貌，这些给大哥留下了很深的感触和印象。2007年，我大哥已经80岁了，那年，他坚持要再回家看看。当回来后他看到家乡又有了新的变化和发展，显得格外高兴和激动。大哥看到城镇规划中为丰富市民娱乐生活建造的"尧化市民广场"就座落在我家原老宅基地上，而且他亲手栽下的水杉还完好保存在原地，很是欣慰，高兴地站在蓬勃挺拔的水杉树下与家人合了影，来纪念家乡的每一程变化和发展，寄托自己对家乡和亲人深沉的热爱。现在，这颗凝结我们两岸兄弟情结的水杉，在美丽的尧化广场树林绿地中长得生机盎然……

转眼到了2017年，从1987年到2017年，已经走过30年，我大哥已经是90岁高龄的老人，因身体等原因，他不能再像以前一样经常回家乡来看看，但他却时刻在关心着我们，始终关心着家乡日新月异的发展。大哥经常要我拍一些家乡发展的照片给他，还时不时地安排他的几个儿子轮流回家来走走，回台后再将家乡的变化讲给他听。大哥的亲情和乡情不仅让我们感动，也让所有了解、知道的人感动。现在，大陆发展很快，我家过上了小康生活。我们都真切希望大哥保重身体，能够再返家乡，兄弟家人再相聚。

随着时光的流逝，台湾海峡湾两岸同胞骨肉亲情更浓，离散后的亲人相聚更珍贵，来之不易的海峡两岸正常交往更得要珍惜。浅浅的一湾海峡，一头是祖国大陆，另一头是游子台湾，"兄弟心连心，两岸一家亲"。这个并不宽阔的海峡，当年对于离开大陆赴台湾的大哥来说，却如天堑般难以逾越，因此饱受生离死别的乡愁。大哥的乡愁不在大陆的任何一点上，而是在大陆整片的土地上！两岸数十年间总体和平、民众安居乐业的局面来之不易，虽然两岸之间的关系仍有波折，但两岸各领域的融合发展和浓郁的同胞情义是任何力量也割不断的。两岸统一的大势已定，美好的未来已经展现在我们面前，正像一首歌里唱的那样："一个国家分两岸／世世代代一条根／无论家里家外／血浓于水情深／无论此岸彼岸／同宗同祖中华魂／两岸一家亲／中华心连心／只要我们携起手／骨肉同胞不离分……"

我为你而活着
——母亲的三封家书

严子旋（提供）

2017年，仪征的退休教师严子旋老先生已经94岁高龄。据了解，他的父母共有子女10人，当年只有弟弟严佛见一人去了台湾，离开他们时，三弟尚未满18岁。"1949年前夕，三弟随大姨袁晓园、大姨父叶南去了台湾，后来大姨父就去了美国，却把三弟丢在了台湾！经过他奋力拼搏，总算成为商业学校会计，并娶妻生子。"后来好不容易联系上他，没过几年三弟却在台湾去世。

严子旋老先生以《倾诉》为题写下长篇感人文章寄送《扬子晚报》，将三弟从离开家乡南京去广州，后到台湾期间，母亲写给三弟的三封信笺的内容原文抄录下来。

母亲的第一封信
亲爱的三儿：

久未复信，实在太忙，你爸爸又常发病（哮喘），我实在应常写信安慰你，因为你远在他方，我无时不在祈祷着你的健康和愉快，不要因为离家而伤心，男儿志在四方，将来我们一定可以见面，你要时常想到快乐的事情，人要向远处想……我的身体非常不好，每天下午都有发热，已有数月。向大姨借了钱，才去找医生检查，医生说："身体太弱，且太辛苦。"现已配中丸药，每天早晚服，似乎觉得稍好一些，胃口也开点，你知道吗？我因你而看病服药，我要好好将我的身体调养好，我为你而活着，将来我们团聚一堂何等快乐！不是看你来信安慰我同情我，我也不愿意看病吃药了，人生太无意义了，只有自寻快乐，否则一天也活不下去……下次来信多写快乐的事，不要使你爸爸妈妈看见你的信而难过流泪，千万保重身体，耐心等待着我们的团聚，有你亲爱的妈妈在祝你健康快乐！

想念你的爸爸妈妈

母亲的第二封信

亲爱的三儿：

九号接到你的信并三千金圆券均已收到，当天就买了二个大头（银元），生活之高无以复加，猪肉卖到三百六十元一斤，不吃猪肉亦没有关系，就是青菜已卖到五六十元一斤，我们本来吃四斤现在改吃两斤，我们不管生活如何困苦，我们必须忍受着、挣扎着，希望等待未来的光明，但是这光明在何时又在何处？这就不知道了。见儿你没有离开过家，一定感到寂寞，其实习惯了，也就好了，一切要当心，处处应当小心，饮食寒暖更需自己保重，你经济也不宽裕，希望省着点用，家中暂时亦可不寄钱来。今天南京大雪，气候甚冷，余再谈，次问近佳。

最后一封信

亲爱的三儿：

今天时局紧张，昨天一夜炮声不绝于耳，有许多人一夜未睡，我等还好，怕也没有用，我们是听天由命……以后想不能再写信给你了，我们希望你一切当心为要，千万注意身体，处世方面要谦和，切切！恐怕这亦是妈妈最后一封信了，心烦意乱，写得乱七八糟，祝你永远健康！

想念你的妈妈写的

（严子旋老先生备注：此后不久，南京敲锣打鼓，歌声飞扬迎接解放。）

台湾二姐的一百封信

张颖　黄孝萍

"来了，来了，台湾二姐的第一个百封信寄来了。"昨天，家住无锡迎龙桥街道湖滨社区康馨苑小区的缪璕老人十分激动，颤抖着双手，从一个盖着"台北"邮戳的信封中抽出两张薄薄的信纸，来信者叫缪璟，是缪璕的二姐，今年91岁高龄。今年已经是两位老人保持书信来往的第9个年头了，几乎每个月，他们都要通信。原本以为这第100封家书要春节后才能收到，没想到提前到达了。提早收到来自台湾亲眷的新年祝福，让缪阿婆一家觉得格外幸福和温暖。

在最近收到的这第100封信件里，姐姐缪璟还叮嘱妹妹不要再费心托人给她带家乡的特产了，"现在台湾也有很多大陆的产品了"。缪璟还说，虽然现在台湾的年轻人也都不爱下厨房，逢年过节都喜欢到饭店里聚餐，可缪璟这一家，还是遵循老规矩，过年烧几样小菜，祭拜祖先。

因学业远离故土，一别数十年

"盼望了好久，今天收到了我亲爱的小阿囡的万金家书，特别兴奋，中午吃饭感觉特别香。"缪璕从1月21日收到这封信，已读了无数遍。缪璕的二姐在20世纪40年代跟着搬迁的大学一起去到台湾，然后读书工作成家，一直留在了那里。由于时代原因，缪璟虽然一直思念家人，却无法与家人相聚。

20世纪80年代后，随着两岸关系的放开，缪璟终于和亲人相聚，她每年都会回到无锡生活一段时间。"二姐除了过年的时候要回去陪儿子过年，很多时候都在无锡。"缪璕阿婆说，二姐很想念家人，还回无锡买了房。2008年，兄弟姐妹们一起去了蠡园、梅园游玩，二姐还感叹无锡的变化真大，一年一个样!但好景不长,就在2008年,二姐的儿子患上了鼻咽癌,她不得不回到台湾照顾,自那以后再也没有回来过。2009年春节前,想念二姐想得"心发慌"的缪璕阿婆,提笔给二姐写了第一封家书。一个多礼拜后,她收到了回信:"亲爱的七妹,来信收到。恭贺你新年快乐,万事如意,心想事成,阖家幸福吉祥!"捧着二姐的回信,老人快活得像个孩子。一封封来自台湾的家书,诉说着无尽的思乡之情。

二姐身在远方,心却眷恋着家乡

缪璕阿婆今年80高龄,据她介绍,自家一共有兄妹8个,除了已经去世的大姐和人在台湾的二姐,其余兄妹都在无锡。2010年11月,缪阿姨夫妻还特意跟着旅行团去台湾看望二姐,见到了姐姐的重孙。"年龄大了,力不从心,想回也回不来了",缪璕说着说着就红了眼眶。

缪阿婆说,二姐在这些来信里,谈得最多的就是想念大陆的兄弟姐妹,想念无锡,想要落叶归根,回到家乡。"以前二姐都会在吃青豆子的时节回来,可是姐姐如今已经91岁高龄,近年来,腿脚越来越不方便,有时候要坐轮椅。她再回到无锡,不知道将是何时了。"说到这里,缪璕奶奶眼角泛出了泪光。为了安慰二姐,无锡通地铁了,无锡开世界物联网博览会了,这些家乡的大小事,缪璕都会通过书信描述给姐姐听。

缪阿婆说:"我是她最疼爱的妹妹了。"信里,二姐缪璟都宠溺地称呼她为"我的小阿囡",虽然其他兄妹也会和二姐通信,但是和"小阿囡"是最多的。缪阿婆平时爱好书画和摄影,常在信中邮寄一些自己的绘画作品和无锡的城市照片给二姐。她给二姐寄了自己画的牡丹花，二姐把画挂在了客厅里，说到这里，缪璕笑得停不下来："二姐还告诉我要努力，要继续刻苦学习，可是我已经80岁了，不知道要怎么刻苦啦！"

年事已高，但此文字寄相思

缪阿婆小心翼翼地把多年来收着的100封家书全都抱了出来，展示她的"珍藏"。只见，一个个信封整理有序，在信封的左上角，用蓝色繁体字清晰地写着台湾台北市的某个地址，信封中间则是江苏省无锡市康馨苑门牌号，右上角盖着台北的邮戳，信封一字排开铺满了桌面，满满的都是温暖的回忆。缪璕奶奶表示，从2009年的第一封开始，老伴朱传仁会帮她将家信收编好，十封信一个信封，每封信上都标着编号。朱先生说，因为自己大学分配到郑州工作，也曾远离家乡，所以特别能够理解二姐的思乡之情。因为怕信遗失，所以每次老伴回好信，他都会用黑色记号笔给每个信封编号，细细收好。这些信件成了寄托思亲之情、两岸血脉同源的最好见证。

当问起平时有没有电话联系，一旁的老伴朱先生笑着说："今年过年时候，我们还和二姐通了电话，通过电话互相问候拜年，虽然她们俩耳朵都听不太清，电话里不怎么听得清对方说什么，但是还是能感受到彼此的牵挂和思念。"缪阿婆一边说一边摇头："以前还会到邮局给二姐打电话，过年的时候也会让女儿通过手机视频和二姐互相问候。但是现在年纪大了，耳朵也听不清了，二姐还特地换了音量更大更清楚的电话，但是我还是听不清。家书抵万金啊！想念姐姐的时候就能把信件再翻出来看看。虽然一封信几页纸，但每次见到熟悉的字体和签名，都感到很温暖。"这就是家书特有的魅力和温度。

这些信不仅仅表达了两人的思念，更是让对方安心的"定心丸"。缪阿婆说，"要是收不到我的信，她会着急的。我收不到她的信，也会着急。"姐妹二人年纪都大了，无时无刻不在担心对方的身体，能收到信代表着两人的身体都好。

说起以后还会不会去台湾，缪阿婆也表示"很困难"，因为自己耳朵不灵光，老伴的眼睛又不太好，所以去台湾的希望不大。但是她仍然会把信一直写下去。缪阿婆表示，为了能够一直写信，自己每天坚持在手里盘核桃，就是为了在写信、画画的时候手指更灵活。"只要我还能写，我就要把家信写下去。"一封封家信就这样连起无锡与台北的情缘。

90岁,卖掉房子回家
100岁,家里如此温暖

陆汉洲

漫漫回家路

2006年5月8日,从东海岸登陆的"珍珠"强台风席卷台湾,美丽的宝岛被这一场60年未遇的"山呼海啸"折腾得一片狼藉。

"珍珠"肆虐台岛之后,施志超将他在台北中央社区一段XX号那套4室2厅2卫的住房办完了交易手续。当房款全额打到了他的账户上,在他心里悬着的这一件事,算是落实了。

在台湾待了61年的施志超,经反复考虑,最终决定回大陆。他始终觉得,自己的血地、自己的家在海峡彼岸,在南黄海边、长江入海口北岸的江苏启东。台湾,只是他漂泊的人生途经的一个驿站。

卖掉了属于自己的房子,施志超一边办理相关手续,一边耐心等待。2006年7月25日,虚年龄90岁的施志超,从台湾桃园机场经停香港飞往上海浦东——他又一次踏上了回家的路。

靠着飞机舷窗的施志超,侧身俯瞰机翼下方蔚蓝色的海面,那一湾浅浅的海峡,心情十分激动。

自从海峡两岸打破了隔绝状态,开启了良性交流、互动,施志超曾经冷却的心,渐渐变得和暖起来。1995年以来,他已回江苏启东探亲11次了。

施志超至今还清楚地记得1995年第一次探亲时的情景:

这是他离开家乡后,第一次踏上故乡的热土,曾经为江苏省启东县第八区(即和合区)太和乡老家的路,都已找不到、认不出了。3月中旬,正是家乡油菜花盛开的季节。当久久未归的远方的游子回到了故乡,回到了亲人的怀抱,亲人们炽烈的热情,如同灿烂的油菜花那样热烈奔放。村里的男女老少都聚拢过来了，一张张面孔陌生又似曾相识。都快70年了，家乡的变化真大啊。到了家里他才知道，由于多年没有这个小儿子的音信，母亲以为自己的小儿子早就不在人世了。母亲活着的时候，便以他离开家乡前往上海那天作为他的祭日，每年的这一天总要为他烧纸追思。然而，当他今天回来了，他亲爱的母亲却早已仙逝。父母一生养育了他们9个儿女，八妹童年溺水。可是，那天他只见着了二哥、三哥和自小做童养媳的小妹。大哥和大姐、二姐都已离开人世。94岁的三姐在崇明，他专程看望了她。姐弟俩一别近70载，悲喜交集，紧紧相拥在一起后，就捶胸顿足嚎啕地哭，止不住的泪水往下流。在村里公墓骨灰堂父母的遗像前，他动情地叫了一声："爹爹、姆妈，你们的不孝儿子银山回来了！"说罢，就跪在那儿失声痛哭。

施志超乳名"银山"。他在四个兄弟中排行老四——"金块、银块、金山、银山"是父母依次赐给他们的乳名。他们上学后，才起了"占清、占明、占文、占华"的学名。他的现名，是他于1945年到了台湾后改的。他知道，四兄弟大名的最后一字"清、明、文、华"意味深长，但对"占华"这个名字，总感到别扭。侵华日军刚投降，他到台湾后不久就将自己的名字改为现名——志超，"有志于超越自我"之意。

跪在父母遗像前失声痛哭的那一刻，施志超对家的感觉似乎有了全新的认识。他便更加坚定了母亲生养他的血地才是"自己的家"的认知，也更加坚定了他一定要实现"落叶归根"夙愿的信心。

漂泊的人生

1928年过了年，1917年7月18日出生的小银山12虚岁了。他在和合小学读完一年级第一学期，就跳级升至二年级，令班主任朱福朝先生十分看得起，秦在邦校长也常常对这位二年级级长（即班长）边点头边伸大拇指。

母亲施茅氏见他在几个儿女中比较聪慧，就让小银山的大姐夫跟在上海做生意的沈安石商量，让他出去闯一闯。银山自小唤埭上的沈安石为三哥。沈安石回村里过年时，这件事就敲定了。银山还小，母亲有点舍不得，但也没有办法。丈夫施恒福刚满60岁就去世了，家境贫寒，孩子又多。宅门前的这条狭长条地皮，还是和孩子们的姨妈姨父家共同耕种的，每年还要交3块银元的田赋。父亲活着时，常去海边推虾网，在沟里沟设个簖，弄一点海里的虾，沟里的鲫鱼、浜丝条、小蟹田之类的鲜货，给孩子们增加点营养。江夏村北边的大堤岸外，常有海盗出没。世事无常，孩子们前程莫测。懂事的小志超便答应母亲，去上海闯荡。那天，小银山于后半夜起身，由大姐夫用独轮车推着，天蒙蒙亮时到了三条港，由小舢板摆渡到一艘木帆船上，于当晚到了上海。

这一个晚上，是银山人生命运的转折点。

银山在上海一待就是16年。期间，没有回过一次家。他不是不想回去，只怕一旦走了，自己的岗位被人顶了，就再也回不来了。接着，又从上海去了台湾。

聪慧、勤奋、好学的银山到了上海，白天跟着师父学做生意，晚上去中华商业职业学校夜校，学习汽车专业知识和英语。18岁取得中专学历后，先后"跳槽"到雪佛莱公司和日本大阪驻上海分公司发展，得空攻读日语。1937年7月，正值20周岁生日之际，银山参加国民政府交通部直属上海电讯局职员考试，一举获得通过，从而成了电讯局正式职员。南京东路20号紧靠外滩的沙逊大厦（今和平饭店），就是银山上班的交通部上海电讯局大楼。

接着，是日本鬼子血染中华的，是中华民族奋起抗战的那些年。日军占领南京前，交通部所属机构大多数职员，一溜烟跑到了陪都重庆。银山和几个同事没有走。

1945年9月初，他产生了赴台想法。那天，他正准备去吴淞，当走到外滩，听说有一艘三桅大帆船将直达台湾，他便当机立断上了船。经停浙江温岭换了桅杆，然后穿过台湾海峡。他在离开上海一个月后到达台湾。尔后，他改名为施志超。

基隆的人文山水景色很美。红褐色的火山岩石绚烂夺目，港湾里泊着许多装运蔗糖的帆船，很是繁忙。初到台湾的施志超无暇顾及这些。他在国民党当局"经济部商品检验局"（前身为台湾检验局）从稽查员、专员，一直干到督导，直至退休。正直善良、不善言辞、做事踏实的施志超，不参与任何党派活动，只知埋头认真做事。每天，他在台北济南路一段4号上班，总是很忙。

只有到了晚上和节假日，施志超才有属于自己的空闲时间。他和上海籍的妻子在台生有一女，女儿出嫁后患有抑郁症，再未和他有过联系。妻子病逝后，他在台湾便孤身一人。台湾本土人对外省籍人较为排斥，他对此感到不爽。尤其当看到有关单位和部门对外省籍孤寡军人、公务员病逝后的善后工作草草了事，颇感悲衷、凄凉。对此，耄耋之年的施志超越发想家，越发犯愁——自己百年之后魂归何处？

更深夜静时，施志超曾几度铺开了信笺，想给远在大陆老家的亲人写信，他有太多太多的话要对亲人们说。可是他不知道，他的信能否寄得出去，大陆老家的亲人们能否收得到。他便常常将写下了几行字的信，揉成一团，丢进了废纸篓里。他常常为此发愁，哽咽，落泪。

温馨的热土

"回家了，我终于回家了！"

当"国泰"航班的飞机在上海浦东机场一落地，当施志超步出机舱，踏上故乡的土地，他于顷刻之间找到了一种"回家"的感觉。

湛蓝的天空、新鲜的空气、气派的现代化国际机场、机场周边绿色的原野——这是施志超第12次穿行于海峡两岸途经的地方，这一次的感觉更爽，满眼都是亲切感。

本是回乡探亲，施志超当初预订了往返机票，原计划于翌年1月21日返台。不料，那一个冬天，他患重感冒，不断发烧、住院。于是，预订的返程票就过期了。

他便成了滞留大陆的台胞。这一滞留，就是近12年。

作为一位滞留大陆的台胞，施志超却有一种"安定"而又温馨的"家"的感觉。每逢传统的中秋、春节，抑或他身体有恙，启东台办的同志必定要带着礼品和营养品前来慰问。2017年春天，陈娟主任到台办赴任不久，专程前去看望慰问。她拉着施志超的手，亲切地问这问那，关怀备至。

过了2017年7月18日，施志超即迈上101岁高龄，他还能亲自回台领取退休金吗？他于2006年7月在台湾"经济部"领取的退休金，也许就成了他领取的最后一笔退休金。退休金是老人晚年生活保障所必需。为此，启东市台办负责同志通过海协会等途径，多次与台湾有关方面联系，帮助沟通此事。虽然未果，但对"娘家人"为他所做出的努力，施志超总觉有一股暖流在心头涌动。尤其是2014年，启东台办利用国家有关政策，为他成功申办了医保，使他成为南通市首例享受大陆城镇居民医保待遇的一位台胞，他心存感激。他从骨子里反对"台独"，祈盼能在有生之年，实现台湾回归，祖国统一。

谁也想不到，90岁之后滞留在大陆的施志超，在启东市北城区街道干女儿袁萍家里，竟然又生活了一个近12年。当年，他就是在母亲身边生活了近12年后，远走他乡，开始漂泊生活的。只是，生命那一头的12年，他在养育他的母亲的温暖怀抱里。生命这一头的12年，他是生活在祖国母亲的温暖怀抱里。

这些年，他的生活颇有规律。每天上午，太阳升到竹竿高的时候，他就要去小区旁边环境优美的紫薇公园散步了。一大圈1.4公里，他要走上三圈。回到家里坐定后，他就喜欢看书看报，报纸是家乡的《启东日报》、新华社编发的《参考消息》。报纸上登有他关心的时事新闻。书则是看他喜欢的英文、日文辞典和一些自然科学读本。到了晚上，他锁定央视4套，每晚八点半的《海峡两岸》，是他必看节目。他书法颇有功底，正楷字尤佳。偶尔，他也喜欢练练书法，边练书法，边写点儿养生的文字。饮食，他喜欢清淡，以素食为主。透过他红润的面容，看得出，这位百岁台胞的生活过得蛮有滋有味的，体质不错，身体硬朗。

　　当静下心来或者生活遭遇挫折的时候，施志超格外想念母亲。当年，母亲为他去上海闯荡缝制新棉衣棉裤时，以慈爱的目光不时地望着他的情景，令他刻骨铭心。这位百岁老人，一想起一头白发的母亲，当年慈爱地望着他的那个眼神，便常常哽咽，两眼泪水涟涟。2014年1月14日，施志超在家里不慎摔了一跤，致骨折，住进了启东市人民医院，一躺就是十来个月。入院第二天，他于恍惚之间，喊着"姆妈，您快来啊！"他想去抓母亲的手，一抓落空了——哦，原来是一场梦。

　　他在梦中醒来，发现启东市台办的同志，正在病榻前，以关切的目光望着他……

亡故14年后，台湾老兵魂归故里

丁洁　王吉军

2017年5月9日下午6点，苏南硕放国际机场，从台北飞来的航班ZH9076缓缓降落，75岁的老人杨信琏身着白色衬衫，系着黑色领带，背着一个崭新的大背包，步伐沉重，神情悲哀。老伴周如英跟在身后，不时用双手托住背包底部。走到接机口，杨信琏轻轻地蹲下，将背包小心翼翼地放在地上，抱起背包中的骨灰坛，将脸颊紧紧地贴在上面，红着眼眶，喃喃道："父亲，我们回家了！"

等候在航站楼大厅的杨家儿孙举着"爷爷，我们接您回家了"的横幅，早已热泪盈眶。长孙杨晓斌走上前，拿出早已准备好的红布，轻轻地盖在骨灰坛上，仔细地把4个角整理好，和杨家一众儿孙，面向骨灰坛，深深地鞠了3个躬。漂泊异乡近70年，亡故14年之后，台湾抗战老兵杨宝林终于漂洋过海，魂归故里，与亲人"团聚"。

热血青年　离乡参军杳无音信

杨信琏1943年出生于溱潼镇改建南巷，同年，父亲杨宝林响应"一寸山河一寸血 十万青年十万军"的号召，加入蒋经国嫡系部队青年军第202师，成为一名督查，在军队中管理纪律。

"自我一出生，父亲就已经离开家乡了，听母亲说，父亲是家中第四子，高中毕业后本想回乡继承家族生意，然而，面对日本侵略者的铁蹄蹂躏，他毅然投笔从戎，1942年进入军校读书，26岁加入青年军。"杨信琏说，"我对父亲的印象都来自母亲的描述，刚参军的几年中，母亲还去过父亲的军营，1946年之后就失去联系了。"

据杨信琏介绍，母亲李明珠本是溱潼镇上大户人家的千金，与父亲感情深厚。父亲参军后，她毅然决然挑起了家庭重担。"三年自然灾害"期间，母亲为了让全家人生存下来，几乎卖光了家产。

1961年春天，突然来了几个人要把杨家的"三点水"床搬走。那张床里外好几层，有3个踏板，最里面才是床，床周围刻有龙凤呈祥、麒麟报喜等图案。杨信琏含泪回忆道："床被抬走的时候，母亲泣不成声，几乎要哭晕过去。那是她当年的陪嫁。为了让我和弟弟继续活下来，她只能忍痛贱卖心爱之物。她相信只要我们活着，肯定能等到父亲回家。"

仅仅几个月后，李明珠撒手人寰。"她至死也没有等到父亲回来，这是她生前最大的遗憾。"提起早逝的母亲，杨信琏格外悲痛。

45年后父子终于相见

1985年，镇江人林半生自称是被杨宝林救助过的老兵后人，托人从美国带来口信："杨宝林还活着，1948年他随部队撤退到台湾，1983年退伍后定居在新竹。"得知这一消息，杨信琏欣喜若狂，认为父亲就要回家了，可没想到，希望又一次落空了。

"明日到上海，请到机场接我。"1988年夏天，一封署名为杨宝林、发自香港的电报让杨信琏兄弟二人激动不已。

第二天，杨信琏终于见到了日思夜想的老父亲，彼时是他们第一次见面，父亲已是71岁高龄，杨信琏也已经46岁了，他们在机场抱头痛哭。杨信琏至今记得父亲开口说的第一句话：

"你们的母亲可好？"看见两个儿子哭得更厉害，杨宝林泪如雨下："不要哭，我们回家！"一到家，杨宝林就来到父母和妻子的坟前长跪不起，诉说离家45年的思念："我对不起你们，我回来晚了！"

吃饭不许说话、不许泡汤，站着不许靠墙、要抬头挺胸……杨宝林与亲人团聚后，依然保留着当兵的很多传统，对子孙也严格要求。杨宝林还有一大爱好——摄影。每年回家探亲，他都会背着一台尼康单反相机，包里还装着五六个镜头。为了弥补年轻时没有和子女一起生活的遗憾，每年回来，他都会带着一大家子出去旅游，留下了很多珍贵的照片。至今，杨家人仍然保留着每年全家一起出去旅游的习惯。

抗战老兵望断故乡路

1991年，杨宝林第一次带着杨信琏兄弟二人去了台湾，带他们了解自己在台湾多年的生活足迹，遇到台湾的朋友就忍不住"炫耀"："你们看，这是我的两个儿子，我在大陆是有家的，而且有子有孙，我福气好啊！"从那之后，杨宝林经常带儿孙们去台湾小住，每年也从台湾回溱潼镇，少则住上3个月，多则半年。

2000年，杨宝林回乡探亲，正好赶上溱潼镇华光大桥开工建设。想起这是自己曾经摆渡的地方，杨宝林慷慨解囊。他说："家乡造桥是大好事，必须支持！"华光大桥于2002年5月建成通车，杨宝林的名字被刻在桥下的功德碑上。

让杨家人没有想到的是，这次探亲竟然成了永别。回到台湾的杨宝林身体每况愈下，肠道出血严重，2003年9月4

日病逝于台湾新竹"荣民医院"。由于种种原因,加上杨家人对2003年台湾新修改的去世老兵骨灰迁回安葬政策不够了解,杨宝林的身后事由新竹"荣民服务处"代办,资料被错误登记为"无后",安葬在忠灵祠。

十多年过去了,杨信琏也成了一名75岁的老人,他始终记得父亲曾经跟他促膝长谈的一席话:"你母亲生前,我亏欠她太多,既然生不能同在,希望死后可以陪着她,百年之后,记得将我们合葬……"

父亲逝世后的14年间,杨信琏从未忘记父亲的嘱托。他一直希望可以赴台取回父亲的骨灰,但苦于手续繁琐、资料登记有误,困难重重,一直未能成行。

台办携手民间组织　助老兵魂归故里

2016年夏天,杨信琏与老伴随着旅游团到了台湾,在新竹找到了父亲的坟墓。回来后,他在家中建了一座"感恩亭",时常坐在亭中,翻看父亲的影集。眼看着2017年1月18日就是父亲杨宝林100岁生日,杨信琏愈加思念父亲。

1月17日下午,杨信琏到区台办寻求帮助。区台办主任夏建琪听后也犯难了,全市都没有这样的先例。"既然官方渠道走不通,是不是可以借助民间的力量?"夏建琪想到了两岸连锁经营协会。

两岸连锁经营协会是姜堰和台湾之间经济合作的重要平台,是台办的友好合作单位,姜堰区驻台联络处就设在该协会。理事长王国安也是一名军人子弟,在大陆做生意期间,对老兵后人寻求帮助的事情很热心。1月21日,夏建琪赶到位于上海市黄浦区的两岸连锁经营协会拜访王国安，王国安一口答应帮忙。

在申请去台湾期间，区台办和两岸连锁经营协会克服重重困难，帮助杨信琏办妥了身份公证书、入台证、安葬证明、"海基会"证明等一系列繁琐手续，最终取得因事赴台（领取骨灰）专项审批，杨信琏夫妇可以在台逗留1个月。

"所有手续都已经齐全，杨信琏夫妇可以赴台湾领取骨灰了！"今年5月3日，区台办得知这一消息后，第一时间协调相关部门，特事特办，派专人赴省市各级公安部门，仅用3天时间就帮助办好了入台手续，并帮杨信琏夫妇订好5月7日和9日往返台湾的机票。

考虑到两岸的风俗习惯和两位老人年事已高，区台办工作人员与台湾方面联系了上百次，最终敲定赴台行程，并委托两岸连锁经营协会派专人专车在台湾全程服务，陪同他们到新竹殡葬管理所、台湾航空公司等地办理手续。

5月9日下午，区台办工作人员与杨家人一道来到苏南硕放国际机场，等候杨信琏夫妇回来。区台办主任夏建琪说："今年是台湾开放老兵回大陆探亲30周年，我们为能促成老兵骨灰顺利回归感到欣慰。作为娘家人，服务好台商、台胞、台属是我们的份内事。"

曾经，一湾浅浅的海峡，隔断了多少老兵的回乡之路。杨信琏动情地说："父亲在台湾一直孤身一人，他总说自己的家在大陆。母亲在家乡等了他一辈子，如今还在等待着他。我们会尽快将父母合葬，以后每年清明，就可以到父母坟上祭奠了！"

夕阳西斜，载着杨宝林骨灰的车子驶出机场，一路向北，朝着他魂牵梦萦的家乡溱潼镇飞奔而去。杨信琏轻轻取出胸前口袋中随身携带的父亲照片，靠在车窗前，他要让父亲再次看看回家路上的风景……

从志愿军到台湾兵,家才是最后的宿营地

汪长寿

一

我19岁那年,朝鲜战争爆发,当时铺天盖地的宣传都是"抗美援朝,保家卫国"。听了这些让人热血沸腾的宣传,我很激动,有个强烈的愿望,即刻到前线去。一来可以参军,成为一名军人保家卫国;二来可以离开家乡出去闯荡,去见一番世面。朴素的思想里肯定有反美帝国主义的情绪。当时家中有一个双目失明的老祖母和一个童养媳,一家三口和我姑母家住在一起。当我提出来要参军时,全家一致反对。我主意已定,在我的强烈要求下,我那可怜的与我相依为命的老祖母不得不同意我的请求,但要求我必须和童养媳结婚后才能去。我答应了。结婚仅仅三天后,我和我的三个同乡战友一起登上镇江—唐山的火车。谁知道,这一去就是50年。

到了唐山之后,仅仅接受了3个月的军训,我们便雄赳赳地跨过鸭绿江。当时的我们配置极其简单,每人一支步枪和三个手榴弹。这样的装备和武装到牙齿的所谓"联合国部队"相比,实在有天壤之别。虽然装备落后,但我们一点都不害怕,因为我们的部队有强过敌人百倍的战斗意志。在朝鲜战场上,我们打了八个月的仗,几乎每天都有战友在我的身边死去。就这样,我们打退敌人一次又一次的进攻。

在一次战役中,我们艰难地前进了几十公里,进攻的深入和后方供给的不足,使我们饥寒交迫。我们终于熬不住了,决定"突围"。我和另外两个战友商量,下山去找点吃的。否则,再这样下去,即使没被敌人打死,也会先饿死了。可就是这样一个错误的决定,使我们成为俘虏。一到山下,我们就被俘了,原来我们早就被包围了,敌人就等着我们"自投罗网"。

当志愿军，我想到过会流血会牺牲，甚至想过在异国的土地上迷了路，可能被人们说成失踪，单单没有想到会做俘虏。也没有想到，会被外国雇佣军抓了去。战俘的称谓落到自己头上，是一个无法接受而又必须接受的事实。

到了战俘营，我们和川军战俘关在一起。这些川军是在国内三大战役中被俘后被整编到人民解放军序列中的。这一次到了朝鲜战场，被联合国部队俘虏后，经过台湾蒋军的游说，又开始划入台湾阵营。美军和川军对于这些志愿军，常常采取欺压和恐吓的方法。为了阻止战俘回大陆，国民党方面派来了大量特务，协助美军对战俘进行镇压和分化瓦解。他们收买战俘中的一些异己分子，对坚持回国的战俘进行疯狂的迫害，企图将这些战俘变成他们的战争工具和反共分子。

他们对志愿军实施了灭绝人性的打击报复。不愿意去台湾的志愿军，有的被暗杀，有的被割肉或挖心。几十年之后，那一幕幕恐怖的情景仍然像一个个挥之不去的恶梦，让我不寒而栗。而所谓的联合国部队代表对这些事根本不闻不问。这些代表曾经把人的心脏放在盘子里，在每一个战俘营里走来走去，并说这就是不愿意到台湾去的下场。战俘营里的日子和战场上相比，我们认为还是每天打仗好过一些，在战俘营里是和魔鬼在一起。经过有关方面的反复抗争，终于到了交换战俘的日子。交换战俘时，我用了被俘时报的假名"温顺林"去了台湾（被骗去台）。当时，我用这个假名，是不想暴露身份，没想到这个名字一直用到现在，我的真名"汪长寿"倒很少有人知道了。

二

当我以温顺林的名字到了台湾以后,"汪长寿"便和过去的历史一样,留在了大陆,留在朝鲜战场上。这是我始料未及的。前世、今生在我的人生中泾渭分明,以至于1989年初我的第一封信辗转寄到大陆家中时,要家人确信汪长寿还活着是一件很困难的事情;因为交战双方都找不到汪长寿这个人,汪长寿已成为历史和"烈士"。对于这事,无论是歪打正着,还是阴差阳错,都给我心中留下一丝慰藉。从我离家的那一天开始,没有孝敬过祖母一天,而正是我的烈士身份,政府每月发给祖母十几块钱的烈士津贴,倒替我尽了一点孝道。现在想来,祖母在九泉之下虽不知我还活着,但她活着用这钱时心中的感受一定是很复杂的;因为她只知道每月的津贴是他唯一的孙儿用命换来的。

自到台湾的第一天起,从战俘营到蒋军的兵营,人虽稍许自由了些,但大体和战俘营差不多。对于我们这些解放军阵营过来的兵,蒋军戒备很是森严,隔三岔五地对我们洗脑,反攻大陆这些事情几乎是天天讲。他们为了防止我们逃跑,强迫我们在身体上刺字和纹身,而这些成为我一辈子的耻辱。他们在我们身上刺上"青天白日旗、金鱼纹、反共义士"等花样和字样,以这样的方式加以迫害并企图以此摧垮我们的精神。我后来就麻木了,不再理睬。他们叫我当步兵,我说行啊,但我要学开车,做驾驶员。他们拿我没办法,于是我当了一名驾驶兵。

其实,他们是怕我们逃走,而我们又能往哪里逃呢!一道海峡,便是天堑。于是,思念家乡,思念亲人,便是我每天的功课。很少人能体会累积五十多年的思念是一种什么滋味。绵绵不断的乡愁，常常让我梦中惊醒，泪湿枕巾。一边想着在家的情景，一边算着祖母的岁数。当算到祖母90岁时，我便不再念叨她的岁数，而改在每年的清明节在海边为她烧一些纸钱了（回大陆后得知，她逝世时84岁）。而我也不知道家人在清明节和祭祖时，会烧些纸钱给我。（前文已经说过，政府已经判定我为烈士了。）后来我才知道，我的烈士身份，不仅让无依无靠的祖母靠我的烈士津贴活着，还使得家人平安度过了那10年动乱的岁月。

在日日夜夜对家乡和亲人的思念以及胡思乱想中度过了20年的台湾军营生活。1975年退役了，拿了一笔退役金，我落户到台南县。我又开始了举目无亲、居无定所的生活。回家，是我唯一的期盼。家当时是回不了的，饭还是得吃的。为了生存，我用退役金买了两辆出租车，自己开一辆，再雇了一个人开另一辆。生活就这样安顿下来了。赚了一点钱后，我又卖掉了出租车，买了一辆集装箱车，每天跑高雄至基隆的运输。那时，台湾经济发展很快，生意很好做。但我赚的钱大都用来接济江苏老乡了。到现在为止，还有许多老乡非常感激我。后来，实在是对这种每天奔波的生活厌倦了，我进了台湾"荣民总医院"，从事车队的管理工作，一直干到退休。

从19岁满怀热情保家卫国的热血青年，到在养老院的摇椅上回想往事的老人，我知道自己真的老了。

可是，我从来没想过自己的一生会这样度过。

几十年来，我是天天想家。家里有年迈的老祖母，还有年纪轻轻就独守空房的媳妇。这些年来，她们都是怎么过来的？

我问天天不语，叫地地不应。

没事儿的时候，我经常铺开信纸，一笔一划给家里写信。而开头的称呼必是"祖母大人"和"姑母"。那时候我根本不知道，两位最疼我的老人已经去世，我总感觉她们还在等着我，还在唠叨着我。信写好后，总是在我的枕边放着一天又一天，因为那时两岸不能通邮，更因为我寄过的信都石沉大海，我写的都是一封封根本无法寄出的信。

三

进入20世纪80年代后，海峡两岸紧张的气氛有所缓和。一些老兵再也无法忍受晚年的寂寞和将要把老骨头扔在这个孤岛上的恐惧，纷纷托人与大陆联系，并且真有不少人找到了亲人。

在阔别大陆50年间，我无时无刻不想念着故土，挂念着家中亲人，忍受着千辛万苦，企盼着能有一天回到大陆与亲人团聚。1987年11月，台湾当局开放台湾居民赴大陆探亲。我看到了回家的希望，便向故乡连发了数封家信。

家人收信后百感交集，难以置信。我的表弟激情挥笔，把家乡变化和家中情况一一写在信中，企盼我早日归来。1989年秋天，我终于办好探亲手续，从台湾转道香港，回到家乡。

是啊，回家了！

50年的乡思能够在一瞬间成为现实，能不高兴吗？真的怀疑自己在做梦。

本来我回大陆的时候，只申请了很短的探亲时间。几十年远离祖国，再加上台湾的政策宣传，我实在不知道今后是凶是吉。可回来以后我发现，虽然家里的条件还比较差，可亲人浓浓的情意，政府对我们的关怀都是真实可靠的。

　　与那些在台湾终了一生也没能跟家人团聚的老兵相比，我的确是幸运的。我终于回来了！我现在是在家乡住一年，再去台湾住一年。每次回来与家人团聚之余，亲眼目睹改革开放后伟大祖国翻天覆地的变化，使我更加热爱家乡，也更加留念家乡。

　　我已是八十多岁的人了，看多了人间的悲欢离合。现在最大的期望就是自己能多活几年，看着孙女考上大学，做一个对祖国有用的人。

　　而且，我希望两岸和平统一的进程再快一些，麻烦再少一些。海峡两岸的统一是国家和民族所共同面临的期盼。我是从台湾回来的游子，我知道那种思乡盼归的心情。台湾当局不应当让两岸人民失望，顺民心才能得民意，这就像当年开放民众探亲，那么多人不顾偌大的年纪，纷纷往大陆跑。那是为什么？因为这儿是故土。一个人活在世界上，可以什么都没有，可是你不能剥夺他回家的权利，不能剥夺他寻根的自由。也许，那是许多人在生命中最后唯一的企盼。

　　对于在台湾的老兵们来说，家才是最后的宿营地。

　　统一是大业，也是大势所趋。

七十年的找寻，梦里的海峡思恋

张唯中

70 年的寻找　妹妹你在哪

在台湾西海岸的秋季，二十多岁的重孙子张海鹰推着轮椅上的 96 岁高龄的太爷爷张芸军在海边的沙滩上缓慢地行走着，只见身穿中山装的太爷爷一双浑浊、无光的眼珠迟缓地转动，头上一蓬稀疏的白发早已枯竭，失去了亮泽。近百年岁月的沧桑，骨肉离散的悲痛，已将这位活了近一个世纪的老人侵蚀得满身憔悴。老人苍老的手上握着一个用了很久的收音机，正在播放着对岸海峡之声广播播放的小提琴曲《我爱我的台湾》。伴着音乐，老人痴痴地凝望着海峡的那一头……

抗战胜利后，毕业于黄埔军校二期的张芸军返乡探亲期间突然接到陆军总部命令，即刻随部队奔赴台湾，执行当年 10 月中旬在台北中山堂举行"台湾对日本的受降典礼"的保卫工作。因为日本的侵略张芸军的家人几乎都死在了日寇的铁蹄之下，只留下了他唯一的亲人——他的妹妹张芸薇，即将启程奔赴台湾的张芸军与妹妹在老家白马寺的千年古银杏树下依依惜别。

张芸军用自己的左手食指轻轻勾着比自己小两岁的妹妹的脸微笑着道："芸薇，这次去台湾执行任务哥哥很快就回来，在家等着我……"

70 年过去了，再见妹妹一面是张芸军老人始终割舍不下的心愿。为了帮助老人寻找到亲人，台湾的全球华人纪念抗日协会的志愿者们将相关信息传递到了大陆，两个多月过去了，对方始终没有回应，直到前几天，志愿者们得到了一个令人兴奋的消息，张芸薇老人找到了。

台湾的志愿者接到消息马上给张芸薇老人打电话，一直联系不上，直到晚上才联系上了，张芸军老人特别激动。

海峡两岸共努力　九旬兄妹终相见

张芸军老人的妹妹芸薇之前一直住在江苏省邳州市四户镇白马寺旁，在没有了哥哥的消息后，她整日以泪洗面，彻夜不眠。后来，芸薇为了躲避战火走出了四户镇白马寺村，辗转近百里，定居在了铁富镇的姚庄村。因为爱人在20世纪80年代不幸病逝，张芸薇老人也无儿无女，邳州市民政局的同志和心志愿义工之家的志愿者定人定期定点无微不至地关爱照顾老人。

时间啊，可以染白青丝，却割不断思念，整整70年过去了，得知即将可以通过视频与哥哥见面，郁积在张芸薇心中太深太久的情感终于像岩浆一样迸发了出来，她兴奋地早早地换上了大红喜庆的衣服焦急地等待着与哥哥离别70年来的首次见面。

晚上七点零三分，张芸军兄妹一家，离别70载的跨越海峡的首次电脑视频连线接通了。

在台北八德路3段155巷4弄10号3楼的张芸军老人家里，全球华人纪念抗日协会的志愿者林宛宜呼叫："您好，您是张芸薇老人吗？"张芸薇老人激动地答道："我就是啊。"志愿者林宛宜又说："您的哥哥要与您讲话。"台湾的志愿者林宛宜话一落，视频就转向了哥哥张芸军，哥哥的面部略带抽搐道："喂，您是芸薇吗？我是哥哥啊。"芸薇看到了久未谋面的哥哥，听到哥哥深情的一问，泪珠夺眶而出，手也不住地抖动，呜咽着说不出话来。

哥哥听不到亲妹子的回音，又急切动情地喊道："小薇，我是军子哥啊，你还好吗，我好想你啊！"张芸薇听到哥哥这动情一说，忍不住哭出声来："俺哥，我想得你要死啊，我想你眼睛想瞎啦、头想痛了、耳朵想聋了呀！这么多年你去哪里了，我想你想的心好痛，我找你找得好辛苦啊！……"

尽管劝慰妹妹不要哭，但70年未见啊，试问人生又有几个70年呢？亲情是一杯浓浓的酒，亲情是一杯酽酽的茶，兄妹之间没有疲倦，没有睡意，只有那聊不完的家常和道不尽的亲情……

从台北到邳州

在祖国台湾的西海岸，二十多岁的重孙子张海鹰小心翼翼地看护着轮椅上的96岁高龄的太爷爷张芸军，老人手中的收音机，突然响起了《鲁冰花开》这首歌。

  悠悠的白云
  徜徉在海峡
  青青的茶园
  是否开满花
  漂泊的游子
  一切都好吗
  儿行千里远
  妈妈在牵挂
  美丽的鲁冰花
  花开如霞
  海峡隔不断

两岸一家
孩子啊在哪
……

伴着歌声，张芸军老人痴痴地凝望着海峡的那一头。张芸军的身体状况十分糟糕已然不能回到他那魂牵梦绕的家乡——江苏省邳州市四户镇白马寺，不能再看看那株千年树龄、见证着世世代代传说的银杏树了。他颤颤巍巍地伸出手指向对岸动情地道："海鹰，那里是你们的老家，那里有你们的祖根……"

"终于回到太爷爷的家乡了！"飞机一降落徐州观音机场，张芸军老人的重孙子张海鹰激动地说道。

根据张海鹰"我要回到太奶奶家"的愿望，汽车未在县城作片刻停留就直奔铁富镇姚庄村，路旁千年流淌的大运河，昂扬向上、坚韧挺拔的水杉林，连绵不断金灿灿的银杏林海在车窗外飞逝，张海鹰的眼神闪烁不定。看到祖国大陆那么的山川壮丽、物产丰隆，他几次掏出手帕按捺住激动的情绪，唯恐眼泪掉下来，但结果还是掉下来了。

张海鹰来到太奶奶的家——铁富镇姚庄村时，就被眼前的深秋银杏美景惊艳到了。铁富镇姚庄村有着最美的全长3公里的银杏路，阳光透过银杏的叶子，一束束散落在地面，星光点点。树上、田野里、道路旁大片金灿灿的银杏树叶，使得整条道路笼罩在一片金黄色的世界里，微风吹过，树叶如万千蝶儿飞舞……一幅金色田园图在眼前跃然而生。

走过这条恍若时光隧道的银杏路，一间素雅整洁的四合院映入张海鹰的眼帘，太奶奶张芸薇就住在这里。见到了久未谋面的太奶奶，张海鹰"嘤嘤"地抱着太奶奶痛哭，尽管劝重孙子不要哭，但张太奶奶仍不能控制自己的感情，她要把七十年想哥哥的苦楚和痛楚，向重孙子倾诉……

梦里的海峡思恋

在台北医院ICU病床上，重孙女张海燕拿着电话放到太爷爷的耳边，接到重孙张海鹰在江苏省邳州市四户镇白马寺，那个张芸军70年前与妹妹依依惜别的千年古银杏树下打来的跨越海峡的电话，幸福地听着孙儿讲述家乡人淳朴好客、物阜民丰等见闻，一股强烈的思亲思乡情感萦绕在张芸军的心头，挥不去，抹不掉；只要一闭上眼，家乡的一草一木、一砖一瓦、亲人的身影、脸庞，便一幕幕地浮现在他的眼前。

七十年魂牵梦绕的白马寺！多少相思！多少离愁！"诀别芸薇七十载，午夜萦回梦寝中……"弥留之际，张芸军似乎又回到了家乡白马寺的千年古银杏树下，似乎看到了树下苦苦等着他回家的妹妹。两人紧紧地抱在一起不愿松开，哥哥动情地对芸薇说："妹妹，我们再也不分开！"

诗情

当我写下了《超炫·白蛇传》

纯子

2010年9月16日,台湾明华园携《超炫·白蛇传》走进镇江,是江苏台湾周活动的重要组成部分。

一

请相信，当我写下《超炫·白蛇传》
也就写下了它从台湾来
带着它的闽南话音，它有着日月潭般清新的
面容，亦长着阿里山俊美的
骨骼，但胸腔内
始终跳跃着一颗中华传统文化的心。
当我写下《超炫·白蛇传》
也就写下了镇江，写下多少爱情故事
如一切美好，在这个江南小城
——诞生：华山畿、牛郎织女、白蛇传
还有董永与七仙女。
当《超炫·白蛇传》，从千里之外的台湾，
在一个秋风送爽的夜晚，来到美丽的镇江
也就让台湾的白娘子，回到了故乡

二

这不仅是一次艺术的展示，更是一次文化的返乡。
当我写下了《超炫·白蛇传》
也就写下2010年9月16日
写下那个晚上的月光，像一盏高悬的灯火
照耀着多少人，从四面八方潮水一样
向惠龙港涌去，也照耀着白娘子回来的路
我们再次目睹她在西子湖边
惊鸿一瞥，私定终身

目睹她善心如莲，在保安堂救济苍生
给病人以良药，给穷人以食物，
目睹她身怀六甲，却不远万里
盗灵芝救夫。也再次目睹为了讨要被关在
金山寺的许仙，她和小青在一起施法
水漫金山

三

是的，她只是妖。
却飞蛾扑火般迷恋上爱情里的一切
迷恋上了"不为修来世，只为途中与你相见"
迷恋上了择一城而老，选一人白首
"我做你云鬟轻挽的娘子，而你做我断了
仕途的官人"迷恋上了
不求荣华富贵，只求一生相随
小小的保安堂
也有爱情里的壮丽河山。她爱得高傲
却又卑微，爱情里的三千弱水
她只想取自己的一瓢饮

四

因此在那个夜晚，她必然受到所有人的
祝福：当她在爱情里再次转身
所有世俗的眼光，都将为她让路
当她悲伤、哭泣

我们都在她的伤口里。当她五月五
饮下雄黄酒,疼痛也随即
在我们的身体里发作。当她不畏千山万水
在高空
呼风唤雨,一切未知的凶险
也都在我们心中集结
而当肃穆的雷峰塔,在结局处压在她的身上
我们为此
也在命运的最沉重处,喘不过气来

五

曲终人会散,但我始终相信
当我写下《超炫·白蛇传》,写下它从遥远的台湾来
从它诞生那刻起,就一直在奔赴故乡的路上
当我写下《超炫·白蛇传》
更就写下三十年以来,祖国和台湾
打破隔绝状态,一次次书写民间文化交流的篇章
让白娘子如期回家,让思念和思念相认
让爱和爱拥抱。
两岸同胞同根同源同心,和睦和谐和平
再远的距离,再深的海峡
都无法将祖国人民,和台湾同胞的心
隔开,并分离。

锦凤歌

蒋坤荣

1996年5月，台湾同胞汤锦文为帮助家乡发展教育，捐资600万新台币，约合人民币200万元，寨桥初中和前黄中学各分其半。寨桥初中将新校舍门楼命名为"锦凤楼"以示纪念。1997年8月25日，汤先生来校参加"寨桥中学新校舍落成和汤锦文捐赠典礼"，距今已20周年，故以诗歌之。

锦凤楼前歌锦凤，锦凤展翅上九重。
回望行程九万里，海峡两岸情意重。
难忘一九四九年，大军渡江气势雄。
锦凤离巢去宝岛，二老五雏泣梧桐。
隔海相望三十年，风雨霜雪夜夜梦。
锦文任教在军校，清贫守志怀秋风。
落叶满地衣衫寒，红烛照天诗文雄。
凤美持家称贤妻，夫唱妇随志气同。
幼子夭折复生子，永康孝顺迎雏凤。
西望波涛万里阔，激浪拍岸月如弓。
大河东流迎朝阳，泪洒衣襟忆残梦，
每逢佳节倍思亲，春花秋月去匆匆。
十年动乱乌云散，迎来改革舞春风。
台海天高云雾淡，行行家书情意重。
更喜一九八六年，重回故乡圆旧梦。
兰陵美酒江南春，火树银花笑颜红。
岁月沧桑催人老，金玉良言记在胸。
能受磨难铁汉子，穿云破雾人中龙。
十年四次回故乡，千言万语波涛涌。
五凤桑林展翅难，锦凤抱疚心里痛。
是年凤去瑶池远，临终嘱托意重重。
永康遵奉慈母命，克承父志心为公。
倾囊捐资六百万，两校楼馆映长空。
翌年回乡又探亲，锦凤高楼接青云。
五凤扶老同登台，亮翅振羽意气奋。
寄语学子齐努力，勤奋好学树雄心。
全面发展立大志，终身报国事业成。

兴家强国敢担当,万里江山吹春风。
东风解冻三十年,细雨润物二十春。
锦凤楼高英才多,一曲颂歌唱锦凤。

白发海峡（外二首）

曹利民

白发海峡

那一年,我在个园①小姑竹的青裙上
遇到一种白
与康乾年间的楼阁翘檐亭台水榭
相依相携
站在宣纸上的人都不说话
我也不吱声
就像扬州城只剩一壶天地
就像人到中年
仍不知如何跨越白纸黑字的我
回到唐诗里的大好年华
就像漂泊六十年,退居到眉眼上的道道海峡
回到了故土

不老的芦苇

多数时候,它们是白的
带着枯黄与落寞
比如花局里,扬州诗屋,鸡翅木茶几上方
悬挂的几笔淡影
有时,它们也是一种默契
就像张堃方明张默②……
他们漂洋过海,带着一座孤岛而来
又带着扬州城离去
此时,它们就成为突然绽放的
某种记忆

沿着夜色铺开去，一点一点渲染了我
和我剪刀下的晚饭花

十年扬州梦

十一月的瘦西湖，看上去是一种执念
东门进去，右拐，前行
不多远就是绽放的琼花林
老诗人就笑了
顺着他的笑
有嘀咕声传来：第十次[3]了，他依然看不够
我点点头，停下来
此刻清冷的风里
我看到枝头盘旋的海峡与岁月
一个人的宇宙纯白如斯
一座城市的星河纯白如斯

---

[1] 2007年秋，台湾著名诗人洛夫在扬州个园举办书法展。
[2] 2013至2015年，台湾诗人张堃、方明以及张默等人，先后两次来扬，与扬州诗人欢聚于扬州诗屋。
[3] 2005年以来，台湾著名诗人洛夫先后十一次来扬，与扬州诗人结下不解之缘。

泰州旅记组诗

王玉梅

参加在泰州举办的"两岸医药法学术研讨会"有感。由于东吴大学校长祖籍泰州,东吴大学与泰州学院交流日深,师生往来密切,交情自是匪浅,对台湾东吴大学而言,意义显有不同,她有感两岸交流,思及与师长们及泰州多位旧识相见,以小诗记下此行点滴。

夜游迎宾

波光倒影映楼台，凤凰护城不望海。
青青杨柳竞折腰，笑迎贵客远方来。

"凤城河"是泰州著名景点。晚宴后我们夜游凤城河，看到河岸两边的望海楼、文昌阁，建筑典雅秀丽，不禁让人发思古之幽情，再加点点灯火，小桥垂柳，更显这古城夜景的迷人风情，也让开了一天研讨会的师长们倦意全消。

名伶绝唱

画舫船过水无痕，明月依旧照凤城。
人面桃花相映红，名伶叶落终有根。

游河时，经一船舫，二位表演者正演出昆曲名剧《桃花扇》，船行时间虽极为短暂，但二人仍认真演出，全船师长们也给予热烈掌声，以为回应。一代大师梅兰芳，也是泰州人，在京剧史上，无人能出其右！

百川溱潼

溱潼湿地会三江，百条川流千口塘。
八鲜四喜扬子鳄，千年传世鱼米乡。

研讨会成功开幕，大家轻松地前往名闻遐迩的旅游胜地溱湖一游。我们很快就认识了这个融会三江、自然生态极为丰富的溱潼湿地。河中的鱼、虾、蟹、螺等名产号称"八鲜",将其汇炒成一盘就叫"一网打尽一锅鲜",真是菜如其名,有趣得很!此外,湿地的保育区饲养少见的扬子鳄,听说它一生需换齿六千余颗,惊人的数目,除了让人咋舌之外,也让大家长了见识。

访"四不像"

马牛驴鹿四不像,悠然徜徉一水塘。
盛衰强弱不由己,声声无奈唤爹娘。

　　除了"扬子鳄"之外,保育区中最著名,也最值得一看的,当属人称"四不像"的麋鹿了。由于全世界仅余三千余头,今日有幸能在溱潼湿地一睹它的庐山真面目,实属万分难得。

水天一色

天青水绿共一色,船娘摇橹吟山歌。
美景天籁谁与共,浮生偷闲农家乐。

　　湿地幅员广大,我们先坐画舫,再改乘"摇橹"。此行我们十分幸运,船行途中,不仅听到船娘唱,导览人员的歌声更是清澈透亮,悦耳动听,想想能在如诗画般的江南山水之中,乘小舟,听山歌,对我们这群镇日坐困水泥丛林的"都会土包子"来说,真是"偷得浮生半日闲",难得啊!

点点秋荷

　　荷叶田田水中央，初秋莲子正飘香。
　　藕生污泥不见天，徒留残荷空自赏。

　　我的"自然"常识极差，实在分不清荷花、莲藕、莲蓬、莲子之间的关系，这回经导览人员详细解说之后终于了解。由于时序入秋，新鲜莲子现摘现吃，这还是我第一次品尝未经烹调的莲子，结果剥开外皮，送入口中，却是清甜可口，令人惊喜万分。至于荷花，虽只剩寥寥数朵，然点点艳红挺立在一片绿色荷叶田中，几分孤芳自赏的坚持，倒显得格外令人疼惜呢！

清明会船

　　清明时节齐会船，千舟云集聚百川。
　　遥祭埋骨将士魂，夜夜怀乡月儿弯。

　　每年清明时分，溱湖都举办盛大的"会船节"，当天千舟云集，万篙齐发，河岸两边更是人潮汹涌，盛况空前。这个节庆除了会船比赛之外，还有一个特殊深意，就是祭祀战死沙场的无名英雄。古人讲究慎终追远，以会船方式盛大祭祀这些客死异乡的将士，也算聊慰他们无法叶落归根的遗憾吧！

两岸交流

医药法学初交流，维大领军赴泰州。
诚二教授战群雄，寿星院长酒量优。

　　本次活动最主要的目的，乃在于参加由南京师范大学泰州学院举办之首届"两岸医药法学术研讨会"。此外，还有多场实交流座谈，行程极为丰富充实。林诚二教授永远是研讨座谈会的最佳导演与男主角，只要有林老师在，绝无冷场。

泰州中院

雄辩滔滔美丽华，海峡两岸本一家。
泰州医药称翘楚，东吴法学众人夸。

　　泰州中级法院在美丽华宾馆举行交流座谈及晚宴，两场活动都极为成功，泰州与东吴各有擅长，藉由这次交流，双方也建立了更深厚的友谊。

一百岁，一起过七夕

陆汉洲

轻轻的晚风里，我遥望着星空
今夜的银河格外温馨
眨巴着的星星似乎比往日更加多情
连扁豆棚里纺织娘的歌唱也比往日更加动听

轻轻的晚风里，我遥望着星空
忽然想起了天堂里的母亲
我要告诉她老人家
今年已经百岁的我和母亲您一起过七夕

轻轻的晚风里，我遥望着星空
那一条璀璨的银河恍若那一湾浅浅的海峡
牛郎织女的苦算得了什么
怎能和我们母子相思的苦相提并论

轻轻的晚风里，我遥望着星空
我庆幸牛郎织女尚能有这么一个日子相聚
我们母子一别竟然阴阳两隔
只能走进梦里才有母子相会

轻轻的晚风里，我遥望着星空
梦里的我在母亲心里永远是12岁的模样
母亲在我的记忆中永远是那么硬朗、慈祥
您在苦难日子里赐给儿女们的笑容永远在我心里荡漾

轻轻的晚风里，我遥望着星空
想起了母亲当年不舍我离开时那种忧虑的眼神

不满12岁的小儿子实在太小了
如今要漂洋过海漂泊他乡，怎能不让母亲挂肚牵肠

轻轻的晚风里，我遥望着星空
想起思儿心切的母亲，见我渺无音信
竟然每年为我这位小儿子烧纸追思
直至自己撒手人寰与先她而去的父亲在天堂相聚

轻轻的晚风里，我遥望着星空
今夜我要告诉母亲，我不是不想家不想您
母亲
您不知道一个台岛公务员写信有多么难
我只能将对故乡对母亲您深深的思念珍藏在心底里

轻轻的晚风里，我遥望着星空
遥对母亲说，我已回到您生我养我的故乡了
拥抱着我，给我温暖的是伟大的祖国母亲
我还要对母亲您说，我平生的夙愿就是落叶归根

注：这是启东百岁台胞施志超的真实故事。施志超出生于1917年7月18日，1945年秋赴台。2006年7月25日回到故乡启东。现在启东市北城区街道某小区安享晚年。

抱一抱你,我的兄弟(外二首)

屏子

抱一抱你,我的兄弟

抱一抱你,我的兄弟
　　在这古稀之年
　　我们还得以相见
这一点,是我们死也可以瞑目的
　而爹妈却没能等到这一天

　　抱一抱你,我的兄弟
　　　让我们像儿时一样
　　在竹板凉床上共歇一晚
　　数一数同一方天空的星星
　　　　感谢岁月的成全

　　抱一抱你,我的兄弟
　　我们青筋裸露的手臂
一起抱住那湾浅浅的海峡
　　抱住赤足走过的田垄
　　抱住千里迢迢的回家路

　　抱一抱你,我的兄弟
　一起抱住村口的老槐树
　　抱抱爹妈的血汗和泪水
　　　抱住祖宗的坟茔
抱住我们今生今世的村庄

一捧泥土

兄弟，九十年代你回大陆
临别前在爹妈坟前
取了一捧泥土带回台湾

一捧泥土，珍藏于胸
你日日置于床头
每天，闻着故土的芬芳入梦
家乡的气息萦怀

那是爹妈的唤儿声
至死嘴边念叨着你的乳名
每个长夜里痛彻肺腑的呼喊
你隔着一湾海峡听见了吗

这捧泥土里，有家乡的鸡鸣
袅袅升起的炊烟
清清的小河，闪亮的露滴
田埂边青草春天的气息

一捧泥土，捧在心头
浸透着故土的泪水
渗透着无数个冬夏春秋
兄弟啊，这么些年
你如漂泊的风筝终于寻回了线轴
渴望大陆亲人的手啊

再把自己搂一搂

中秋寄远

又到中秋，兄弟
　　我们的思念
岂是一湾海峡可以阻隔的

在这个夜晚
我们进入同一个梦中
两岸兀自飘起悠扬的琴音
缭绕的旋律，缠绵在空中
音符代替了我们的重逢

我们本就是失散的音符
为了同一个春天开始了合奏
我们本就是一母同胞的骨肉
面对同一个方向——家的方向

海上生明月，天涯共此时
兄弟，我们一起吃月饼吧
吃的还是小时候的那块月饼
是娘亲亲手做的那块月饼
你咬一口，我咬一口

行走台湾（组诗）

陈春晓

台北印象

一朵花
开在伤口的一侧
疼痛在根部窥伺

阴晴不定。是谁
制造了这里的季风气候
那些热带、亚热带树木从历史的漩涡中
汲取了左右天空的力量　翻手为云
覆手为雨　而阳光
依旧可以泛滥　依旧可以
催开走在时间轴线上的每一朵花

每当夜晚降临
那些高大的繁体字便闪烁出霓虹　守护
每一座楼宇　从寿司店走出的女子
衣着暴露　醉意醺醺——
她将顺着忠孝东路回家
退守一隅的小巷像极了一群老兵
喋喋不休：火热的方言
把台北精准地烫伤

今夜，谁的眼泪在飞

高雄：谁能许你一个未来

佛光普照　佛光
从山顶倾泻而下
而高雄斜坐海边　拨弄尘世的烟火

该如何描绘这座城市——
阳光潮湿
草木疯长
雨水漫无目的
一些声音在街巷里泛滥
低沉而又嘈杂　行人的脸上
忽明忽暗

一些人事　一些爱恨情仇
并不去一一分辨
只在马卡道人的竹林里细数伤口和疼痛
森森竹叶渐次染绿血液
惶惑与不安
被工厂的烟雾恰巧遮蔽
在八五大楼的顶层　高雄
你所看到的太平洋
是否有一条属于你自己的航线

今夜
一个老僧　手持一枚香烛
他将溯爱河而上

走进你的胸膛

阿里山

在妈祖的掌心
依偎千年。
阿里山
你的体温就是
神抚慰人世的温度

祝福总在黎明到来
将石头、草木、雨丝及鸟鸣
——擦亮
通体透明的阿里山
你的心脏,
白天是太阳
晚上是月亮

从茶树里生出　邹族人①
一生的使命
就是以茶香祭祀你。死后
灵魂将缘神木②而上
在树冠盛放成云　匍匐你的脚边
他们并不知道
在雨中采茶的那个女人
就是你

日月潭

一次事关众生的邂逅，
一场永恒持续的对话。

多么奇妙，
太阳和月亮也会握手！
日月潭，
它的本质是阳光和月光。

我相信这是一个神谕——
战争已经远去，
仇恨就要融化，
那些漂泊的人终将踏上归途。

我看到行走岸边的女人，
透明成一汪明媚的潭水，
她们将回家，灌溉自己的男人和孩子。

---

①邹人，阿里山原住民族。
②神木，阿里山有许多千年以上的桧木，被阿里山原住民尊为神木。

昆山行

徐恺蔚

阳澄湖畔喜迎客，初遇昆山心忐忑
念想暑月齐加油，百余青年同欢乐
昆台两地七百里，接风洗尘淋落雨
清之大室意者居，静之大兮众所需
左邻右里初相见，一见如故话寒暄
整日奔波心神倦，早休养神听君劝
事之一日满干劲，前辈之言铭于心
复客中国创业行，创胜体育工作拼
华夏百强登榜首，一峰独秀揽怀中
如此美景需共赏，呼朋引伴同游逛
流连忘返亭林园，马鞍山路走九遍
昆城美食无法挡，红油爆鱼奥灶面
糯韧绵软青团子，香气四溢万三蹄
小绿单车乐活骑，昆山街景万人迷
迷楼遗诗终有情，震川别妻心牵挂
今已亭亭如盖已，项脊轩志传佳话
昆曲生旦净末丑，鹿城烟锁月繁华
行腔婉转词曲雅，舞细腻唱念做打
女儿情不知所起，一往情深牡丹亭
游园惊梦还魂记，相思不露已入骨
烟雨江南鱼米乡，周庄流水润人家
双桥共赏美如画，第一水乡誉天下
水陆并行看千灯，河街相邻走古镇
南宋卫泾考状元，元代昆曲听顾坚
明道救世顾炎武，砖雕门楼余家铺
寻根之旅游南京，悼念先辈中山陵
桨声灯影秦淮畔，缅怀先烈纪念馆

庄严静谧总统府，饱尽沧桑六朝都
诚朴勤仁访南农，南京大学北大楼
钟灵毓秀在心中，梧桐树下忆民国
细雨霏微申沪行，大千世界博物馆
云涌风飞洗浮华，咖啡小馆声声慢
黄浦浪花千尘雪，东方明珠百度春
十里绮罗外滩烟，金碧辉煌不夜城
三生有幸入台青，篮球蹴鞠样样行
兄弟姊妹皆可爱，喜遇故知诉乡情
今已八月三伏天，酷暑将逝心气闲
君问归期在眼前，感叹时光似流年
恩谢前辈多关照，带下之心受之教
不舍同学再驻足，各奔东西踏归途
后将以志同努力，将历之功再升华
多情自古伤别离，此别有缘再相聚
昆山爱你难相忘，一起圆梦共成长
临别践行再回首，此地不再是他乡

项里心 运河情

卓云

大运河的水千古流，
流亡叟儿心头几多愁。
祖国的河山依旧美，
故乡的人情更浓厚。
项王的精神今犹在，
项里的子民代代优秀。
马陵母校仍爱俺，
俺愿常会解乡愁。

马陵旅台老校友卓云甲午中秋书于台湾

望海潮·回家

秦玉林

家乡思切，蝉鸣高柳，秧田一片葱茏。
行旅漫长，满囊愧意，潸潸跪拜认宗。
　　　　　　　　终见"大三通"。
　　　　　有文化根接，血脉相融。
两岸交流，渐成常态酿和同。

神州大地繁荣。羡荆花艳艳，楚楚芙蓉。
局促玉山，梅花寂寞，乡愁续唱光中。
　　　　　　　　当有大心胸。
　　　　　廖公三思信，明理情浓。
宝岛回归大势，无论浪重重。

执手 | 故人情谊

昔日对手
今日朋友

陈晓兰

2005年8月5日，89岁高龄的台胞羊宗达，终于在南京西康宾馆，见到了"昔日的老对手"，81岁的钱梦梧。两双布满皱褶的手久久握着，这一握手相隔了整整60年。

羊宗达和钱梦梧，他们同乡同根，都是江苏武进人。羊宗达是国民党党员，钱梦梧是共产党党员，政治信仰不同，走的路也各不相同。

羊宗达1934年加入国民党，抗战爆发后流亡内地，在长沙参加由徐特立同志领导的抗日救亡宣传队。后被编入"国民政府军事委员会"战时工作干部一团，后"战干团"改为陆军军官学校，故羊宗达可被视为黄埔16期学员。之后在国民党军中任职，亲身经历了震惊中外的"皖南事变"。抗战结束，羊宗达复员回乡，参加接收日本宪兵队和搜查敌伪人员工作，之后相继担任武进县军事科科长、二区区长、前黄区署署长，1949年随国民党军队赴台湾。

钱梦梧17岁在上海苏州中学高中读书时加入了中国共产党，1942年被派到苏南抗日游击区工作，先后担任武南县丁舍区区长、区委书记。中华人民共和国成立后曾担任过武进县县委书记、淮阴地委副书记、江苏省政府秘书长等领导职务。

解放战争时期，羊宗达与钱梦梧同在武进县，同时担任国共两党的主要负责人，一时敌我对立，泾渭分明，展开血腥的斗争，成了真正的对手和敌人。"那是兄弟之间的厮杀呀！"事隔60年，回忆往事，两老长叹了一声。

"少小离家老大回，饱经忧患始归来。"这是羊老在八十五岁高龄时写下的诗句，淋漓尽致地表现出他对家乡的思念和热爱。后来羊老一年中有半年时间住在武进，他的情感与家乡水乳交融，早年的他以为自己将终老他乡，而现在能回归故乡，他是幸福的。

但他的回归却经历了一个曲折的过程。自从1949年赴台，羊宗达无时无刻不在思念故乡，越到晚年，这种思念就更加强烈，更何况大陆还有两个使他牵肠挂肚的女儿，这是无法割舍的骨肉亲情。1987年11月，台湾当局开放岛内民众赴大陆探亲，武进籍去台人员纷纷返乡，羊宗达频频向探亲归来的同乡打听家乡情况，密切注意两岸关系动态和我党的对台方针政策。他盼望能回故乡，但内心中又充满疑虑，他在想他过去所做的一切，共产党真的会既往不咎吗？真的能保证来去自由吗？他心中没底。但他又太渴望能见到他的女儿，因此在1989年4月，他约两个女儿在香港见面。当两个女儿双双出现在父亲面前叫一声"爸爸"时，羊宗达激动得老泪纵横，那是四十多年没见的女儿，作为父亲，他没有亲自抚育她们，没有亲眼看着她们一天天成长，四十多年的相思之苦无法言说。父女交谈中，羊宗达得知她们生活不错，非常欣慰，得知祖国实行改革开放，人民生活水平日益提高，台属也享有了"一视同仁，不得歧视"的政策，更是感慨万千，他佩服祖国的英明和伟大。

女儿嘴里讲的一切，在羊宗达心中引起了冲击波，"有生之年一定要回家乡看看"的想法与日俱增，在得到武进台办肯定他回来安全的保证后，羊宗达立即办理了回乡探亲手续，他带着兴奋又忐忑不安的心情踏上了故土，武进台办按政策做了大量细致周密的接待工作，一个月的探亲时间，他尽量多走多看，感受到了家乡人的诚恳和热忱。打那以后，羊宗达因公或因私已回乡11次，直至2006年，每年有相当长的时间住在家乡。

羊宗达积极参加两岸的民间交流，早在1967年，他便在台北筹组"武进同乡会"，历任理事、青年辅导委员会主任、常务理事、顾问；1993年，他组织青年"认识故乡"访问团，回故乡寻根，增进了他们对故乡的了解和热爱；2004年再度组织武进同乡会青年回乡参观，以增强他们对家乡的认同感。多年来他为两岸架起沟通的桥梁，促进祖国和平统一大业坚持不懈地默默耕耘。这位爱国爱乡、关心桑梓的老人做了许多好事：把终身积蓄50万元人民币捐赠给家乡卢家巷小学，捐赠4万美金设立"武进大羊家村羊氏奖学金"，甚至还立下遗嘱要捐献遗体。

回了故乡的羊宗达一直有一个心愿，就是见见长达60年未曾谋面的老乡亲、当年的"老对手"钱梦梧，但因为种种原因一直未能圆这个梦。2005年4月，国民党主席连战先生的"破冰之旅"，表明国共两党面对现实，为开辟未来共同迈出了历史性的一步，这种良好的政治氛围无疑为羊老圆梦起了很大的促进作用。在江苏省台办和地方台办的共同努力下,他们的手终于握到了一起。

在阵阵掌声中,羊老先生和钱梦梧、钱夫人以及双方亲友共同拍下具有历史意义的"合家欢"。昔日的老对手成了今日的老朋友!"今天我们的见面是历史的必然,是双赢、是好事、是大事,我要让下一代知道,上一代是如何相逢一笑泯恩仇的。"羊宗达先生这样说。

2006年12月18日,羊宗达完成了他最后的心愿,带着对故乡的一片深情,离我们而去了。但他的灵魂却永远留在了这片生于斯、长于斯、爱于斯的土地上。

我与台湾亚平兄的二三事

刘尊立

四月二十五日下午三点,手机又响了,还是昨天那个,显示来自台湾的号码。平时骚扰电话很多,对陌生电话我一般不接。这电话响了很长时间,挂断,又响起——这次,我犹豫了一下,还是接通了。

好长时间,电话那边才传来声音。呀!是台湾的林木村先生!很久未有通话了。他说话语速很慢,又带点台湾本土口音,我只能听个大概。他说五月份要到日照参加一个两岸书法交流活动,若有时间可能要到徐州看看。说很感谢上次的接待,让我有机会一定去台湾等等。临了,他问我:"诸亚平走了,你知道吗?"

我一愣:"亚平走了?我不知道啊!"

"可能是电话不畅,说是要通知你的。"林先生不紧不慢地说,"当时他很想和你通话!"

我心里一紧,眼泪差点出来了。"什么病?走得这么快,他才长我几岁!"

"肠癌!发现晚了些。上个月的事,大家都很难过……"

收起电话,我呆呆地坐在椅子上,半天没说一句话。心里不停地自责着,都怨我换了手机,亚平兄的号码没有及时地转存上;也怨我换了办公室,没有及时和他联系。

我与亚平兄的认识,是在一个偶然的机会。

那是1992年,我夫人的二爷爷从台湾回邳州探亲。回去时,我去送行。在机场,见到了和二爷爷一起同行的一群台胞,他们大都是七十多岁的老人。其中有一位个子瘦小,脑门又大又亮,年龄与我差不多的,主动和我攀谈。"诸亚平,台湾南投县竹山镇人,这次是陪家父回枣庄老家探亲的。听你爷爷说,咱们是同行,都是教师。"

说真的,二爷爷回来这么多天,我很少和他坐下来交流。有些话他一直回避,我们也不好多问,只能顺便聊聊。没想到,诸亚平一见面就像倒豆子一样和我聊起来。他说,父亲年纪大了,很想回来。以后争取,每年陪父亲回来一次。下一次,到徐州一定好好聚聚。

也许我们都是小学教师,也许亚平回枣庄都要经过徐州,我们俩慢慢就熟悉了。相识了二十多年,平时见面机会并不多,但交流却始终不断。因他长我几岁,我就称他为亚平兄。

一

2005年我调任区教育局副局长。亚平兄知道后很高兴,联络了南投县几所学校的校长要来交流。可由于当时特殊原因,亚平兄虽一再努力,但终未成行。9月28日,是台湾的教师节,他给我写了一封长信,谈及此事仍很愤懑。信中对台湾的局势也直言不讳。

每每读此信，我都感触良多。亚平兄怀抱一颗火热的中国心！

我对他表达了无限的尊敬。回信时，有意用毛笔书写。虽然我的毛笔字写得不规整，但我很是喜好。平时空闲中也练习书法。没想到，这和亚平兄竟又相投！他在台湾南投县是有名的书法家。

他把自己书写的门匾，对联，题字等拍成照片寄给我。"万事如云任卷舒""山东同乡会馆""一枝笔划破秋湖月，三分色染透冬川雪"等等。灵动苍劲，自成一体！

2011年春节前夕，亚平兄手书春联寄与我，以贺新春。"春趁梅花香里到""福随爆竹暖中生"，横批"四时佳气霭衡门"，还有一个"春"字。这些都是墨宝，我哪里舍得贴在门上！现在，一看到这春联，心中就生出几许的暖意。可亚平兄走了，自己竟一点不知，更没能送他一程！

和春联一起保存的，还有亚平兄赠给我的另一幅书法对联。这是他委托林木村先生为我撰写的藏名诗句。上联"尊道义理身似海"，下联"立德修业心如山"。上下联的第一个字连起来，"尊立"就是我的名字。

对联字写得好，内容更好。我如获至宝，至今还小心地收藏着。偶尔也拿出来与友人欣赏炫耀。一次友人愿出高价求购，被我拒绝。后来我才知道，林先生曾任台湾省政府主席办公室秘书，也是书法大家。

二

2007年，二爷爷去世了。在悲伤中，我一直感到疑惑，像二爷爷这一批人，当年的中学生，是如何去的台湾？在台湾又是如何生存下来的？二爷爷在世时，他从不谈及，我们自然无从知晓。后来在与亚平兄的交谈中，我无意谈及此事，他竟相当地熟悉！

原来亚平兄一直在研究当时流亡学生的流亡路线，以及他们在台湾的生活状况。他给我寄来了二爷爷学生时期的一些资料，并做了详细的介绍。原来二爷爷他们颠沛流离，到台湾先是被迫入伍，又到台湾立员林实验中学读书，后才毕业分到学校任教。生活相当凄苦，三十多岁才勉强成家。直到1984年以后，台湾经济起飞，才算过上好日子。像二爷爷这样当年流亡的学生，十之八九想返乡，无奈年事已高，又有家眷。一时间，我才真正理解了余光中的《乡愁》。"长大后，乡愁是一枚小小的邮票，我在这头，母亲在那头。"这不正是二爷爷那一批人的真实写照吗？

感动于亚平兄的热心，更感动于他对当年流亡学生的关注与研究。他的研究不仅是一段史料的搜集整理，更是解开了很多大陆亲人的心结！没有真诚与执着，这样的事是做不来的！2008年春节期间，我买了拜年封和生肖纪念邮票寄给亚平兄，以示拜年。

没想到，没过多久，亚平兄给我寄来了一张台湾的立体邮折。"金鼠招财好运来"的五联票，还有日月潭的旅行邮票。亚平兄是理解我的，他明白我的意思！接下来的几年，我常常在春节期间买些拜年封，盖上邮戳，有时附带一些生肖邮票寄过去，以表达我和亚平兄在徐台两地，海峡两岸共度新春的欣喜！有时，亚平兄也会把我寄的邮票分享给他的亲友，林木村先生就是其中一位。

亚平兄也常常给我寄些邮票。其中有一个邮折我特别看重。那是"抗战胜利六十周年纪念"邮折。邮票是十六张联票，"胜利号角""全面抗战""十万青年十万军""开罗会议""日军向国军投降""庆祝台湾光复"等等。首页上方是一张纪念金卡，下面印着"以德报怨"的文字。背面是宋庆龄阅读英文媒体报导"日本无条件投降"的图片，图片周围以蓝底白字印着日本的《降书》。

这是纪念抗日战争的胜利！一张不大的邮折，不仅表达着亚平兄的观点，也代表着国民党的态度。

三

亚平兄毕业于台中师范音乐科、嘉义大学美术系。他多才多艺，毕生从事教育，曾服务于南投县竹山镇前山小学。在来信中，他曾感慨地写道："台湾的学生已近15年不唱《万里长城》《青海青》《青春舞曲》等歌曲。十多年来台湾的课程已去'中国化'了，台湾人心已离'中国'愈来愈远了"！

"两岸要了解必先从教育着手，我常与台湾的中小学教师论及大陆有东西南北不同的文化，春夏秋冬各异的风光，南腔北调各类的知音好友，此时不去，更待何时。"

他曾有一个心愿，那就是回徐州或枣庄任教一段时间，以完成他父亲的遗愿。但由于条件的限制，终未能如愿。

2007年8月，亚平兄与林木村先生、亚洲大学财经法律学系主任李宪佐教授来徐州。不巧的是我出差在外，未能谋面。但他们的想法我是知道的。亚平兄一直想找机会促进徐台两地的教育文化交流。

2012年5月，亚平兄告诉我，李宪佐教授、林木村先生一行要来徐州考察，让我帮助联系一下。其时，我已离开教育，但我仍答应努力。

经过多方联络，江苏师范大学有意与台湾亚洲大学结谊。当我把此消息告知亚平兄时，他激动的心情从电话筒里都能感到。遗憾地是，他说身体不适，不能同来，嘱我务必周到安排。

多次和双方沟通，同年七月，李宪佐教授带团顺利访问了江苏师范大学。江苏师大的周汝光副校长亲自陪同接待，两校签署了意向合作协议。

林木村先生亦同来。在徐两天的行程我亲自安排，全程陪同。期间，我才知林木村先生是亚平兄的表哥。原来为了促成这一次交流，是他让林木村先生商请李宪佐教授出面组织的。

亚平兄真是用心良苦呀！

亚平兄走了，再也不能来徐州了。但我相信，他的朋友们，他的孩子们一定会常来的！

一张师生照
跨越海峡六十年的思念

谢建安

1947年12月的一天早晨，9岁的我在台湾台北市北投小学读书时，与洪道生老师在阳明山下一起拍了一张合影。1948年9月我要回大陆的前夕，洪老师将这张合影送给了我。随后我就随母亲回到了上海。几十年来我一直将这张照片保管在身边，不时勾起我对洪老师和台湾的亲友无尽的思念。但后来由于海峡两岸隔绝而无法再进行交流和往来。2009年7月，我在台北警察局的帮助下，赴台和洪老师相见，终于了却深藏在心里六十多年的心愿。

赴台读书与洪老合影在阳明山下

我是1946年10月随我母亲从上海乘船到台湾的。当时我外公在台北医院当院长，几位姨妈也都生活在台北。我母亲是学医的，来台湾就在台北北投儿童保育院任医师，我就在北投小学念三年级。

一天早上，我挎着一个旧的大书包，穿着背带裤，赤着脚从阳明山温泉溪边小道上去上学，正好遇见了洪道生老师在散步，他把我叫住了，说："来，我和你在这儿照张相吧"，于是我跟着洪老师爬到温泉瀑布前的一处大石头上，我坐在他的右腿上，又用右手搂着我的肩，由景区的一名摄像师拍下了这张让我几十年来都无法忘怀的瞬间。那洪老师穿着衬衫西装，外套一件长风衣，清秀的脸庞，长长的分发，光脚穿着一双木拖鞋。他温和亲切的动态给我留下了深刻的记忆。这一天是1947年12月15日早晨。

1948年9月，我母亲要回大陆照应我年迈的祖母，我们要离开生活了两年的台湾，要离开在台湾的亲友和北投小学的师生了。就在我离校的前一天，班上一位同学叫我到洪老师办公室去，洪老师从抽屉里取出了那张我们合影的照片，先端详了片刻，然后送给了我。我接过后，向洪老师鞠了一躬，宝贝似的放进了胸前口袋里。放学回家，我和母亲、姐姐拿着照片看了好几遍，大家爱不释手。当时我在照片背面写下了"民国三十六年十二月十五日照，洪道生先生给的纪念品"。

这张照片我一直非常珍惜地保管在身边，不管以后从上海到苏州念中学，还是到南京上大学，甚至分配到扬州工作都带在身边。并时常想，我何时能再见到洪老师。

北投警局帮我找到洪老师

2008年7月，两岸开始实现了包机往来，7月18日扬州游客首飞赴台湾。这时的我，除了和台湾亲友取得联系外，更急切希望知道北投小学和洪道生老师的现状。

于是一个偶然的机会我认识了《扬州晚报》记者包闻军先生，我将我在台湾两年的生活和上学的情况讲给了他听，他听后非常感动和关切。之后发表了一篇名为《一张合影，60年跨越海峡的思念》的文章，并登上了我当年与洪老师的合影。发表在《扬州晚报》2008年7月25日A11版上。他祝我梦想成真，早日与台湾的洪老师和亲友见面。

2009年2月我在多方打听求助无果的情况下，于2月23日写了一封寄给台北北投警察局的挂号信。请求协助寻找60年前北投小学洪道生老师，并附上了《扬州晚报》文章的复印件。10天后，3月13日上午10时许，我接到了一个电话，是台湾北投警察局警员打来的，他告诉我：洪道生老师找到了，现在就在电话机旁，要和你通话。即刻，电话那头传来了一个老人的声音，我又惊又喜。原来，之前警员找到他时，他已记不清这60年前的小学生了，但他仔细看了我当年和他的合影，马上想起那个从大陆来台念书的小学生了。洪老师在电话中说没想到过了这么久你还记得我，还一直保存着当年的合影，真让人感动。经谈得知，洪老师今年82岁了，身体很健康。北投小学现在也还在，有两千四百多名多师生。电话中，我们相约当年7月我到台湾去看望他，参观新的北投小学。

与洪老师通话时，在局里的还有台湾《联合报》记者和台湾东森电视台的记者，他们现场做了报道，深圳卫视在当日晚《直通港澳台》节目中也播出了我们师生通话的报道。3月21日我又收到了台北市政府警察局北投分局陈国进局长寄给我的正式公文。公文中详细告知了洪道生老师的家庭地址和电话，北投小学的地址和电话，并竭诚欢迎我早日去台看望老师和母校。

飞赴台湾与久别的洪老师相见

2009年7月8日，我随团乘包机从南京经香港飞到了台北，第二天我向旅行团请了一天假，9日一早，我在台北的姨妈到宾馆来接我，首先开车到北投警察局向陈局长和警员们致谢，并送上了扬州的平磨螺钿漆器座屏，陈局长也送我一对男女警员的卡通座像。当时洪老师和台湾《联合报》记者姜炫焕也在场，大家合影纪念。之后我们到了北投小学受到邢校长等老师的接待，互赠礼品后，我又到小学花园铲了一瓶园土装入瓶中带回扬州。之后我就到了洪老师家中，和洪师母及子女一起高兴地细数当年在小学的点点滴滴。

饭后我们和洪老师家人来到北投温泉河边，当年我和洪老师拍照的地方，再次合影纪念。我还在泉水中捡了两颗鹅卵石带回留作纪念。洪师母又送了一瓶阳明山顶火山口的硫磺粉留作纪念。然后姨妈驱车送我回到台北101大楼和旅行团会合，之后6天我随团游了日月潭、阿里山、高雄、台东、台南、花莲等地。

7月14日，回到台北的当晚，在我下榻的酒店，我请了洪老师一家四人以及我的亲友六人，台北市扬州同乡会总干事李增邦等三人和我在苏州圣光中学的同学邵先生共十五人一起相会，共叙师生、亲友、同乡、同学的欢聚之情，更觉得两岸同胞，同源一家亲。次日我随团从台北经香港飞到南京，又回到扬州。

洪道生老师今年已92岁，但身体健康，精神很好。我每年都打电话向他问候。洪师母和他们子女后来也都来过大陆北京、上海等地旅游。我的亲人和在京、沪的亲友也多次到台湾探亲和旅游。我们都盼望两岸和平和谐的发展,更密切两岸的人文交往。我们更希望两岸早日和平统一,共谋中华民族的伟大复兴。

两岸相思地
海峡离恨天

刘伟红

我的首饰盒里至今珍藏着一枚民国时期的银元。每次看见这枚银元，便能触碰到一个女人沧桑坎坷的一生，她温柔又富有韧性的音容笑貌，正如这银质的钱币，深深嵌刻在我的脑海里。

这枚银元是当初我结婚时"太太"给我的见面礼。"太太"是我们全家对她的称呼，扬州当地称呼爷爷的女性长辈为"太太"，比如爷爷的母亲，我们便称为"太太"或老祖。但她并非真是我们家的老祖，而是来我们家帮着我的婆婆带孩子做饭的老太太，我的公公跟她儿子一般年龄，而且曾经同学，我的公婆便尊她为长辈。她跟我们一家人同吃同住大约有十来年时间，俨然成了我们家庭的一员，时间长了，索性省去了"老"，都跟着孩子叫她"太太"，反而忽略了她真实的姓名。

实则，我至今也不知道她的真实姓名，只听婆婆说她的夫家姓丁，老家就在我们镇上不远的村庄。民国时期，"太太"结婚后便跟着丈夫去了上海，"太太"的丈夫，彼时在上海一家很大的海运公司的海轮上做船长，上海这座大都市，海轮往返于海内外是家常便饭的事。听婆婆说，"太太"年轻时候，是个不简单的人物，她常常跟着丈夫的海轮，在港澳台地区跑单帮，做了不少买卖，甚至贩卖过大烟土。这对于一个民国时期的乡下女人来说，着实是一件令人咂舌的事情。从后来"太太"在我们家，里里外外料理家务的精明，可想见当时她在上海滩的精干。

错过了一趟船，便错过了一生。如果后来"太太"知道，这一趟船将要令她的一家夫妻、母子从此一生无缘相见，相信如果她知道的话，即使是"泰坦尼克号"或是"太平轮"，她也要拼死赶上这趟航船，与家人生死与共。命运便是这样阴差阳错，上海解放前夕，"太太"的丈夫丁船长，嘱咐"太太"回扬州老家乡下安顿一下家里的老母和田地，然后速回上海。这趟海轮出航的目的地是台湾，而这又恰恰是一次有去无回的航行，这趟海轮出港后，上海解放了，"太太"的丈夫带着儿子留在了台湾，从此海峡成了横隔在"太太"一家人心上难以逾越的鸿沟。

如花美眷，被抛弃在似水流年。那一年妻离子散，"太太"还是个如花的少妇，孩子刚刚13岁。历史的鸿沟割断了亲情爱情，海峡两岸，白浪滔天，望断金门，像天上的王母用金簪划开的银河，"太太"一家恰似那蝴蝶飞不过沧海，有情人再难相见。从此乡愁，成了丁船长心头挥不去的惆怅，台湾成了一个扬州乡下女人数十年心目中的向往。海峡两岸的割裂，骨肉分离这杯历史酿成的苦酒，令两岸一衣带水的同胞，煎熬了多少个日夜。我们常常看见"太太"抱着孩子，站在院子里，指着天上飞过的飞机喃喃自语："宝宝你看，飞机来了，带我们去台湾找爷爷啦，我们快看见爷爷啦……""太太"常在做家务时走神或者偷偷地抹泪。她牢记着她儿子每年的生日，我们家也习惯了每年全家为她缺席的儿子过每一个生日。

四十年的翘首期盼，"太太"从一位俊俏的女子，变成了白发苍苍的老妪，她的望眼欲穿终于盼来了鸿雁传书。两岸恢复往来后，"太太"收到了市台办转交的来自台湾的信，信是"太太"的儿媳妇写来的，要带孙子回大陆看望她。

"太太"收到信的那一刻心情无法言喻，无语凝噎，我们一家人都为她的苦尽甘来喜极而泣。

她的儿媳妇，一位地道的台湾女人，带着孙子辗转来到了扬州，看望她从未谋面的婆婆。而"太太"的期盼却成了冰火两重天，从她儿媳妇的口中得知，她的丈夫丁船长和她的儿子，都在两岸恢复往来前因病过世了，这个苦命的女人，与丈夫和儿子的缘分，永远定格在了民国时期。那一天婆媳相见，天昏地暗，凄风苦雨，抱头痛哭。1949年分离，四十年的苦苦等待，多少个不眠夜，两岸相思地，海峡离恨天，等来的却是亲人永世不得相见的噩耗。

或许她知悉挚爱亲人已经作古，心如死灰，或许她见过媳妇孙儿一面，心愿已了。那一天相见之后，"太太"的眼睛莫名地瞎了，再也看不见这世界，再也看不见光亮。"太太"的媳妇要带她回台湾居住，"太太"婉拒了，她把一直保存着的几枚银元送给孙子留作纪念，在我们家一直生活到老死。

执手 | 交流使者

江苏率先成立
首家省级台属联谊会

蒋孝文
江苏省台办原主任

　　江苏南京曾经是国民党的统治中心，当年随国民党去台的有十二万多人，他们在江苏的亲属有十二万多人，其中有不少人通过海外亲友与去台人员保持着一定的联系。我省从1982年起全面开展落实去台人员在大陆亲属的政策，历时六年基本完成。共平反冤假错案1924件，落实各项政策问题6642件，在苏台两地产生了很大的影响。各级台办也在落实政策过程中接触认识了不少台属，与他们有所交往，增加了对他们的了解。

　　1987年11月，台湾当局在我政策的促进和各方压力下开放民众赴大陆探亲后，台属与台胞的接触日益增加。各级党委、政府和有关部门、群众团体，根据省委办公厅、省政府办公厅转发的我办《进一步做好接待台胞工作的意见》，对台胞的接待工作都十分重视，对他们的吃、住、行、游和安全都作了细致的安排，并为他们排忧解难，使许多台胞深受感动，增加了他们对祖国大陆的向心力。但也出现了一些问题，比较突出的是台属向台胞要钱要物，甚至因为台胞带回的物品不够分配，一家人大吵大闹，产生了很不好的影响。需要加强对台属的教育，但他们不仅面广量大，而且居住分散，如何做稳工作成为一个难题。适逢此时，得悉浙江丽水地区成立了台属联谊会这种形式的民间组织，加强了与广大台属的联系，感到是个好办法。1988年5月，我就带队前去取经。这个地区有个青田县，去台后国民党中地位仅次于蒋介石的陈诚就是青田人，因为这个关系，青田、丽水去台人员也多。为了做好他们亲属的工作，成立了台属联谊会，在开展各项对台工作中，发挥了积极作用。

回来后我向省委副书记孙颔同志呈送了《关于在我省推广浙江丽水地区成立台属联谊会经验的意见的请示》，认为台属联谊会是新时期做好台属工作的一支重要力量，明确提出在省、市、县（区）和大型企业、事业单位成立台属联谊会的建议。他阅后批示："同意在县（区）和大型企事业单位建立台属联谊会，由同级对台部门给与指导和支持。"

他对我讲，建省级台属联谊会，我省是第一家，是率先开创，无先例可供参考，所以要从下到上建立，逐步探索积累经验，一个市多数县（区）建立了，就建市级的，全省多数市建立了，再建省级的。

到1988年南京市已有十个区、九个县（区）和八个大型企事业单位成立了台属联谊会。1989年，苏州、常州、淮阴、无锡、连云港、盐城等七个市先后成立了市级台属联谊会。当时全省共有十一个市，泰州、宿迁还未建市，已建台属联谊会市已是多数。我办向省委常委会报告，成立省级台属联谊会的条件已具备。省委常委讨论后做出决定，同意成立省台属联谊会。

根据省委决定，我办会同各市委台办以及各有关单位，推荐、协商成立台属联谊会筹备委员会，于1990年6月8日至10日在无锡江南大学召开筹委会，对成立省台属联谊会的各项筹备工作进行了协商，并取得一致意见。

江苏省首届台属代表大会于1990年6月28日至7月7日在南京召开。

四川、河南、山东、黑龙江四省台办发来了贺电。

台湾发来贺电的有：台湾江苏同乡会朱伯舜和袁希光先生，台湾如皋同乡会理事长沙壬先生，台湾武进同乡会理事长张文斌先生。

大会开始，我做了开幕词，希望通过这次大会更好地发挥各级台属联谊会在对台工作中的重要作用，更好地团结广大台属，为祖国的振兴和统一而努力奋斗。

省委副书记孙家正同志、省政府副省长吴锡军同志分别代表省委、省政府对大会胜利召开表示热烈祝贺，并发表了重要讲话，希望台属联谊会坚持正确的政治方向，高举爱国主义的旗帜，团结教育广大台属走社会主义道路，为和平统一贡献力量。

杨欣荣同志受筹备委员会的委托，向大会作了《高举爱国主义的旗帜，为统一祖国振兴中华而奋斗》的报告，介绍了全省各级台属联谊会成立和发展的情况和今后的工作意见。

6月30日下午，选举产生理事会、常委理事会、会长、副会长、秘书长。

常务理事中也有不少本人或在台亲属是知名人士。

通过《致全省台属的一封信》，宣告江苏省台属联谊会成立。

　　大会闭幕两天后,台湾《联合报》作了报道,大陆第一个全省台属民间团体——江苏省台属联谊会成立。

春风十里扬州路
合作之花展新颜

何璿腾

人生只合扬州来，青山绿水好作伴。我与扬州有着复杂、深厚、千丝万缕的联系，就像李煜词中所说的"剪不断，理还乱"。扬州是我大陆事业的起点，是我再次收获爱情和婚姻的地方，是我朋友最多的地域，扬州待我不薄，我也深爱扬州。

"缘"来是扬州

我叫何璿腾，台湾高雄人士，大陆朋友都习惯称呼我为何先生或者何总。我祖籍在贵州安顺，生于1964年的我是个典型的"60后"，勤奋、执着且重情重义。大学毕业后，我打过工，做过"空少"，结婚后和妻子在高雄开了一家旅行社。两岸开放探亲后不久我便来到大陆拓展业务，主要为大陆人员赴台交流提供办证及相关服务，这样便与扬州结下了不解之缘。我常常对我身边人说，扬州就是我的第二故乡，我也算半个扬州人。

我喜欢扬州的人文历史、风土人情，对扬州源远流长、生生不息的历史赞叹不已，对勤劳务实、重情重义的扬州人心生敬佩。在这里我有许多好友、小友，每次过来大家都会尽情欢聚，谈天说地、谈古论今。通过多次接触和长时间的相处，我还与仪征台办对台工作联络科科长陈玉唐擦出了友情的火花，我们虽然有近20岁的年龄差，但大家相互尊重、彼此欣赏、惺惺相惜，竟然成了"忘年交"。我深爱扬州、痴恋扬州，正如汪峰《北京北京》歌词里所唱："在这我能感觉到我的存在，在这有太多让我眷恋的东西。"

进入新世纪后，两岸交流交往日益活络，我在大陆的生意也做得风生水起。扬州一年就有10个左右的团组是从我公司走的，可以毫不夸张地讲，我既是扬台交流合作的见证者，又是参与者，我在中间牵线搭桥，是一名名副其实的信使。

"爱"在瘦西湖

千里姻缘一线牵，这根线就是扬台之间的交流合作。让我没有想到的是我在扬州还收获了自己的第二份爱情和婚姻，成为了名副其实的"扬州女婿"。要是没有两岸间的交流交往，要是我没有从事旅游这一行当，我想我是没有可能找到"扬州媳妇"的。

我和前妻婚后在2005年"和平分手"。离婚后的我心灰意冷，对爱情不抱任何奢望，成天借酒浇愁。在人生最灰暗的那段日子，我第一时间逃离台湾，直奔扬州，玩命工作，疯狂跑业务，想借此发泄心中的郁闷，忘掉所有的忧愁和烦恼。

一日，时任仪征市台办主任的张建庆带我在扬州拜访客户，晚饭是在瘦西湖旁边的某个饭店吃的。这顿饭是我永生难忘的一顿饭，不仅菜品好，合我味口，而且秀色可餐，让我邂逅了一位扬州美女，一见钟情，让已过不惑之年的我也忍不住怦然心动。当晚，我便展开了炽烈追求，并热情约她夜游瘦西湖。说实话，每每回忆起我与她的相识，就像是昨天的事情一样历历在目。我做梦都没有想到会娶一个扬州美女做我的老婆，而且还给我生了两个白胖儿子，我会加倍珍惜这段姻缘，永远爱她疼她！

她便是我现在的妻子颜文娟，我习惯叫她颜颜。颜颜是扬州市江都区宜陵镇人，"85后"的她与我有着24岁的年龄差距，隔了整整一代人。所以她和我刚谈恋爱的时候，她的父母及亲朋好友都感到不可思议，都不看好我们，认为我们"差距"太大，不会有结果。面对大家的不解和劝阻，颜颜从未动摇过自己对爱情的信仰和对幸福的追求，颜颜告诉她父母，我的执着、我的诚意打动了她，她相信我们可以克服千难险阻，相爱永远，就像卓文君在《白头吟》里所写的："愿得一人心，白首不相离！"

乌云过后是灿烂的晴天。2007年，经过两年的相处，我和颜颜有情人终成眷属，携手走进了婚姻的殿堂，一年后，我们迎来了大儿子的诞生，又过三年，我们何家再次添人进口，三口之家升级到四口之家，家里天天欢歌笑语，其乐融融。

今年是我们结婚第10个年头，恰逢扬台交流合作30周年，可谓是双喜临门。"死生契阔，与子成说。执子之手，与子偕老。"《诗经》中的这段话是我最喜欢的一段话，也是我常常对我夫人说的一段话，更是我对扬台交流合作前景的期许和愿望。

"情"系扬子江

桃花潭水深千尺，不及扬州对我情。在2012年后，我渐渐退出了旅游这一块的业务，和几个台湾朋友一起到扬州创业发展，先后注册成立了两家公司，从事消防器材安装和进出口贸易。在公司成立、经营过程中得到了台办和扬州朋友的大力协助和无私帮助，许多事情至今触动着我的情感和心灵，每每回想起来都让我心存感动，泪眼婆娑。

犹记2014年那个炎热的7月，我3号从台湾到扬州，仪征市台湾同胞接待站站长张久昱亲自到南京禄口机场接机，在当晚的接待晚宴上，我提出了要在扬州注册贸易公司的想法，仪征台办主任周少春指定对台工作联络科和台胞接待站全程做好协调配合和相关服务。第二天，我便开始跑公司注册手续。在办理过程中，我走的全部是绿色通道，仅用5天时间就拿到了新公司的营业执照，不到10天又顺利拿到了税务登记证，这速度不仅让我惊讶，就连当地工商税务办理人员也感觉不可思议，说这是"前所未有的火箭速度"，是"开天辟地头一次"，创造了"仪征历史"。

犹记2014年国庆节期间，已是我好兄弟的陈玉唐热情邀请我到仪征做客，并在自己家设宴热情款待我。他是川西人，做得一手好川菜，那麻辣酸爽的味道和感觉我至今难以忘怀。当晚，我们都喝得有点小醉，茶叙期间，他一本正经地告诉我："家宴是最高等级的宴请，我设家宴款待你是对你的最高礼遇，真心祝愿你在扬州事业有成、生活愉快，同时也希望你以后多为扬台交流合作献计出力，多为仪征经济发展做贡献。"就这样，我在他家连续吃住了三天，他和夫人主动将主卧室让出来给我住，就凭这点，我永远认他做兄弟，这情谊，我会永远铭记在心。

滴水之恩，当涌泉相报。感恩是一种品质，是一种态度，是一种自觉，感恩在心更在行。二十多年来，扬州对我的情、对我的恩天高水长，我将竭尽全力做好扬台交流合作的宣传员和信使，以实际行动回报扬州和扬州人民的关心和厚爱。

"人生如逆旅，我亦是行人。"对我而言，接下来要做的事、要走的路都不平坦，甚至布满荆棘，但我相信，心中有爱便处处生暖，只要怀揣一颗感恩之心关注身边人、关心身边事，务实地为两岸交流合作做些贡献，力所能及地为扬州经济社会发展做出努力，即使没能成功，也不至于空白。

春风十里扬州路，合作之花展新颜。衷心祝愿扬州的明天更加美好！

"台湾媳妇"邹韩燕，情系盐城三十载

陆兆萍

邹韩燕女士，是盐城籍知名台胞仇德哉先生遗孀、台湾台北市芦洲小学一名普通的退休教师，更是一个为盐台两地交流交往做出许多实实在在贡献的"台湾媳妇"。

邹女士出生湖南将门，六兄妹中排行老四，8岁随父定居台湾。她的先生仇德哉，祖籍阜宁县推虾港营防口（今滨海县五汛镇张圩村），1949年定居台湾。

修建"仇德哉故居"

1989年起，仇德哉先生频繁往返于两岸之间，邹女士常随夫奔波于盐台两地。一年中，他们有一半时间生活在盐城。晚年时期，仇先生身体每况愈下，2007年12月，86岁的仇先生因病去世。她根据先生遗愿，将其骨灰葬入清澈安静的射阳川子口与营房港交界处河中，帮他实现了落叶归根的夙愿。此后，邹韩燕女士将她和先生在盐城八菱花园内的一幢自住二层小楼重新装修，改造成"仇德哉故居"，请专人照看、打理。"仇德哉故居"周二至周日免费对外开放，一楼是对外开放的图书室、"台北故宫"资料放映室；

二楼是仇先生私人遗物的"博物馆",收藏了不少他在台湾研究撰写的盐城地方志。故居里,无论是富贵鲜艳的牡丹、玲珑别致的葫芦,还是排放整齐的书籍和桌椅,无不显示出主人的独具匠心和高雅情趣。每到节假日,都会有许多学生和爱好书籍的人去观赏和浏览。

执着续办慈善事业

在仇先生身后,邹女士秉承丈夫遗愿,将他的未竟之事继续下去,这指的是管理好1994年成立的"仇氏文教福利基金会"。该福利机构专门帮助贫困学生和无生活来源的孤寡老人。邹韩燕女士虽然远在台湾,仅靠自己的退休金生活,但她非但没停止献"爱心",反而加大了帮扶力度,对贫困学生的资助由每学期每人几百元涨到1000元。无论身在何方,一到新学期开学和传统节日,她都会如约出现在学生和孤寡老人面前。据滨海县五汛镇负责在当地发放救助金的受托人仇文描述,"他们夫妻二人做善事不图名利,对贫困学生和孤寡老人的资助已经持续多年不间断。十几年前,他们还出数万元在该镇张圩村兴建一座钢筋水泥桥,解决沿河群众的'过河难'问题。村里要给他们立'功德碑',但他们不要。如今已没几个人知晓此事了。" 仇文说,"邹女士曾表示,'基金会不管花多少钱,只准增不准减。'我建议解散基金会,将钱转给其子女,但她坚决不同意。还说:'宁可要饭也不能动这钱。'"仇先生身后,亲属们按其遗愿,将办丧事省下的台币换成10万元人民币,注入福利基金会为乡亲办善事。截止目前,已有三百多名学生和五百余名老人得到资助。

甘当盐台交流使者

虽然邹女士早年就定居台湾,但她从不认为自己是台湾人,"俗话说:嫁鸡随鸡嫁狗随狗。没结婚前是湖南人,结婚后是江苏人。盐城反而成了我常住的地方,盐城就是我的婆家。"

早年期间,仇先生和邹女士还在盐设立了"海峡两岸盐阜乡亲联谊基金会",专门用于两岸盐阜乡亲的联谊交往。据统计,自1997年以来,邹女士和仇先生先后组织了二十多个台湾团组、四百多人次来盐城观光考察、访问交流。仇先生去世后,邹女士仍然坚持每年组团来盐访问,她还利用自己退休教师的身份,为盐台两地青少年校际交流牵线搭桥。2010年,芦洲小学与盐城市第一小学签订交流合作协议,这是盐城与台湾学校签订的第一个交流合作协议,这标志着盐台两地之间校际交流掀开了新的一页,在这一页上,邹韩燕女士的功劳不可忽视。

台湾女婿南京过年

曾泰元

我是台湾人,娶了个上海太太。岳父母住南京,进入腊月,二老就力邀我们到南京过年。

岳家在南京城北,离长江边上的燕子矶不远,是个有些年代的化工厂小区。老人家看到女儿女婿回来过年,自是喜形于色,连忙招呼,又是茶水饮料,又是水果点心的。我们和二老虽非久违,但内人与父母有说不完的话,道不完的情,跟南京的妹妹也叽叽喳喳分享彼此生活的点滴。作为女婿,我在一旁看着听着,也倍觉温馨。

到南京过年,正巧《人民政协报》记者采访我,问我在大陆过年的情况。记者问,婚后夫妻是到婆家过年还是回娘家过年?我看着内人回到娘家这么开心,毫不犹豫地跟记者说,当然是回娘家过年。

原因很简单,一方面是太太出嫁,远离了娘家至亲,在过年这个最重要的节日里,当然更要体谅她的思亲想家之情,让她回到娘家与父母团聚,重温做女儿被宠爱的感觉。另一方面,丈母娘看女婿,越看越有趣,我到岳家过年,享受姑爷的待遇,何乐而不为?回太太娘家过年,可谓双赢。而且,我在台湾的父母也都非常支持，觉得跟太太回娘家过年是应该的。

当然，我这个姑爷也不是茶来伸手，饭来张口，这样我也过意不去。到岳家过年，陪着老人家出门采购年货，买菜提菜；吃完饭负责洗碗，帮忙收拾。这些活儿虽然是小事，不过再多做二老就不同意了。茶余饭后，跟着他们看看电视，中央电视台中文国际频道的《海峡两岸》和福建东南卫视的《海峡新干线》都是他们喜爱的节目，看时顺便交换一下对台湾现况以及两岸情势的看法。电视上的报导和评论或许尖锐激烈，然而电视旁的我们只有平和与忧心。

大年夜，岳父岳母、内人小姨在厨房里忙进忙出，厨房小，两个人已经嫌挤，我只好在一旁关心询问，给他们赞美打气。南京冬天冷，虽逢暖冬，但温度也只是零上几度，一家人在不大的地方为着年夜饭而忙碌，在炉火与蒸气中，我们每个人的心里也都是暖烘烘的了。

岳父负责的是红烧黄鱼的主菜，他们吃中间留头尾，象征有头有尾，年年有余。岳母做了可乐鸭翅，代表着新年快乐，飞鹏展翅。小姨做了一道有"如意菜"黄豆芽等十种素菜汇炒、费时费工的什锦菜，寓意是十全十美，事事如意。内人准备了上海的鳗鲞，做了红烧牛腩和韭黄炒蛋，看着缺绿叶菜，又加炒了一大盘芦蒿。

开开心心地吃完了年夜饭，一家人围着电视，热热闹闹地看央视春晚，闲话家常。姐妹俩更是拿出手机，关注微信动态，忙着在线抢红包，惊呼与叹息声此起彼落。到了午夜，东北籍的岳母秀出了她最拿手的饺子，大家守夜吃元宝，在禁燃烟花爆竹的南京，安静地迎来了鸡年。

　　猴年鸡年之交，我陪着内人回她南京的娘家生活、过年，平淡而踏实。半个月后终须一别，临行前岳母还特意包了几十个饺子让我们带着，生怕我们饿着。岳母年事已高，眼睛不好，背部有旧伤，做馅、发面、擀皮、包饺子、下饺子却还是亲力亲为。她慈祥的面容，关爱的眼神，略显蹒跚的身影，就在我们离开南京家门的那一刹那，深深地烙在我的脑海里。

执着

刘欣

三十年前，我还是一个懵懂无知的少年，就与海峡对面有书信来往，现在人到中年，更加应该多为两岸交流做些力所能及的工作。"吾笔写吾心，吾手绘吾情"，于是我想写写身边的人、身边的事，讲讲这位老者和他的执着精神。

我所说的老者是真人，他所做的事也是真事。在这里，我简单介绍一下，这位老者——刘剑寒，靖江市斜桥镇人，1947年以优异的成绩大学毕业后，分配至河南洛阳高等师范学校任教，1949年的上半年他被带到台湾，先在台北大学中文系任教，后来从政了一段时间，曾任台北市政广播电台台长、台北市新闻处处长等职，直至退休。两岸关系解冻恢复交流后，也就是上世纪八十年代，他多次回到家乡，一心想为家乡做点贡献。1994年他在靖江市斜桥中学捐建剑寒图书馆及购买部分书籍，并于2010年扩建图书馆；2004年他联合台湾一家慈善基金向靖江市残联捐赠了一定数量的轮椅，无偿送给需要的人，目前在大街小巷有时候仍然可以看到这样的轮椅，轮椅背后有捐赠者的祝愿；2008年起在靖江高级中学设立"蓉吉奖学金"，用以奖励品学兼优的学生，以期达到鼓励先进、奖优促学的目的；2014年在靖江市红十字会设立"贫困学生重大疾病住院救助金"，用以定向救助患重大疾病的在校贫困学生，希望他们早日康复，重返校园完成学业，将来有机会能够回报社会；现已经96岁高龄的他仍能说一口流利的靖江话，每年坚持回到靖江，亲自给省靖中新生上一次课。他说："希望以我的实际行动，唤醒更多的旅外同胞，常回来看看我们可爱的家乡，也带自己的子孙回来看看，共同促进家乡的发展。"

省靖江高级中学陈国祥校长在一次开学典礼暨"蓉吉奖学金"颁奖仪式上说过一段话，"他不是企业家，不是慈善家，只是一位老者，一位学者，但这位老者有着割不断的殷殷故乡情，泯不了的拳拳赤子心，在本可颐养天年之时，屡次为家乡的建设和发展奔波，并将此视为自己应尽的责任。这种对家乡建设、对教育事业的执着精神值得我们每一位好好学习，这种最朴素的桑梓之情，令人敬佩，也必将激励更多人为家乡建设贡献力量。"

谈到两岸关系，担任过江苏旅台同乡会理事、靖江旅台同乡会会长刘剑寒老先生最常说一句话，"身在台湾，心在靖江，情在故乡，对于漂泊在外的游子来说，故乡永远是他心中最挂念的地方。"这句话不恰恰说出了他的乡愁吗？一句"我要回家"，足矣！时间可以冲淡一切，却冲不淡那一缕乡愁！刘老一生执着于教育事业，希望两岸和平发展，期盼两岸早日统一。

刘剑寒先生说："我们有书读的时候，要好好读书;有家庭爱的时候,要好好爱家庭;有父母在的时候,要好好孝敬父母;有国家爱的时候,要好好热爱我们的国家。"这么朴素的语言,道出了家国情怀、传统道德,核心价值观,说出了他的执着精神。

人文作舟　胼手胝足摆渡两岸
——台湾媳妇赵丽娜专业从事两岸文化交流

芊芃

"为什么我这么普通的家庭能够在这样的场合去发言？"2017年6月"第九届海峡论坛"，赵丽娜夫妇作为近38万对两岸婚姻家庭的代表，在座谈会上向中共中央政治局常委、全国政协主席俞正声面对面分享了他们的两岸工作生活故事。11月13日，赵丽娜沉吟着对记者说，"是因为两岸婚姻的特殊性，才让我这样的普通人变成了不普通。"嫁给台湾丈夫23年的赵丽娜，真正令她"不普通"的却是：近10年间，成立两岸书院，发起两岸家庭人文客厅计划等，她是第一个专业从事两岸文化交流的"陆配"。

"小而美"　多元文化打开两岸交流通道

一年到头，中华两岸创意城市文化推广协会理事长赵丽娜的常规状态是"忙碌不停"。她说，"世间365行，没有一个职业叫'两岸交流'。"她把自己所做的事情定位为"职业"，这个协会是由她自己发起，2013在台湾成立。赵丽娜同时还担任民政部海峡两岸婚姻家庭中心两岸国学书院项目执行长，多次举办和承办各类国家级、省级两岸文化交流活动。

仲秋的江南小城常熟，"桂花浮玉，正月满天街，夜凉如洗"。"两岸家庭人文客厅计划"将于2017年11月25日启动新项目"跟着作家看江苏"，这个项目是与江苏省台办合作的。赵丽娜很看重自己的作家身份，作为文学硕士的她，对文学始终怀有一份无以替代的钟情。

"活动得到了台湾'陆配'团体的支持，报名者远远超过了设定的名额。"仅台湾的报名者就多达431人，大陆有19个省、市踊跃报名。活动将有主旨演讲"两岸创新生活"，两岸家庭人文客厅沙龙探讨"母亲的艺术"，"移动课堂"将赴苏州地区进行互动传习人类口述和非物质遗产昆曲，在清代台湾知府蒋元枢建于乾隆年间的故居常熟燕园专题研习"国学与生活"等。周庄、沙家浜、泰州梅兰芳纪念馆等人文胜地将成为此次传习体验地。

"两岸文化交流，真正不可复制的是小而美。"2007年，赵丽娜创办了"两岸书院"，10年间，举办文创研习、展览展演、教育推广、青少年美育、古迹活化等各类文化交流活动。约有8000人次两岸婚姻家庭当事人、两岸青年志愿者、两岸婚姻家庭服务工作人员等，跟随书院"游学讲堂"，体验两岸文化共识。2015年，中华传统文化家风家训论坛开幕，时任中国国民党主席洪秀柱专程出席论坛并致辞；2016年，北京大学哲学系和宗教学教授楼宇烈，原台湾师范大学历史系主任、文化院院长王仲孚，台北故宫博物院研究员林天人，台湾"中央研究院"副研究员陈宗仁等两岸文化名人在书院坐镇"名师讲堂"开讲，掀两岸传统文化热潮。

创导"国学生活化",赵丽娜致力于中华传统美学落实于家庭生活与青少年教育。赵丽娜认为,"国学生活"也可以理解为生活阅读,饮食文化,"小词","一餐饭、一杯茶、一支笔、一幅图、一个字,便可容纳。"她说,"国学传统中蕴含中华民族最根本的精神基因",之所以辛苦办"两岸书院",一个接一个做交流项目,"用多元文化视角打开两岸","想留住的,是'博学之,笃行之',更是我在人们眼中所看到的光亮。"

"我向俞正声主席汇报了什么"

赵丽娜回忆,在"第九届海峡论坛"的座谈会上,俞正声主席鼓励大家讲故事,因为故事最能感动人。

面对俞主席,赵丽娜介绍了自己所做的两岸文化交流工作主要分为两个阶段。第一阶段是认知和深入两岸的过程,以书写作为交流途径,出版了五六本书,开设了多年的专栏写作;第二阶段,自2007年投身于两岸的文化实务交流。

她对俞主席说,"中华文化是两岸最大公约数,是两岸共同的历史命运体中最让人动容的地方,我愿意以这个公约数为出发点,紧密融合两岸我所能影响的人事,为中华文化的复兴尽一些力"。

赵丽娜组织的文化交流活动,深入到了两岸宋元善本藏书,以及中华文物和历史文献等共享的领域,通过传统文化联接台湾有影响力的学者和社会人士,将大陆的非物质文化遗产,包括精致工艺、传统戏剧、民俗民艺等推向台湾的青年群体。她告诉俞主席:"其实两岸人民从没分离过,我拿出一件精美雕刻,分享东方工艺或绘画的线条之美，还有昆曲中东方人细腻到极致的情感，大家都是发自内心的喜爱，那种爱是深入骨髓的，是祖先遗留在血液里的文化认同。我希望将这份美的感动传递出去，用两岸人民都喜闻乐见的交流形式让更多的人了解大陆，尊重彼此。"

摄制微电影《两岸花》 白描"陆配"婚姻故事

2016年9月24日，赵丽娜首次以两岸婚姻家庭、以"陆配"在台生活为题材，创作、拍摄的微电影《两岸花》在成都首映。国台办交流局局长黄文涛、民政部社会事务司司长王金华出席首映式。

电影叙述了一位大陆优秀的青年幼儿园老师，嫁到台湾后历经艰难找工作，用努力工作最终实现自己价值的故事。"'两岸婚姻'已被称为两岸'通邮、通商、通航'之外的'第四通'"，两岸婚姻家庭当事人，她们所面临的生活保障，创业就业等，都代表了两岸在民生经济上和而不同、不断融合过程中的现实。赵丽娜说，"我们把这些发生在现实的故事，用平实的手法记录描写下来，没有惊心动魄的爱情和口号，是活生生的剖白两岸婚姻的缩影。"

赵丽娜在台湾听到太多的"陆配"故事，"口音是"陆配"在台湾生活碰到的第一个关口，口音一出来，她马上就被排斥。语言很容易把人做区分。""陆配"们在台湾找工作很难，"有位年轻"陆配"好不容易考上了当地的私立幼儿园，工作很努力。结果，上课时口音很重，其家长质问园长'凭什么大陆人来教我们的孩子？！'园长顶不过，仅仅因为口音便辞退了这个女孩子"。赵丽娜的创作就是以口音作为切入点,"因为能引起人们的共鸣"。

她说,"陆配"在台湾生活,常常被台湾人称作"大陆妹",很多人对此感觉"很不舒服"。"原来我是把这个细节写进剧本里面去的,但是最后我删掉了","因为我觉得这样一个不良的社会记忆,不要再去反复提了"。赵丽娜认为,过滤掉历史的杂质更利于面向未来,"台湾社会也在进步,对'陆配'也在改变","删掉这个细节经过很深层次的思考。我自己20年走过来,面临的对身心有过刺激的东西,应该过去了。"

大陆手工艺台湾展出 创台北热点话题

举办了那么多的两岸文化交流活动,最令赵丽娜回味的,是2016年6月23日下午在台北华山1914文化创意产业园区开幕的"福聚匠心——苏州光福手工艺作品台湾展"。

"6天,进场2.7万人!"赵丽娜说,这是难得一次大陆珍贵手工艺品在台展出。展出的65件作品,涵盖玉雕、核雕、红木雕、佛雕,以及苏绣和缂丝六大工艺品项,其中光福核雕、苏绣、缂丝都列为国家非物质文化遗产,而缂丝则入选世界非物质文化遗产。

手工艺与生活息息相关,与美结合,融入生活。苏州手工艺传统自古以来是中国精致手工艺的代表,"如此细致的织绣与精雕,以小见大,方寸间更体现出中华传统文化的博大精深","正因为两岸文化同源才懂得鉴赏同文之美"。从项目策划、到参展大师与作品选择,到台湾的展出地点、展览开幕、交流的每一个环节,赵丽娜一遍遍精心设计。她说,"我要把真正工艺的精髓，表现给台湾"，"我不会走过场，我会让台北故宫对器物有研究的专家看到、评价和认可，我不要把展览放在没有人看的地方，我要让台湾的年轻人去看到。"

赵丽娜的功夫没有白费。开展当天，台北故宫博物院前院长冯明珠女士，中华文创协会理事长黄肇松先生，台北华山1914文化创意产业园区董事长王荣文先生，台北故宫博物院前器物处处长嵇若昕女士出席开幕式并致辞。展览最后一天，新任台北故宫博物院院长林正仪专程至展场参观。赵丽娜说，"我们小小的展览，前后两任台北故宫博物院院长都来参观！"

对此展览，台湾媒体，全部正面报道，谷歌搜索"福聚匠心台湾展"条目达111000条。赵丽娜说，最让她开心的是，这次展览创下了台湾传统工艺展览中年轻观众入场人次最高的记录。

"请不要叫我们'大陆新娘'"

1994年，大学刚毕业的赵丽娜嫁给了来常熟工作的台湾青年萧方善。如今，先生萧方善是可再生能源领域一位高级工程师，服务于常州的一家大陆上市公司，负责整个东南亚地区和台湾地区的业务。儿子即将从香港科技大学毕业，准备继续在量子物理领域深造，女儿就读于清华大学物理系。

10年前，赵丽娜由温婉的家庭妇女蜕变为一位文史作家，10年来，她又从书房走出，渐渐成长为职场女性。在组织两岸文化交流中，她细心观察，"台湾社会有很多社交礼仪，有很多待人处事的细节，没有人教你。"赵丽娜说，"从第一步开始，我慢慢发展。一个小型的活动怎么举办？一个艺术家的活动怎么办？""在台湾做事，一个活动展场的布置，情景的营造，空间的协调，都值得我学习。""我学习主持，学习一个场合的控制，学习活动细节流程的安排。很多的两岸交流项目要经历6个月、8个月，甚至一年、两年，才能完成。"

"同样的情况，我可以看到多元的方法，我打通了两岸"，赵丽娜说，"我发现自己越来越擅长用多元的方法去关怀和处理问题"。

"我一直有个目标，要将自己的兴趣与生活乃至工作理想汇聚成一个完整的自我。"赵丽娜不知疲倦地奔走于两岸。"好多人问我，'你怎么不累啊？'我自己检讨一下，可能前几年一直带孩子，现在一下子冲出来，像小鸟飞出去，就以为自己是老鹰了。"赵丽娜开心地笑着，眼眸闪亮。

不过，赵丽娜认真地说，"我一直呼吁，请大家不要再称我们'大陆新娘'，很不尊重。"

赵丽娜说，在台湾曾经专题讨论过"大陆新娘"，认为这是一个歧视性称呼，已改称"新住民"或"陆配"，大陆叫"两岸婚姻当事人"。

赵丽娜表示，人都不喜欢被贴标签，标签令一个人丧失了多元性。她说，"大陆新娘"否定了"陆配"与台湾社会深层次融入，"新"就代表不了解，"新娘"代表你不能跟你的先生共患难，"大陆"又把你的区域性给划分开来，"标签化一个人群本身就是不够客观的，没有一个大陆人喜欢这个称呼。既然那么多人不喜欢，为什么要强加给我们呢？！"

筑梦

苏台交流合作
犹如涓涓细流汇聚成大江大海

何洁

"苏台交流合作犹如涓涓细流汇聚成大江大海，是从无到有、从小到大、从浅层次到深层次的全方面的交流合作。"谈起苏台交流合作这三十年，曾担任江苏省人民政府台湾事务办公室副主任、主任整整十年的，苏州市人大常委会原主任杜国玲在接受《现代快报》记者采访时如此总结道。

两个"史无前例"促江苏成台商投资热点

杜国玲说，20世纪80年代末，台湾当局有限度地开放部分老兵回大陆探亲，两岸人员正式交流开始，打开了两岸交流的第一步。也就是这个时候，1990年，杜国玲到了江苏省人民政府台湾事务办公室工作，这一干就是整整十年，同时也是苏台交流合作的黄金十年。

回忆这十年的工作，杜国玲首先用了两个"史无前例"来介绍。1987年11月15日，江苏省台湾同胞接待站在南京挂牌办公，在此之后，一是史无前例地在省、市各级台办成立了"台胞接待站"，为蜂拥而至的台胞们来江苏探亲提供各个方面的服务和便利，用政府的真情实意感动台胞。二是史无前例地成立了"经济处",正式有了苏台经贸合作,在此前台商到江苏的投资多为岛内小企业迂回的方式进行"投石问路"。

"江苏在引进台资上起步虽然不算早,但发展却十分迅速。打开了苏台之间从无到有、从小到大、从浅层次到深层次的全方面的交流合作,犹如涓涓细流汇聚成大江大海。"杜国玲说。

据数据统计,从1991年起,台商在江苏投资大幅度增长,1992年,全省新批台资企业首次超过千家,达到1472家,协议台资近17亿美元,为1990年的16倍多。1993年、1994年,全省新批台资企业分别达到1964家、1400家,协议台资额分别为21亿多美元、24亿多美元。这三年,江苏利用台资增长幅度、利用台资额列全国之首。江苏长江两岸、沿海地区和沪宁高速沿线成为台商投资的热点地区。

多个"第一"让合作交流全面开花

数据显示,截止到2010年底,江苏的13个设区市和6个县级市成立了台协会。台协会的数量和规模仅次于广东,在大陆位居第二。杜国玲说,江苏充分发挥台资企业协会沟通省市各部门和台资企业的桥梁作用。其中最值得一提的是,1998年10月23日,昆山台湾同胞投资企业协会成立大会。这是全国也是江苏省经批准设立的第一家县级台资企业协会。

为什么是昆山?因为这里是上海的"桥头堡",交通、区位、加上当时的政策一应俱全,可谓占尽天时地利人和。上世纪90年代初,台湾"顺昌"纺织落户昆山开发区,成为昆山首家台资企业。随后昆山人启动"以台引台"战略,引发了台资企业投资昆山的"葡萄串效应",台商来昆投资渐趋频繁。开发区升级为国家级开发区,更加成为"招商名片"。昆山是台商大陆投资最密集的区域,开发区还是昆山台资经济的"重中之重"。

与此同时,政府还不忘关心台商的子女就学、教育等问题,在昆山花桥成立了华东地区第一家华东台商子弟学校,不但吸引了昆山周边地区,如上海、苏州的台商子女,还包括浙江地区,辐射华东,并面向全国。

杜国玲说,"两岸一家亲",苏台合作交流不仅仅是经贸上的合作交流,现在已然是全方位的推进,涵盖教育、农业、科技、旅游、文化等各领域的大交流。

品牌项目推进苏台交流合作"联姻"

"有朋自远方来,不亦乐乎。"杜国玲介绍,广泛的交流有力催化了苏台交流合作"联姻"。1999年3月,国务院台办和江苏省台办联合举办"99台商锦绣江南行"活动,台湾百大企业、上市公司、产业行业协会的负责人,以及台湾大公司在大陆的总代表等五十多人参加了活动。该活动以南京为起点,经扬州、无锡、苏州,到昆山结束,为进一步吸引台资打下了坚实的基础,该活动也成为苏台经贸交流的品牌项目。

在台商投资江苏的头十年,其主流企业均为传统的、中低档次的劳动密集型加工产业,投资规模以中小型企业为主。从1999年开始,台湾劳动密集型产业在大陆的投资比例不断下降,对投资大陆保持谨慎态度的台湾大、中型企业开始到江苏投资。2000年，随着台湾以信息电子产业为代表的高科技产业的崛起，特别是产业国际分工的形成，台湾电子电器业、精密仪器业等资金和技术密集型产业对江苏的投资开始不断升温。

"我对对台工作是非常有感情的。"2000年末调任苏州市委副书记后，杜国玲仍分管对台方面工作。苏州恰是江苏省对台交流合作的热土。根据苏州市台湾IT产业集中的优势，她规划了中国苏州电子信息博览会，目标主要瞄准台湾的IT产业，构建采购、销售和技术交流的平台，从而加快台湾高科技企业引进的速度。该计划得到了国台办的全力支持。2002年10月，经国务院同意，商务部（原外经贸部）批准，由国务院台办和江苏省政府主办，苏州市政府承办的首届中国苏州电子信息博览会举行，请了具有二十多年办展经验的台北电脑公会一起参与承办，当年就吸引了一百多家台资企业参展。同时，因国际化程度较高，又吸引了一大批跨国公司加入。如今，苏州电博会年年成功举办，目前已成为大陆规模最大、层次最高的IT专业展会之一。

在台湾电机电子工业同业公会（简称"台湾电电公会"）公布的2016年中国大陆地区投资环境与风险调查评选结果，参与评选的大陆地区118个城市和地区中共有23个城市荣获"极力推荐城市"，其中，江苏有10个城市和地区入围，居大陆各省（区、市）之首。对于在大陆投资的台商而言，该报告具有指标性参考价值。其中，江苏苏州已经连续八年获评台商最推荐投资大陆城市。

行至最高处　两岸正潮平

焦佑伦

在两岸开启交流合作30周年之际,我作为一个生长在台湾的江阴人,有两个最深刻的感触——一是乡情最难忘怀,血浓于水,历久弥醇;二是对两岸的经济发展、企业的未来,行至高处,信心满怀。

乡音不改乡情难忘

作为一个身处异乡的游子,难忘乡音,更难忘乡情。每当听到乡音,我感觉特别亲切,就像父亲在身边一样。

我的父亲焦廷标是台湾知名企业家、台湾电线电缆行业的领军者——华新丽华的创始人。父亲除了教我们做人做事的道理外,还会做做家乡菜、聊聊家乡事,从小在我们兄弟心中埋下了浓浓的乡情。如今父亲已经93岁高龄了,依然是一口浓重的江阴话,依然牵挂家乡的发展。父亲这种"树高千尺不忘根"的情怀也深深影响着后辈。虽然我生长在台湾,但对家乡始终怀着深厚的情感,秉承父亲的意愿,持续加大对家乡的投资,目前在江苏南京、江阴等地均有多个投资项目,希望家乡可以发展得更好,尽到一个江苏人应尽的义务。

同时，最令我感到高兴的是，我的两个女儿也回到家乡，也在南京创业。我的大女儿已经把南京作为创业的基点，与台湾的"好样文创"合作，不仅在南京开设了两家好样美食、好样文创旗舰店，还时常举办两岸文创界大腕的互动交流，努力把台湾的生活美学和文创价值带到这里。我的二女儿着力于推动台湾青年在宁就业创业，在南京组建了青创孵化团队，创立的"众创码头"于2016年获得国台办"海峡两岸青年创业基地"授牌，目前已经吸引了超过30家的台湾青创团队入驻。

一脉相连休戚与共

改革开放后，江苏成为台商投资的热土，台商参与并加快了家乡的发展，江苏也孕育带动了一批卓越有成的台资企业。

在当前世界经济复杂多变和科技革命日新月异的新格局下，两岸经济发展均面临诸多挑战。在我看来，两岸的经济发展一脉相连、休戚与共。就现阶段而言，还要全面提升两岸经济合作的层次，拓宽两岸合作的空间，为两岸关系发展模式创新积累新的经验。

多年来的回乡创业见闻和经历，也让我对南京有着割舍不断的情怀。南京钟灵毓秀，与台湾渊源深厚，在海峡两岸关系发展中拥有无可替代的特殊历史地位。未来几年，南京除了继续承办两岸企业家紫金山峰会、台湾名品交易会，还将与我们共同积极推进"南京两岸产业协同发展和创新驱动合作试验区"建设工作，掀起新一轮宁台经贸交流合作的新高潮。

我曾经担任第五届、第六届南京市台湾同胞投资企业协会会长。现在，越来越多的台商带着资金、技术，甚至举家搬到大陆来发展。他们来到一个陌生的城市，是迫切需要帮助的。我们就用协会的力量，尽量帮他们解决各种问题。南京台协是在宁台资企业及广大台商的一个温暖的家，更是架设在会员企业与政府间的一座沟通联系的桥梁。

行至高处未来可期

我现在担任华新丽华股份有限公司董事长，每天除了要处理公司的重大事宜，思考企业的未来发展和上升空间，还要做一些回馈和服务社会的公益事业。我认为，随着经济全球化的持续深入，两岸经济也必将进入到深度融合发展的新阶段，客观上需要两岸在教育、文化等社会领域加强交流和人员交往，特别是青年的交往。这是一个大势，所谓"大鹏同风起，智者借力行"，作为一个在江苏发展多年的老台企，华新丽华有责任、有必要融入到这一潮流中去，做出应有贡献，造福两岸乡亲，实现自身价值。

世界是平的，未来的两岸交流，一定是包括经济领域、社会领域，包括青年交往的全方位交流。只有加强教育、文化等社会领域的交流交往、沟通联系，才能互相认知、互相了解，才能心灵契合，推动经济等领域深度融合；也只有两岸经济的深度融合，相互依靠，互利共赢，才能为社会领域的交流提供物质条件；只有经济领域和社会领域良性互动，两岸交流合作才能创造新的成就。

衷心祝愿，两岸的交流能够更加频繁，互相更为了解；两岸的合作能够向更宽领域、更高层次迈进；所有来到大陆发展的台商，能够紧跟时代脉搏，创造辉煌成就，在中华民族伟大复兴的进程中实现自身价值！

　　衷心祝愿，家乡风调雨顺、兴旺发达！

至乐为善　清兴挥毫
——林锡泉先生侧记

汝悦来

近代大画家吕凤子先生，有一句名言："艺术制作止于美，人生制作止于善"，短短十四字，一种至高的人生境界，豁然于眼前。做人，如能在社会生活中从善、在精神生活中求美，那将是何等的脱俗和高尚！其实，我们中国人素有这样的传统，孔子所谓的"尽善尽美"，个中真意，也不外乎如此吧！林锡泉先生，生活中时时浸润着善与美，真是一个特别有中国味儿的中国人。

一

林先生的"歇庵"，在永晋电瓷（苏州）公司办公楼的三层。走进"歇庵"，一张大大的书桌，铺着毛毡，笔墨纸砚一应俱全，方才写就的一幅书法，还散发着淡淡的墨香。环壁杂陈着图书、字画和碑帖。如果不是椅背上那件"永晋"的工作服，你一定会以为这里的主人是位专事翰墨的书法家吧！居室所以题名"歇庵"，原是临时歇脚的意思。不曾想，这一歇脚，春秋交替，已阅了十八个寒暑。回想2000年的暮春，林先生受公司之托，考查长三角地区，筹备设厂事宜。当他来到东太湖畔时,倏忽之间,一种莫名的情愫油然而生:远山如黛,湖水澄清,菰蒲新发,鸥鹭翔集……眼前的景致,仿佛一卷元人的山水画,闲逸中透出生趣,这正是林先生早已熟悉,却又不曾到过的地方。恰好,吴江又有适宜的招商引资条件,于是,永晋电瓷公司就在太湖东岸落地生根,也就有了林先生的"歇庵"。

作为一名职业经理人,林先生从台湾出发,先后在马来西亚、台湾以及广东的台资企业服务,最后来到了苏州吴江。他的职业轨迹,像一张图示,映射出近三十年来亚洲经济发展的动势。在吴江,林先生所管理的永晋电瓷(苏州)公司,是以生产电子行业基础材料为主的企业,产品是三大元器件之一的电阻器瓷棒。林先生说:"这种产品原来主要被日本人控制,后来,永晋通过多年努力,终于赶超日本,在世界市场占有了重要的份额,所以多年来的生产销售一直保持着后劲。"在苏州永晋始建之初,太湖的苏州湾还没有今天这么繁华,清晨的鸟鸣,黄昏的日落,让人有置身世外之感。在林先生眼中,一切是那么幽静、自然、纯朴。而管理企业,并非如陶渊明闲居那般有诗意。当永晋筹建完毕,真正开始运行时,里里外外,二百多位大陆员工,经理兼"台干"却只有林先生一人。组织原料、巡视生产、供应销售……高效的生产,有效的管理,二十四小时不熄火的窑炉,就在这样快速的企业发展中,林先生整整忙碌了十七个年头。在忙碌中,他被邀请为中国元器件协会理事,又因工作繁忙而婉辞;忙碌中,他撰写企业管理文章,被刊载在国家商务部行业协会的刊物上;在忙碌中,他不断提升产品创新,努力缩短产品周期,顺应市场的变化……面对企业取得的业绩,林先生总是不忘员工们的协作与努力,他归结为:"员工们遵纪守法,互助友爱,对企业有着较高的心理认同感!"对于吴江政府的关心,林先生也十分感念:"遇到事情,只要是合理的,政府总会尽力解决,对我们企业非常照顾!"

现代意义的企业,总是一派工业文明的样子,简约而刻板。如果依此标准来看永晋,可能会有些许意外。漫步在永晋的厂区,所见的是:葱茏的花木,奇绝的假山,芭蕉掩映的小径,翠竹相依的亭子。无论春夏秋冬,桃李牡丹,菊花蜡梅,四时盛放。其中有几株,原是周边村落拆迁后被人遗弃的,林先生发现后,将它们带回来重新培植,如今也已经亭亭如盖,充满了盎然的生机。林先生说:"让植物在企业里生长,看到它们四季的变化,可以使人感悟到生命的循环!"走进永晋的车间、办公室,不经意就会看到悬挂的书画;走廊的尽头,花几上点缀着一块灵璧石;门厅一侧摆放着精美的木雕。员工喜爱运动,有篮球场;员工需要文娱,则有图书室、台球室、弈棋室。林先生说得对,企业要获得良好的发展,管理者和员工需要有一致的认同感。2014年,永晋从太湖之滨迁至运河东岸,而浓浓的传统文化氛围没有改变,这让所有的永晋人加深了这种认同,而且绵绵长久!

二

林先生年轻的时候,曾在台北的"十方禅林"学佛,心中常常挂怀着"慈悲"二字。佛教的慈悲,在中国传统文化中,流传了近两千年,又融合了中华民族的善良心性，久而久之，"乐善好施"也就成了社会精英对社会的一种反哺。在吴江，台湾企业家的眷属——那些太太们，有一个组织叫作"台协妇联会"，常常做公益。她们通过义卖，向台企和台湾企业家募集善款，资助吴江的慈善事业。先前的义卖非常简单，比如在端午节的时候，太太们包很多粽子，中秋节的时候推广台式月饼，或者是特色小吃……等东西卖完，再把筹得的善款统筹规划用于吴江地方的慈善公益活动。一个个粽子、一盒盒月饼、一盘盘小吃，台湾的姐妹们来回奔波，有时一段时间的忙碌，换来的善款也不过几千元！虽说古人有"勿以善小而不为"的训诫，可这一切，在林先生看来，除了敬佩、感动之余，还催生了一个新的想法。于是，他找到了妇联会的会长，建议举行书画艺术品义拍。

拍卖，现代人并不陌生。大陆的艺术品拍卖市场，早在20世纪末已经形成，但是艺术品的"慈善义拍"，在那时尚属少见，在吴江更是闻所未闻。提议虽然好，但林先生的朋友们还是心存疑虑：拍品哪里来？义拍的预展在哪里办？义拍的书画作品，有人竞价认购吗？林先生心里当然也没有数，但是，他相信：只要是真诚的善举，总会有人回响！林先生本是一位造诣颇深的书法家，客居吴江的几年间，和本地的书画家们也颇多交谊。吴江的书画家也多慕名与他结交，你来我往，络绎不绝。或是在"歇庵"相聚小酌，品尝林先生精心烹饪的"林家菜"；或是在垂虹桥边茗叙论艺：从两汉的碑刻谈到六朝的文字，又从同里出土的崧泽陶器说到吴江的名胜，真是神游古今，无拘无束。除了林先生的台湾口音以外，大家围坐一处，好像都是吴江人似的，毫无违和之感。大家尊重林先生，林先生也尊重大家，这种互敬与包容，也是江南人儒雅气质的外溢吧！朋友之间，无偿征集一些书画去义拍，大家怎会拒绝呢？当然不会。书画或许有价，而情谊却是无价的。林先生组织的第一次义拍是在2005年4月，征集到的书画近百件，其中林先生和几位台湾书画家，包括林太太——一位资深的油画家，奉献的作品就占了三成。拍卖预展在吴江博物馆举办，一时观者如潮，受到参观市民的赞扬。拍卖那天，会场里座无虚席，吴江台协的企业家们纷纷到场竞拍，竞价声不绝于耳，最后募得的善款竟有人民币十一万余元之多，并且全数用于"台协妇联会慈善公益活动"；活动项目有台协励志奖学金、走访吴江福利院敬老院、急难救助、春蕾儿童奖学金、春蕾助学等等。这个善举就像一阵晚春的和风，拂过吴江的街巷，让这座江南的小城，有了更多的爱。

从2005开始，连续10年，林先生每年都要为这件事奔忙一阵子，可是，当别人赞许他的时候，他总是很腼腆地默坐一隅，淡淡地说，都是大家帮忙的啦！说到慈善义卖，林先生有三点感言，可以视为总结：首先，传播了慈善的观念；其次，密切了台湾和吴江书画家的交流；再次，吴江这个地方特别照顾台商，大家有钱出钱、有力出力，是对第二故乡的一点点反馈。是啊！涓涓细流慢慢汇聚，一定会扬起爱的波涛。善念的承启，会把中华民族团聚得更加紧密。如今，由吴江台协妇联会承办的书画慈善义卖，还在继续，而林先生还在为之奔忙，且乐此不疲！

三

在职场中，林先生是一位优秀的职业经理人；在艺术上，林先生却常常自谦为"业余书法家"。其实，略晓书法史的人都知道，历史上哪有什么"专业书法家"呢？王羲之是右将军；颜真卿是平原太守；苏东坡曾出知杭州、颍州、扬州……书法，说到底，是对中华文化的传承，是一种修养，是人生情感的寄托，也是汉字书写的美化。

林先生20世纪50年代出生于台湾云林，用他自己的话说，那是质朴无文的乡村。他从小就喜爱临帖习字，直至今日，几乎不曾日辍，哪怕工作再忙，还是要亲近笔墨，朋友劝他休息，他却笑着说："这是我每天的'应酬'啊！"青年时代的林先生，在台北遇到了老书法家王凤峤先生，因为景仰王老先生的学问、人品与书艺，便执弟子礼，恭敬地从而游之。王老先生是山东济南人，书法诸体兼善，尤长于篆隶，格调高雅，气息直追近代。1949年，王老先生因军职去台，而他的太太则留在了老家。老先生非常忠于自己的家庭，在台几十年，没有另组家庭，直至80年代末，两岸开始互动，才把太太从济南接至台湾团聚。林先生谈及他的老师，这段故事是必讲的，言语间流露着钦敬之情。做人勿忘根本，学书不离传统，这就是人品和书品的统一。也许是老师的人生经历启发了林先生，继承传统、研习传统、发扬传统，成为了林先生的"书法信念"。

我国的书法艺术，向来是尊崇"帖学"的，主张要临习古人的墨迹。但是，近代以来，由于大量的碑刻古物出土，引发了金石考古学的繁荣。那些秦汉六朝的碑碣，多为篆书和隶书，结字古朴典雅、笔画遒美恣肆，极富艺术感染力，因而得到许多前辈书法家的重视，于是就形成了所谓的"碑学"。林先生的书法，就是出自于"碑学"，尤其对东汉的《石门颂》、北魏的《石门铭》用功最深，心摹手追，沉浸其间数十年而不倦。还有一块东汉的《裴岑纪功碑》，字形奇谲而大气，也是林先生箧中的佳友。爱书法的人，都是深爱中华文化的，因为学习书法，可以透过文字看到历史，可以透过笔画看到精神，可以在饱含沧桑的拓本中追寻到华夏文明的轨迹。具体而言，书法是点画；抽象而言，书法又是线条。所以林先生说："让线条有可看性和美感，这是传统书法的核心！"正是这一根用毛笔引出的墨线，凝练而有力，把几千年的文化传递下来，让今天的炎黄子孙能够了解到先贤的智慧，这应该是对书法的正解吧！

　　林先生的书法绝不是"业余"的，他深知传统书法的精髓，那些独到的见解，很早就见诸于他所撰写的《大成报》"收藏天地"专栏中。来大陆以后，江南的昆曲、评弹、园林，乃至雨丝风片、烟波画船……无不给他新的滋养，慢慢熔铸在了他的笔墨中，虽然不是"顿悟"似的飞升，却也是"日新又新"的精进。环境变了，笔墨也在变。近年来，林先生的书法气势更加雄阔，内涵也更为丰厚了，这是他自身修为的提升，也是江南这片沃土对他的培壅。2004年，林先生的书法展先后在吴江博物馆和苏州博物馆举办，受到观众的好评；2016年，《林锡泉书法作品集》由青岛出版社出版发行，在海峡两岸文化界及收藏界引起了关注；同期，他又把自己历年来创作的五十幅书法精品，捐赠给吴江博物馆……林先生在书法上最为心契的是汉魏两晋的风格。记得南宋的时候，有一位吴江诗人叶茵，写过一首论书法的诗，其中有一句写道"气象晋人遒且劲，源流汉刻古而清"，用这句诗来评价林先生的书法，好像非常恰当！难道说这是一种宿缘吗？真是说不清楚啊！

去年，林先生从永晋退休了！不过吴江的"歇庵"依然如故，墨香、茶香、酒香交织着欢声笑语；也依旧定期拍卖作品，所得款捐赠"慈济慈善事业基金会"做慈善公益之用。"歇庵"的主人除了偶尔回台北，或者外出访友，大部分时间还是在此"小歇"！最近，林先生非常忙碌，日日挥毫，为了即将到来的吴江台协妇联会公益募款活动再捐赠一批书法作品！谁说世上没有"尽善尽美"之事，林先生不正在做吗？

滕川：80后台湾男孩寻梦港城

赵士祥

2007年，打小就不安分的滕川又一次不按常理出牌，忽然就买了一张到大陆的单程机票。目的地不是北上广，而是偏居一隅的江苏省连云港，也就是古海州。

祖籍上海崇明岛的滕川1981年出生。这个土生土长的台湾男孩从小多梦，热爱音乐、料理、调酒，他成长的过程并不是按部就班遵循家长的设计：读书时选的专业不是家长期望的理科，服兵役时当的是自己喜爱的伙头军。走上社会后，从事的职业也总和自己的兴趣爱好有关。做自己喜欢的事，让自己快乐，这似乎是他的原则。实际上，这个看起来长不大的男孩是一直在寻找自己梦幻中的生活方式，抑或是把自己的爱好和理想融在了一起，并且想方设法地去实现。

而来连云港，不仅仅是滕川的创业历程的起始，更多的是他的寻梦之旅。

对于滕川来说，连云港不光是一个遥远的地名，更有一份亲切，带有故乡的味道，适合梦想生长。这是因为他出生十个月后，就由一位连云港籍的老太太一手带大。这位被滕川称作婆婆的老人，从小就教给他很多：关于同根同源、两岸一家，关于海州孔望山和古城过寒菜、花果山和孙猴子，还有一种叫"温暖"的亲情。滕川从小就一直在心里描绘着那片美丽的山河。在他心底，连云港这座城市是暖暖的，像家一样。他对连云港，对大陆有一种憧憬，一直在期待走进连云港的那一天！

恰恰这一年，退休的妈妈在大陆转了几年，最终在连云港落脚了，这无疑又给滕川的港城梦带来了新的憧憬。

于是，他用一次航程跨越了台湾与大陆之间那一道浅浅的海峡。

踏上连云港的土地，滕川像是见到了一个很久很久没有见面的亲人，离别了很久，对他很熟悉，可是又很陌生。那一刹那，就是那么一刹那，有一种非常感动的感觉撞击着他：多少年的向往终于成真啦！

于是，在2007年的连云港师专对面的小吃街上，出现了一家卖台湾炒饭的十平方米小店，那个招牌般的扎辫子的"帅哥厨师"正是滕川，那个整天乐呵呵地忙里忙外的阿姨自然是支持他在连云港创业的妈妈。

虽然他们母子俩一口台湾腔，但一开始大家都有点怀疑他们母子的身份，因为印象中台湾人没有这么能吃苦的：凌晨三四点钟，母子俩骑着人力三轮车去市场买菜，买回来后择洗腌制，接着开始做早餐卖早餐，接着是中餐、晚餐，还有宵夜，陀螺一样忙到夜里十点。虽然是小吃，但却要把台湾元素融进去，用滕川的话说是用一种情怀去做料理，这份有着连云港和台湾文化特色的小吃让学生们慕名而来，生意越来越好，一天要卖掉两大锅饭。人太乏了，只能趁卖中餐和晚餐之间的空当，补上一小时半小时的觉。后来实在忙不过来，就雇请了三个帮手。

这样干了一年，感受着连云港人的温和与包容，万润商业街"遇见台北"音乐餐厅便应运而生。

这是滕川梦想的一个延拓，"台式快餐＋音乐电影"这样的新鲜组合连云港人是从没见过，即便在南京上海等城市也不多见，但是就是这样新奇的餐厅，却渐渐被连云港人认可，直至津津乐道。

在滕川看来，连云港这样的城市是台湾特色文化最易生根的温床。"遇见台北"音乐餐厅汇集了各式各样的生活形态和各式各样的心情，这里热腾腾的牛肉面填满了港城青年饥饿的胃，酒和音乐慰藉着成长期青年躁动叛逆的灵魂，餐厅成了各色人等的心灵归处，拉近了连云港和台湾的距离。一杯珍珠奶茶，喝出浓浓的两岸情结，连云港人在快餐中感受到了台北和连云港同根同源的相融相亲。

十年间万润街的店走马灯样换了一拨又一拨，而"遇见台北"音乐餐厅却做成了这条老街的名片。

在"遇见台北"音乐餐厅做得风生水起的时候，滕川又开始忙活他的其它梦想：去青岛排他编剧的舞台剧，与朋友成立昊川文传，筹办连云港第一次民间的大型摇滚音乐会——废城音乐祭，还时不时抽身跟M3小剧场这些朋友搞一些专场活动，成立滕川文化传播工作室……忙得不亦乐乎。他跨行业无界限地连轴转，因此在连云港有了许许多多各行各业的朋友。率性与乐观的人文传统让滕川在将自己的娱乐方式带到连云港之后，不知不觉地反客为主。他以最娱乐、最台湾的方式，把温和而执着的台湾风情传递给了连云港，让连云港人知道自己的娱乐方式、自己的梦想原来并不遥远。他改变了许多跟他同龄的连云港人的生活观、娱乐观甚至是文化观。他让许多连云港的爱玩达人发现：咦，原来玩也可以是玩成这样的。

而连云港这座城市几乎接纳了滕川所有的大胆创新，这种鼓励就像"家"对于中国人的传统吸引力，让他轻易地乐居于这座温情脉脉的城市，并且敢想敢干。因为他知道，在连云港，所有的新鲜事物都会被接纳，被融入，只要是好的，能让自己更舒适的，尽管放手去做。所以他着手在连云港经营民宿，既出人意料又在情理之中。

"其实最开始大库四合是给妈妈用来养老的。"花果山这个地方居于市又隐于市，大库村就在花果山脚下，门前傍水，背后依山，院子里花果飘香。妈妈第一眼看到大库村七号就满心欢喜。而一直被台湾小雅兼人情味的民宿文化所影响着的滕川，站在大库村七号门口时，心里那个深藏的民宿之梦一下就跳出来了，这里开间民宿最好不过！

说干就干。大库七号是座老农家院，设施都十分老旧，采光、防水、饮水、包括厕所都需要改造。那就一件一件地干，采光不好加架阳光房，厕所是问题就自己挖化粪池。饮水不方便就安水泵装净化器。从砌房、修葺，到除草到做院子，滕川几乎亲历亲为，整个过程突出乡村性和主人的情怀。给民宿注入"灵魂"——民宿经营者的"人情味"，使民宿不属于简单的住宿产品，充分体现"本土家庭文化特色"，简单质朴但是温暖。不管是自制的嘎吱响的地板，还是树干做的灯,每一处都带有着手工的余温,安静得让人感受到生活中细枝末节的暖意。

房间内墙体也没有过多的粉刷,保留着固有的水泥肌理,内部的其他摆设并不简陋而且带有现代的温馨,透着细微的精致,整体给人时光倒流的穿越感。

拉开窗帘便是晨雾与光,走到院子里,露水会沾湿睫毛。从大库七号到现在的大库四合,滕川感觉离自己的梦就又近了一点。

港城寻梦十年,滕川每年的经济效益都以20%的速度增长。十年港城寻梦,滕川遇上了自己的梦中情人,一位连云港籍的姑娘走进了他的生活,并与他喜结连理。

说起连云港,滕川深情满怀。连云港让滕川懂得了成长的内涵,学会了担当。以前他做许多事情都是因为兴趣或者爱好,现在则更多的是责任。十年间,来连云港创业的台商越来越多。滕川的事业发展的经历,正是台湾同胞在连云港拼搏创业的一个缩影。

"人生最大的意义就是去实现心中所有的梦想,连云港正是我追梦的广阔舞台,时间越久,我的融入感也越强。我时常和连云港朋友聚会,这些朋友就像亲人一样。"滕川满是纯真地对我们说。这个追梦港城整整十年的台北人以一脸的云淡风轻,告诉我们什么是生活最好的模样,以及他在连云港生根长大的梦想是什么颜色。

怀着梦想做"傻"事
——从台湾机械师到江宁"农民"

讲述：林铭田
撰稿：张　燕

我是林铭田，62岁，按古话讲已经到了耳顺之年。作为一个来南京投资的台湾人，不知不觉在江宁已经生活了24年。当初来大陆的时候头发还是乌黑的，现在已经花白。有人说我鬼迷心窍跟傻子一样，抛家弃子在南京守着一块地这么多年，但是当我看到这么多人到银杏湖来玩得如此开心，我就觉得值，再傻都值！今天，就跟大家说说这24年中我在南京做的"傻"事。

"傻"得成为第一批在江宁创业的台湾人

我出生在台湾南投县的一个小乡村，父母都是种地的。老话讲，"穷人家的孩子早当家"。小时候除了上学，还要帮家里做农活。阿公常说老天爷会眷顾勤奋的孩子，后来我一边做工，一边读书，完成了我的学业。

1989年，我在台湾创立了中卫科技股份有限公司，主要产品是卫星天线，就是大家常在楼顶见到的"小锅子"，应该说，世界上有电视的地方就有我们的产品。

1987年两岸打破隔绝状态，开始互通交往。1993年，两岸关系有了巨大进展，我觉得是个好时机，决定将中卫带到大陆来发展。在选择厂址时，跑过北京、上海好多城市，最后发现南京这个地方最有包容性，方言听得懂，饭吃得合口，就把厂址定在了南京江宁。

那时候我把台湾公司的生产销售一股脑儿甩给老婆打理，一个人来到了南京。当时的南京，台商稀少，交通也不方便，刚成立不久的江宁开发区大部分还是荒地。中卫南京公司成为江宁的第一批台资企业，为台湾公司进行零配件生产。

到1996年，在中卫实业南京有限公司办公室，创办成立了南京市台湾同胞投资企业协会。我担任了第一届、第二届的监事长。现在大家都叫我台协的创办人，也算的上第一批在江宁创业的台湾人了，但当初大家都觉得我傻，放着台湾好好的日子不过跑到这么个人生地不熟的地方来创业。

"傻"到耗费十年完成一纸军令状

关于银杏湖的高尔夫球场，有人调侃我老林运气好，但我觉得是傻人有傻福。

我的中卫公司经过几年的发展，逐渐在江宁站稳了脚跟。那些年，我看到了江宁日新月异的发展，从一个偏远的县变成了区，一步步规划布局，成为为南京贡献GDP最多的地区。在一次年度台商座谈会上，台湾同胞们直喊南京的业余生活枯燥，呼吁要建高尔夫球场。我当时听着心痒痒的，一来我自己就是高尔夫球发烧友，二来考量着南京确实没有高尔夫球场，所以我萌生了一个在南京建高尔夫球场的念头。作为一个在江宁深耕多年的台湾人，首先想到的就是江宁西山公塘头那块地，正是建高尔夫球场的好地方！借着酒劲儿，我立下"军令状"，我要做一个高尔夫球场给大家玩玩！酒席过后，大家对我的"酒后豪言"不以为意。但我知道我是下了决心。

2000年春天，"南京银杏湖生态旅游观光有限公司"挂牌成立。我做了最坏的打算，"即使做不了高尔夫球场，也要在生活多年的江宁为荒山披绿、为秃岭种草，给南京留下一片生态森林。"但是在园区生态建设上，我选择适应当地土壤的优质高尔夫球场草种，开沟整地时我让工人按高尔夫球场的要求预埋了排水系统。期待着有一天能完成我的军令状。

2005年，国民党副主席江丙坤率团来宁参访，开启"破冰之旅"，想来银杏湖"以球会友"。因为我之前的执拗和准备，得以迅速将那片生态森林改造成高尔夫球场，为两岸关系的破冰贡献了一点微薄之力。后来我们承办了第十届全国运动会高尔夫球赛项目，全国每个省都有代表队来参赛，很荣幸的是我带的台湾代表队得到了全国总冠军。

2010年南京申办世界青奥会成功，相关部门实地考察，认为银杏湖生态改造工程符合青奥会高尔夫球场的备选要求。我的银杏湖高尔夫球场正式浮出水面，为了迎接国际奥委会主席罗格的预定考察，银杏湖高尔夫球场建设搭上了迎接青奥会场馆建设的快车道。曾经的荒山秃岭如今变得郁郁葱葱，我也终于完成了我的军令状。

"傻"得做了好事却被骂 但还是觉得值

没有高尔夫球场的时候喊着建，球场建成了，骂声又来了……

"林铭田就是打着擦边球，到江宁圈地来了！"这样的话，我听过不止一遍。人在沮丧时，最能感受家的温暖。各级台办的陪伴、支持让我十分感动，用心的服务，再次给予我力量。

我常跟人家说，建银杏湖的时候，我每天早上眼睛一睁开就是到外汇管理局去报备。因为要把美金转换成人民币，来支付农民工的薪水、支付工程队的薪水、支付买材料的费用。

此外，我把当地年轻的村民介绍到中卫公司上班，老一点的村民也可以留在银杏湖，跟我一起照顾这片山山水水。我自认为做了一件"大德大善"的事，可是，有些老百姓不这么认为。有村民讲"没见过皮肤比工人还黑的董事长，一看就是假老板过来骗钱！"也有村民因为土地被收回去后，心里转变不过来，没事就来堵我的大门，生意几乎做不成。

给他们做好事，却是这样的下场？我简直就是傻瓜！但江宁人的热情，让我很快把这段不愉快淡忘。当我从台湾探亲归来，在山路口看到鲜红的横幅：江宁人民热烈欢迎林铭田先生。那一天的场景终身难忘，尤其是谷里小学、中学的孩子们，他们也参加了迎接活动，虽然是初夏，但天气闷热，他们有节奏地跳着舞步，热情高喊着"欢迎、欢迎，热烈欢迎"。

那一天我的心情非常复杂，一会儿感到飘飘然，自己简直就是三军统帅，至高无上；一会儿又感到胸口发紧，太对不住孩子了，受宠若惊，愧不敢当。我心中暗暗发誓，这辈子一定要为这些孩子做点事情，做件有意义的事。

那次盛大迎接活动的录像，我带回台湾给家人看，我太太看录像时流着泪说："值、值、值！"

"傻"得种死了三千多万元的树 只为留一片青山绿水

古话说："春牛首，秋栖霞。"我把银杏湖形容为四季银杏湖。

银杏湖，每天的风光，每天的山林，每天的景色都不一样。春天有樱花山，夏天有荷花池，秋天有银杏森林，还有柿子林和二十多万棵桂花，冬天有漫山的梅花，填满银杏湖的四季。现在的银杏湖已经成为南京地图上不可或缺的地标，从当初的台湾机械师到接地气的江宁"农民"，这一转变让我的朋友们都调侃我是"台湾之光"。有领导问我种这么多的花草树木花了多少钱，我真的无法统计，可以肯定的是，光种死的树就花了三千多万元。

我是学机械专业的，对植物一无所知。我的员工张凌说我种树就是在烧钱，也不假。一棵银杏树就要几万、甚至几十万，山茶、杜鹃、竹子都是几万株、几十万株往回买。会馆楼前那棵靠湖边的日本罗汉松单株40万元，儿童乐园里的西班牙橄榄树单株30万元，还有那些从江西、福建深山移来的香樟、黑松都是以万元为单位计算的。

那些名贵的树龄长的树木都是几万、几十万一棵，结果运到这儿，水土不服，死得都差不多了，一下子损失几千万。不过后来好多了，摸索了一些植物学方面的知识，成活率能达到60%。之后栽树的时候，特别是名贵树木，我一定要亲自到场。所以，现在大家看到的银杏湖美景，他们说是"钱堆出来的"。

来银杏湖走一走，可以多活10年，所以在我心里这钱花得值。了解银杏湖的人都知道我在园区里面装了负氧离子机，数值高达8000的负氧离子，长时间停留，可以延年益寿。至于负氧离子机也是我从上海世博会场馆安装负氧离子施放器受到的启发，我学着在银杏湖的部分区域安装了负氧离子补偿装置。所以现在来到银杏湖，可以尽情地享受大气维生素的盛宴。

当初建银杏湖，是为了圆我50岁之后的归隐梦。如今建好的银杏湖，不仅仅是我一个人归隐的地方。每个人最后都要离开这个世界，在离开之前回想一下，自己给这片土地留下了什么？我想留下的是一片青山绿水。我想，50年之后，银杏湖的树木是无价的，它会长得非常的茂盛，就跟许多百年公园一样，而这些都不是能够用金钱来衡量的，这是一个百年的、甚至千年的基业。有位领导说，银杏湖就是为地球开了一个绿色银行，希望多开几家。这也正对我的思路，银杏湖世界生态谷已在进一步规划当中。银杏湖现在的布局和搭配，就是为100年以后，能够在我们的中国留下一个脚印，也能够让南京市民走出去感到骄傲。2016年，银杏湖获得江苏省政府"紫峰奖"的"现代服务业领军企业"奖项。

经常有人问我，怎么会想到起"银杏湖"这个名字。其实，也是我的一点情怀，我在一本书里看到，日本广岛和长崎，核磁炸弹爆炸之后万物皆灭，最后只有银杏树长出来。所以我觉得银杏树是生命非常顽强的植物，就用了银杏来命名，而且它和中国话"迎幸福"（迎接幸福）很像，我就是希望大家到银杏湖就都幸福！

那一碗好茶叫红乌龙

相江

　　一勺亮黑透红的半球形茶叶，白瓷杯，滚透的水，合成一杯茶，一杯好茶。茶客老钱看不下去，怪我糟蹋了好茶，因为这是台湾茶。台湾茶，宜用紫砂壶，慢慢泡工夫茶。可我一来修养不够，二来工夫不足，图个省事简便，总是绿茶般喝法，大杯一泡。这不，热气氤氲中茶香四溢，汤色澄澈红亮，入喉回甘，闻着开心，喝着舒心，怎么不是一杯好茶？世上事，心怡就好，况且我这台湾茶还是台东红乌龙。

　　台东出好茶，超出了许多人的经验认知，包括很多台湾人。可是台东的确出好茶，出产在花东纵谷中鹿野周边地区。这片一度走向没落的福鹿茶产区，2008年后借助着红乌龙的腾空出世，一跃而起，迅速改变了台东无名茶的历史。红乌龙，顾名思义就是红色的乌龙茶，红主要指的是其汤色。红乌龙茶的创制，是工艺的创新，用乌龙茶的茶菁，采用红茶的制作工艺，制成重度发酵的的乌龙茶，兼具乌龙茶与红茶的特点，色、型、味、气俱佳。这几年，台东的乡亲为了红乌龙东奔西走，让这枚飘香的树叶连接两岸，沟通情感。

果香，混着微微的炭香，这是老林家的红乌龙特有的密码。老林大名林耀精，他的茶场宝号"林旺"，久而久之大家都唤他林旺，倒忘了他叫耀精了。林旺是半路出家，他原本在宜兰搞建筑工程，中年后移居鹿野成了茶农。林旺外表憨厚木讷，其实精明强干，经营得法。种茶、制茶，他是出了名的严苛。他招募工人报酬高，很多人抢着去，可又怕去，因为他要求也高。别人家进制茶车间洗个手就行，可他家要洗了脚才让进去。他说，茶最易吸附异味，稍不注意，茶味就不正了！正是这种严苛，细节上的精益求精，确保了林旺茶的品质和声誉。林旺茶场是台湾农业主管部门评定的台东第一家"五星级"茶场，在历次红乌龙茶比赛中林旺是夺得金牌奖最多的。某台企筹办二十五年庆，点名要林旺的比赛茶做伴手礼。台胞服务中心的同仁帮助联系，可林旺说家里一点存货都没有了，而且今年也没参加比赛。一来订单多，供不应求，不用去比赛推广；二来总是得奖也不好，要把机会让给更多的农友。老林啊，你可真是个人精啊！

我想起2012年林旺第一次来无锡参加农博会，他一口闽南味的乡土"国语"，与顾客交流基本是鸡同鸭讲。别的茶农卖了许多，他却一包未销。同仁们当起义务推销员，轮番上阵为他吆喝。看着茶叶一包包卖出去，他在旁边只是嘿嘿地笑。我想起在合肥展会销售不利，我请他把余货寄到无锡，由我们来帮忙推广，他一再说添麻烦了。我想起去北京农展会看望参展的台东乡亲，他高兴地跟我说北京经销商主动找他，要代理他的茶叶。我想起上海、广州，林旺带着嫂子到处参展，他告诉我能卖出多少茶叶不很重要了，重要的是借这样的机会来大陆不同的城市看看。他的茶叶已经卖到了日本、澳洲、美国，红乌龙的香气漂洋过海了。那天，林旺留我在家里吃饭，他准备了高粱、红酒和台啤，可最后都没有开瓶。我们喝的是林嫂子自酿的梅子醋，一点点的梅子醋用红乌龙茶去调制，一杯"红龙醋"真是别有一番风味在舌尖！席间，有台北的游客专程来购买红乌龙，我们热情地邀请他们分享，分享"红龙醋"的滋味，分享一个茶农的怡然自得。

呷一口红乌龙，不能不说一个人。那次在北京农展会上，台东馆来了一个台北人。他说，他已在大陆工作多年，从媒体报道知道红乌龙、知道台东农产来北京了，他想找一个茶农，六十来岁，是位女士。我说，我知道你要找谁了，你跟我来，看看是不是她。我让他站在茶摊的对面，指向一位正在泡工夫茶的女士，娴熟的动作，专注的神态，优雅的举止，她也是台北人哎！她叫连婀娜，正是这位老者的小学同学，一别五十年，重逢无违和，隔阂再久也隔不断真情真意。连女士是台北姑娘，因为夫家是鹿野种茶世家，后来随丈夫从台北迁居回乡。邑人多尊她为"连小姐"，更亲密的也昵称她为连姐、阿娜。阿娜从大城市来，思想新、眼界高，敢于打破常规，她在台东开了全县第一家民宿，也是她第一个与台东茶改场合作，试制并推广了红乌龙茶，并且担任了红乌龙茶协会的第一任理事长。红乌龙茶有今天这样的局面，应该记住第一个吃螃蟹的"连记"阿娜。在台东县政府、县农会、县公策会等举办的红乌龙推介活动上，总能看到阿娜的身影，她亲手接生了红乌龙茶，还在不断地浇灌它、呵护它。阿娜也是第一批来无锡、来大陆推广红乌龙的台东茶农。如果说林旺的茶本真，不注重包装，那么阿娜的茶就是别致，新颖的包装设计总是夺人眼球。许多人选购阿娜的茶，第一条就是送人拿得出手。当然，连记茶的品质也是极好的。而且，阿娜很用心，不断开发新品，发展衍生产品。比如将红乌龙与咖啡结合的"相映红"，比如红茶饼，一点文创，无限空间，心有巧思，惹人喜欢。

有次我们投宿在阿娜家的民宿，晚上她特意邀请亲眷来和我们一起大吃烤鸡。晚会很热闹，邻居就在院外张望，阿娜一反往日的矜持，热情地招呼大家一起来她家做客。邻居说，阿娜爱清静，几十年来第一次请邻居进门，今天真的很特别。那晚我们谈天说地，兴致勃勃，大家分享故事、分享心得，还一起跳起舞蹈，唱起《我们都是一家人》，"你的家乡在娜鲁湾，我的家乡在太湖滨，从前的时候是一家人，现在还是一家人……"

台东的山野总在阳光下熠熠生辉，炽烈、热情、一览无余。茶农陈丽雪，也像这山野一样质朴、爽朗，大家都叫她丽雪姐。一个"姐"字也道出了她在业界的影响，她是台东第一个获得台农业主管部门颁发"十大神农奖"的农民，在台东第一个推行有机种植，建设了"佳芳有机茶园"。有机种植投入大、产量低，当时很多人不理解她，连公婆都怨她"败家"。说起这段往事，开朗的丽雪姐不禁有些眼圈泛红。可是天道酬勤，有志者事竟成。她的坚持、她的努力，终于得偿所愿。丽雪姐亲和力强，每次展会上她的销售成绩总是最好的。这几年，丽雪姐与无锡市台胞服务中心的同仁协同配合，她的红乌龙不仅通过金厦通道源源不断地进入大陆，也走通了"大贸"通路，拓展了销售渠道。她把她的有机茶园改建成了观光工场，可以自己采摘，也可以DIY制茶，现在她不仅卖茶，还接待观光旅游者，走上了"农业＋旅游"的发展路子。

她在半山的茶场新崭崭的，阳光抚摸每一片茶树叶子，每一片茶树叶子都会变成神奇的红乌龙吗？而我，最喜欢的还是行走到"绿色隧道"的尽头，在她的家门口暂歇，轻轻唤一声："丽雪姐在家吗？"没有预约，不必刻意，一切都在这如常的生活中。"故人具鸡黍，邀我至田家"，丽雪姐经常说："你来台东要排个时间出来，让我招待一下。"会的，会的！到时我想首先问丽雪姐讨碗茶喝，谁说君子之交淡如水，我说"乡亲之交酽如茶"！

那一碗台东的好茶叫红乌龙，它好在色正，汤色橙红；它好在味醇，沁人心脾；它好在情浓，牵起了两岸的手，牵动了两岸的心。那碗台东的好茶啊，热泡见温度，冷泡见工夫。我已备下茶叶茶具，等你来同品一壶好茶。

马景鹏,月光爱恋着海洋

张冬成

为什么我的眼里常含泪水?因为我对这土地爱得深沉。

——艾青

台商马景鹏的脉管里,奔腾不息着父辈传承给他的血液,鲜红而炽热。生于台湾、长于台湾的他,自从懂事起,父亲马德昭(18岁参军,1936年加入国民党,1949年去台湾,后弃戎从教)就灌输他中国传统文化,识中国地图,讲中国历史,让他记住祖籍在大陆那头。至今,马景鹏仍记忆犹新,父亲常对他说"江苏省灌云县响水口障西乡陡湾庄"十五个字,也就是今天的灌南县花园乡陡湾村。记忆最深的一次,是父母双亲与舅舅顾祝同带他到大海边,那晚,"月光恋爱着海洋,海洋爱恋着月光",父亲凝望大海彼岸,吟诵余光中的一首诗:

小时候,
乡愁是一枚小小的邮票,
我在这头,母亲在那头。

长大后，
乡愁是一张窄窄的船票，
我在这头，新娘在那头。
后来啊，
乡愁是一方矮矮的坟墓，
我在外头，母亲在里头。
而现在，
乡愁是一湾浅浅的海峡，
我在这头，大陆在那头。

少年的马景鹏，分明看到父母和舅舅眼眸里闪烁着晶莹的泪花。这是他们在思念隔绝久已的故乡及亲人啊。从那时起，马景鹏的心里就烙下了"乡情"的深深印记。

长大后，马景鹏出乎所有人的意料，既没有"子承父业"从事教育，也没有"外甥像舅"从事军政，而是选择一条从商之路。1987年，在新北市创办了光鼎电子股份有限公司，他要像自己生产的灯一样，照明黑夜、燃亮人生，甚至竟超前想到，有机会到大陆发展，实业报国。

虽然居住在宝岛台湾，马景鹏一直就把大陆当成心灵的家园和落叶护根之地。台湾有无数人的亲人朋友在大陆，有什么能力能阻挡得了这份割舍不去的血肉亲情？！就像鱼儿离不开水、瓜儿离不开秧一样，两岸牵手一起是迟早的事。

果不其然，就在这一年，两岸隔绝38年之久的禁锢被打破，两地得以交流交往，马景鹏的愿望也得以付诸行动。

他马不停蹄几次飞往大陆,寻根问祖,访问祖国各地,在了解、领略大陆的风土人情与壮美山河的同时,也对当时较为落后的经济面貌感到愕然;当他费尽周折找到灌南老家进行考察,看到家乡人民生活还处在温饱中,道路交通十分不便,信息滞后,不具备投资条件;他心急如焚,只得等待时机。

1993年,马景鹏以游子的赤诚之心先把投资地安在省会南京,与江宁县政府签订了6500万元的投资合同,在汤山镇建立南京华鼎电子有限公司。

马景鹏有自己的打算与蓝图。

一向作风干脆、勤勉务实的马景鹏,把大部分的精力投入到家乡事业的发展上。华鼎电子有限公司开发LED发光器件多达2000个品种,曾一度年生产LED灯件达5亿支,成为台商在宁的纳税大户。

骏马识途之良,鹏程万里之志、打造更美愿景的马景鹏,决定扩大再生产;但厂区所在地已被规划为旅游用地,这就意味着马景鹏得另寻"出路"。

马景鹏婉拒了江南许多地方政府的优厚邀请,毅然决然地把建厂扩厂之址选在老家苏北灌南,他觉得连云港的投资环境已基本成熟,而且将来一定是前景广阔、活力四射的城市。中国有句俗话"千好万好不如家好",灌南才是他真正的"家"!

2007年10月12日,海西(灌南古称)这片古老而生机的大地上,迎来了第一家台商企业——连云港光鼎电子有限公司。这个坐落于灌南县经济开发区的集科研、生产、销售于一身的光电工厂,占地125亩,马景鹏当即决定投资2亿元人民币。

此时的马景鹏,突然觉得如同漂泊的船楫终有了宁静的港湾，像远游的孩子回到了母亲的怀抱一样，连呼吸的每一口空气，都带着祖辈撒落于泥土的芬芳。

从此，灌南也因有"光鼎"这只巨灯的照耀而格外明亮，绚丽多彩。

一粒饱满的种子，一旦遇到适宜喜欢的土壤养分，它就会恣意地生长开花结果，哪怕经受再多的风雨吹打，也快乐得无怨无悔。

马景鹏深深爱上了这片土地与生活在这片土地的乡亲，他在125亩地块上建起2万平米的现代化厂房，建成LEDLamp、LEDDisPlay全自动生产线和LEDE-Power高功率照明组装生产线，以及生产生活配套设施工程：如研发实验室、职工宿舍楼、文化活动室、食堂浴室等，一应俱全。解决了一千五百多人的就业，并且职工的工资待遇都不菲；公司为每一个员工过生日，为优秀员工颁发奖励：电动车、电视机、电冰箱等，在工作台企的优越感油然而生。提高每一个员工的生活水平和幸福指数，是马景鹏的一大心愿，公司很多人都不称呼他马董事长，而是亲切地叫他马老；虽然他不老，刚五十出头，但听起来心里热乎乎的。

入住"老家"以来，马景鹏制定了一项特别措施，每年从公司营业额中提取千分之二资金作为公益慈善专款，即便亏损也要坚持下去。这就相当于每年拿出20万元到30万元来捐助需要帮助的人和事。他宁可被人误解或受到委屈也要为家乡父老修路架桥；每年春节，要为陡湾村二百多位老人各送上200元的红包……

马景鹏的祖父马祥瑶、字琴舫，是位旧时的教育家，现在花园乡陡湾小学就是祖父一手创建，后来父亲弃戎从教也是深受祖父的影响。所以，马景鹏对陡湾小学有着别样的感情。他主动要求"认养"这所学校，把校舍修葺一新，改善教学条件，美化校园环境，为老师添置办公桌椅，为学生更换课桌校服，为学校购买空调电脑等，就连厕所也进行了改造，还设立小学生助学金和奖学金。不像有的人只是把"再穷不能穷学校，再苦不能苦孩子"的口号挂在嘴上喊，马景鹏永远记住父亲说的话："学生有望，则国之有望。"十年来，他为陡湾小学投入与捐助一百多万元。灌南县教育局为了表达对马景鹏的感谢，把学校的名字加上其祖父字号，改名"花园乡陡湾琴舫小学"。

马景鹏不仅无私捐助家乡父老和学校、医院、敬老院等，还把博爱之心扩展到淮安、扬州、安徽等地。灌南县人民医院新大楼还未落成，他就表示捐赠50把轮椅，用以方便腿脚不便的病人看病治病。他想通过自己的星火之力，让真、善、美、德蔚然成风。

没有多少人知道，那几年光电市场遭受假冒伪劣和恶性竞争等方面的影响，光鼎电子有限公司一直处于非盈利中。企业账目显示，2015年之前，公司平均每年亏损一至两千万元；2012年，公司一次惨赔5000万元。但马景鹏依然兑现承诺，义无反顾照样拨出千分之二的营业额作为公益慈善基金。企业生产运行缺钱，他从台湾上市集团那里调节填补，硬是依靠全厂员工，众志成城、节约成本、增加自动化效率，"光鼎"转危为安、柳暗花明。自2016年开始，公司进入了历史性的盈利阶段，且形势喜人。"光鼎"自主研发生产的光模组显示器等系列光电产品，质量卓越、国际一流，畅销国内、国外很多市场，并享有良好的口碑和声誉,逐渐成为同行业的翘楚。

他的理想是要让中国的LED产品在世界上拥有一席之地!

马景鹏估计,2017年连云港"光鼎"营业额可达1.5亿元,打算把南京华鼎公司也搬迁过来。他微笑着说:"这样可以提取更多的资金来做公益慈善事业了。"他表示,把账上还有的一百多万元基金尽快为乡民乡事乡情所用;造福家乡人民,这就是他心中的"蓝图"。他获得了人们的尊重与掌声!

2010年,马景鹏以最高票数当选为连云港市第二届台湾同胞投资企业协会会长;2013年,又以高票连任连云港市第三届台湾同胞投资企业协会会长;2015年,连云港市政府授予他荣誉市民称号;2016年,他被推选为全国台湾同胞投资企业联谊会副会长兼连云港市台协会荣誉会长;2017年6月,他入选《灌南当代乡贤谱》。

随着时间的推移,马景鹏对家乡的眷爱也越来越浓烈,先后把内弟林昭秤、林昭铭与儿子马明伦等几位亲属从台湾光鼎集团迁调过来,让他们亲身感受大陆日新月异的变化、体会祖国怀抱的温暖,延续故乡情缘;同时,也是要他们为家乡的经济建设和人民的福祉做些事情。

英俊开明的马明伦不愧是马家后代,很快也热爱上祖辈的这片土地,并在灌南县新安镇找了位媳妇周佳丽,实现了马景鹏"在灌南娶儿媳"的夙愿。在2017年3月5日举办的结婚典礼上,一对新人深情对唱了台湾民歌《高山青》,做了公公的马景鹏,高兴地连喝三杯汤沟美酒。

马景鹏的内弟林昭铭，更是在2010年就与新安镇的张园园自由恋爱结为夫妻，有了一对聪明漂亮儿女。两位大陆媳妇都在光鼎公司工作，她俩对台湾老公都十分钦佩，脸上洋溢着幸福美满的笑容。

马景鹏寻根、植根、扎根家乡，造福乡梓，在灌南传为美谈。如今儿子、妻弟成了连云港的定居女婿，根系故乡沃土，风雨不动。马景鹏可以安心海峡两岸往来，为促进两地经济文化交流与发展奔忙不歇。每次来回，他总要撮一捧老家的泥土带去新北市，放于家院的花池中，一簇簇、一朵朵的花儿开得更盛；他又会从新北市取一些土壤捎回灌南，培于公司的草地上，一株株、一片片小草长得更旺。每一次举动，他都如此虔诚而深情，仿佛是某种期盼的祷告，祈望两岸消除隔阂，和平发展，共话繁荣，不再伤离别。

大禹山下创业的台湾人

钱俊梅

一

传说大禹治水时，曾在京口东郊的一座山下驻足，从此，这里就叫大禹山了。这座山不高，却雄峙江边，历来为兵家必争之地。

上世纪末的1998年春天，大禹山的脚下来了一个叫许培峰的台湾人。他信步上山，但见长江如练，蜿蜒东流而去，近处，绿树环绕，湿地葱茏，显得一派生机。

当时的大禹山在城郊结合部，周围还是些村庄，但许培峰真心喜欢这座并不高却灵秀十足的山。台湾也有不少山，比如台北的阳明山，那是个游人如织的大公园，和这座山的静谧无法比。

经过一段时间的酝酿，许培峰下定决心来这里一展身手，投资新建元鼎窗饰材料有限公司，他要从这里，开启他在百叶窗世界的航程。

都说靠山吃山，靠水吃水，虽然选择了一个好山头，可许培峰背倚着的大禹山却无法给他以支撑。他是土生土长的台湾人，在大陆举目无亲，初来乍到的，靠谁呢？是当地政府，是象山街道，把他这个台湾人当作家人，为他提供一切帮助。试想，那时候如果不是当地政府助他一臂之力，他一个人单枪匹马，哪里那么容易就在大禹山脚下安营扎寨？

厂房如期在大禹山西边的山脚下开工。那时的工作和生活环境还很艰苦，吃住全在小小的工棚里。想念家人，只能在忙中偷闲或者夜深人静时。劳累了一天，回到一个人的房间，一躺下来，就会梦到远在台湾的亲人们的脸。

不管是何种行业，万事开头难，想谋求发展，粮草得先行。厂房虽然有了，除了台湾来的管理人员，仍需要在大陆招兵买马，然而资金并不雄厚。才招进厂的百把个工人，有不少是周边的农民，他们并没有多少文化和技术，进厂门后的第一件事，就要给他们上培训课，要让他们慢慢成为熟练工。

许培峰觉得，想把一个企业做强做大，起点一定要高，才能有好的发展。所以，他第一次投产的PVC塑料百叶窗项目，就是与美国前三大通路商劳氏合作，真正与国际接轨。这项技术在当时的中国还不多见。这种百叶窗帘，由一根细棍子控制，轻轻转动，就能让一片片的塑料叶片自动翻转，遮光的效果非常好，打破了传统的布艺窗帘格局。

短短两年的时间，一个百人的小企业慢慢发展到几百人，利润开始滚雪球似的，越滚越多。许培峰心里那个高兴。他知道现在的公司，不能只满足于单纯的生产百叶窗。就像人吃饭菜一样，再好吃的菜，总会有吃厌的时候。市场上再好的东西，总会有饱和的时候。于是，他把第一期投资挣来的钱果断地投入第二期的居家高级气窗产品的项目上。

新的项目上马，还不能影响第一期的产品销售。每天总感觉箭在弦上。还要更多的人手。许培峰整天忙得焦头烂额，连过年都没有空回家陪伴家人。

第三年，许培峰的妹夫来到镇江助他一臂之力，他感觉如虎添翼。经过七年的努力，厂房一次次扩大，二期开始投产的时候，员工人数增长迅猛，高达一千多人。

2005年时，营业额首次突破2000万美元，获"全国外商投资双优企业"。这个时候的许培峰，每天在大禹山脚下，像春天里的蜜蜂，在厂里从早飞到晚，从东飞到西，从不知道让自己歇歇脚。

许培峰每天早晨睁开眼，第一眼看见的是车间；第二眼便是大禹山。一年四季中的大禹山，寂静、祥和，总会给他内心的力量。对于这座山，从刚开始的仰视，到现在的平视，他感觉自己的命运已和这座并不起眼的山捆绑在一起。

然而，人有旦夕福祸，天有不测风云，正在元鼎风生水起，事业线攀上巅峰之际，正值壮年的许培峰，积劳成疾。那一天他在车间与技术人员交流时，突然晕倒，不省人事。紧急送医院抢救，才知道是中风引起的。

这一倒，对许培峰多年来苦苦经营的元鼎来说，不亚于晴天霹雳，给正在运转中的第二期项目当头一棒，全公司员工的心也随之跌到谷底。年轻的元鼎，将何去何从？

无论是镇江本地员工，还是台湾来的员工，一千多名员工的身后，就有一千个家庭要靠元鼎这根顶梁柱子撑着。

许培峰被家人接回台湾治病的那一天清晨，他一次次看着清秀的大禹山，挥泪与厂里的员工们告别。大家都知道，与他这一别，可能就是永别。

如果因为一个人关闭元鼎，已不是一个人的事，而是一群人的大事。公司里的一千多名员工，百分之九十是镇江本地人，这大几百个家庭将面临着失业，孩子可能会交不起学费，老人会看不起病，他们有许多都是城市郊外的农家子弟。这些员工都是元鼎创业初期的基石，没有他们，就没有元鼎今日的辉煌。

灯油耗尽的许培峰最不放心的就是这群人。厂里的员工从车间一线工人，到中层管理人员，是他们陪伴他打拼至今，早已没有距离。尽管所有的人都期盼他们的许经理能早日回到元鼎，但时光的利爪总会在不经意间伤害着本不应该被伤害的人。

在无力回天的情况下，许培峰最终决定，将这上千号人的公司托付给亲弟许培祥。他告诉弟弟，大禹山脚下的这片土地，是个聚宝盆。这个聚宝盆是属于大家的。厂里的工人，无论是大陆的，还是台湾的，就是往盆里装金银的人，有得装，才能有得取，不能让它空着。

二

2005年，许培峰撒手人寰。同年，其弟许培祥接下哥哥手中的接力棒。紧接着，公司产品线引入家庭纺织类产品，布艺窗帘、毛毯等，继续与美国多家公司合作。

这期间，元鼎的产品呈上升趋势，获欧洲创意居家产品红点奖、镇江市劳动关系和谐企业奖等多个奖项。

许培祥对哥哥的产业很用心，事无巨细、亲历亲为，他没有辜负哥哥的重托，从来都不敢懈怠，所以公司才不断地精进。

航行在大禹山脚下的这艘船，在江风的吹拂下，风平浪静地又航行了7年后，再一次偏离了正常的轨道。

在第二个7年的2012年，第二任管理者许培祥也不幸病倒，不得不回台湾休养，将公司交给两个儿子打理。

许培祥和他离世7年的哥哥一样，有太多的不甘心与不舍。可是，他扼不住命运的咽喉，自己反被命运给扼得紧紧的，连一丝的缝隙也不肯留给他。正值盛年的许培祥和元鼎，突然间被一根无情的棍棒拦腰砸伤。整整一年，公司只能维持现状，停滞不前在所难免。

到2013的春天的时候，整个厂区看不到春天的景象。大禹山，从山脚到山巅之上，早已繁花似锦，对面的千棵柳林，浸泡在春水中百年的老柳，都开始爆出芽尖，而元鼎公司却到了举步维艰之际。

三

如果说，时光不可以回溯，那么元鼎饰材在两个7年中，历经苦辛后，却能迎来峰回路转之局面，是需要一个合理的机缘来等待这个冥冥之中的契机的，不早也不迟。

直到第三任管理者走马上任，这个窗帘王国的破碎河山才得以重整。

元鼎经过两个7年的轮回，是时候注入一点新的活力了。

就在这一年，从台湾庆丰富集团总公司来的90后陈柏宏，临危受命，从台湾飞往镇江的元鼎。他即将要托起的是一个风雨沧桑的元鼎，而他还不是许家的传人。

自他踏进元鼎大门的第一天，公司上上下下的人对他是抱着怀疑的态度的。这不能怪别人质疑他的能力，台湾来的这个后生也太年轻了些，才来跟人说话的时候，脸还是有些嫩，目光都不知道应该往哪放。他这样出场，让内部的几个台湾管理者更加小觑。

可是，公司里没有人知道陈柏宏自小的经历，他虽然年少，但心理比同龄人要早熟多少年。陈柏宏在台湾读高中的那年，父亲一病不起，从此瘫痪。当别人家的孩子还在父母的膝下承欢的时候，他小小的年纪就不得不自觉地挑起生活的重担。除了要完成学业，一有时间就帮助母亲和姐姐照顾长年卧床的父亲。同学们假期里四处游玩的时候，他利用假期开始打工生活。

在美国读完大学后，陈柏宏选择了早点工作，可以挣钱养家。都说，父母在，不远行，何况是父亲的身体都这样子了。陈柏宏起先是不愿意离开台湾的。作为家中唯一的男丁，他有责任为这个家撑起一片安宁的天空。况且，凭自己的勤奋努力，也可以在台湾找到一个不错的工作。

陈柏宏说自己当初来镇江元鼎，都找不到一个合适的理由。明明知道这是一场背井离乡的苦旅。直到现在想来，他也认为这不仅仅是一场苦旅的问题，若是能苦得其所，善莫大焉！他说不后悔来镇江。是元鼎成全了他，还是他成全了元鼎，这已不再重要，反正他来了。

既来之，则安之。初到元鼎的陈柏宏，先从最底层的管理开始做起。因为只有在底层，他才能更多地了解产品，了解公司的每一个细节。这个过程对他来说，也是磨砺的过程。他像第一代创始人一样，一切从零开始，白手起家。

四

2014年，陈柏宏正式接管公司，成为元鼎非家族继承人的第三代掌门人。

对于陈柏宏和元鼎来说，这年是个分水岭。销售业绩在走下坡路，经济负增长，好的技术工人流出，人心涣散，如一盘散沙。要整饬这么一个曾经辉煌过、衰败过的公司，给它输入新鲜的血液，必须先把内部的污血放干净了，新的血液才能进入内部系统。

好在经过一年在车间第一线的摸爬滚打，陈柏宏摸索出一套新的管理经验。像前几任管理带头人那样，首先要优化产品，改进旧设备，大刀阔斧进行生产产品项目结构的调整，将企业转型升级。引入台湾庆丰富集团开发的专利产品，应国际市场情势，集团策略调整，将镇江元鼎定为集团在镇江投资的发展中心，将低技术含量的产品转移到越南公司生产，把销售市场拓展到欧洲及澳洲。

这一年的时间，他除了出差谈业务拉订单外，其他的所有的时间都泡在公司里。

公司终于扭亏为赢。这一年，他比刚来的时候过得还要辛苦，起早贪黑，就算是年轻力强，要说不累也是假话。

在镇江这边,台湾人很少,像陈柏宏这么年轻的台商可谓凤毛麟角。陈柏宏说,在这里他只遇到一个同龄人,平时大家都忙,更没有多少时间交往。

陈柏宏说:"只要我一开口说话,人家就知道我是台湾人,家乡的口音,这辈子可能也改不了。"不改就不改吧,镇江是个很包容的城市,南腔北调的人也有很多。

随着业务的不断拓展,陈柏宏一年中起码有两个月的时间在美国和欧洲等地,产品有85%的销往美国,还有15%的销往欧洲等地。走出去,不仅扩大的视野,更重要的是扩大了个人的格局。这几年来大陆发展的台商们,在江苏的台商数量约占全大陆台商的三分之一,到大陆来安身立命的人越来越多。

每天忙忙碌碌,陈柏宏忙得经常忘记了家人,自古忠孝不能两全,他感觉亏欠家人,那年台湾的传统年会尾牙年会时,母亲和姐姐盼望他能回家,但还是没能回台湾。尽管台湾的总公司对于他回家的时间没有特别的限制。2013年,第一年来公司的时候,陈柏宏特别地想家。自2014年接管了公司,就没有时间去想家,一整年都没回去过。那年春节,陈柏宏终于把妈妈和姐姐接来过春节,让她们也体验一下他的人生,看看他的工作环境,更是让她们放心。

在与陈柏宏聊天的过程中,他总会提到一个词"品相"。他说生意的本质在于品。品与品相其实是两码事,一层意思是注重外在;另一层意思是更注重内在,内在不光是人、物的关系,更重要的是人道。

如今元鼎的产品品相,焕然一新。4年前公司没有共同的目标和方向,内部管理层混乱,台湾来的管理人员总觉得有优越感。自陈柏宏来了后进行人员调整，产品调整。让不适合于公司的台湾员工回台湾去，只留下4人，全部启用镇江的本地人做管理。他说，做一个企业，一定要改变思路，不能说，赚到钱就可以走人了，得有长远的打算，还要真正把这里当成自己家。

四大车间，被厂区一条四五百米长的小路分隔成两半，从原料加工，到生产线，一条龙的机械化，最后是包装和仓储车间。销往世界各地的货箱，从不同的区域发送。井然有序。目前陈柏宏最大的愿望，是想再扩大厂房，现在公司近500名员工，近百条生产线远不够，还要增加不少生产线。现在的生产线已跟不上他的新思路。大陆的市场如果展开，将会是全世界最大的市场，所以设备需要更新，有了一流的生产线，才能保证高品相的产品。

年轻的陈柏宏逢人有句口头禅："压力太大了。"这句话却给了他更多的动力与希望。他用这句话时刻在警醒自己：不可以松懈。

走进他的会议室，已不可以用简单朴素来形容。靠窗子的北边，除了一张长长的会议桌，其余的空间全部做了产品展示区，各种百叶窗的模型，墙壁上整排的货架，展示的是色彩斑斓的布艺窗帘。陈柏宏说，传统的不能丢，站在前人的面前去看未来，未来才会有更广阔的空间。

陈柏宏说："镇江是一个综合型的城市，镇江的文化、交通、旅游等都非常的好。在整个江南来说，适宜居住，适合发展。而我们元鼎在这里发展太久了，除非说镇江不需要我们企业，只要肯留下我们，我们就留下。"

他对所有人说："这里有我的事业，我没有特别的理由需要回台湾，我的工厂也不一定需要台湾人，我不在乎管理者是台湾人还是镇江人。时代不同了，到哪里都要唯才是举。"

站在时代的浪尖口上，世界的变幻无常，对企业竞争非常激烈的市场，人与人之间需要沟通，世界需要沟通，以不变应万变。在遇到困难的时候，陈柏宏总会一遍遍地去与人沟通，特别是在情感与认知上的沟通。他说自己跑过那么多地方，在越南、美国等国家，沟通起来特别吃力，而在大陆，许多事很好沟通，距离感拉近。这几年台湾的窗帘生产一直在下降，现在要做的事是，慢慢把生产转移到大陆来。预期2017年将再创营业新高3000万美元。

百名台胞与宿迁一幢急诊大楼的情缘

张又千　黄陈

又是一年炎炎盛夏，宿迁市人民医院的急诊楼里，等待救治的病人来来往往。"白衣天使"们忙碌穿梭着，与死神争夺生命的延续……这栋急诊楼，今年整整20岁了，"她"外形略显陈旧但不失端庄，慈祥地注视着前来就医的人们……

这20年来，远在海峡对岸的同胞——台湾高雄市宿迁同乡会会长陈良福，也时刻关注着这里，血浓于水的深情让他们时时牵挂着老家人的幸福安康。这栋急诊楼，不仅见证着两岸同胞的血脉深情，还有一段动人的故事……

一排铁丝上的吊瓶，刺痛了老台胞的内心

时间穿越回22年前的秋天——1995年9月，一位年过花甲、目光慈善的老台胞，走进了宿迁市人民医院的大门。他叫陈良福，是台湾高雄市宿迁同乡会负责人。在他的外甥、该院的主治医师黄陈的陪同下，他仔细地参观了医院从美国长老会建于1905年的西式老楼，到砖瓦结构的病房，再到老旧的礼堂还有简陋不堪的门诊急诊楼。

医院大门内北侧的一长排草房子，让陈老先生注视了很久，这是一排防震棚，墙面用芦苇和泥巴糊起来，再用麦草做屋顶。黄陈向舅舅解释说，医院职工住房紧张，许多医护人员就住在这里。陈老先生还看到，有不少病人就坐在松树下的砖台上打吊针，吊瓶挂在树之间的铁丝上。

"大家怎么都住在这样的草棚里？患者竟在室外打吊针？"陈先生问话里带着心酸。黄陈尴尬地笑道："舅舅，这是暂时困难，以后会好的。"陈老先生停下了脚步，眼里溢出了泪光，喃喃说道："我们身在异乡医疗条件好一些，看到这样的情景，心里很是不安。"

舅舅自远方归来，自然要热情招待。黄陈请来时任院长刘磐作陪，席间谈到医院资金困难的问题，黄陈提出能否请舅舅募集一点资金，建一幢急诊楼以解医院燃眉之急。陈老先生当即应允："作为高雄宿迁同乡会负责人，我回去通过同乡会请大家捐一点，虽然宿迁在台同乡没有很富裕的，但这样的善事我想大家会支持的，毕竟是自己的家乡，有困难理应帮一把。"陈老先生坚定地说。

一份倡仪书，沸腾了游子们思乡的心情

陈良福先生时任高雄市立志工商学校总务主任。从宿迁回到台湾以后，他便立即着手募捐的事情。他与几名同乡商量之后，又向同乡会发布了"赞助宿迁市人民医院倡议书"。请同乡们以博大的爱心伸出援手，帮助家乡医院兴建急诊楼。

每年的春节，台湾高雄市宿迁同乡会都要举办一次团拜会。这一年的新春团拜会尤其热烈而隆重，因为除了团拜，陈良福会长还在会上公布了为家乡人民医院赞助的计划，当含泪宣读完倡议书后，他说："都是我们的乡亲，就医都没有舒适的环境，真叫人痛心！"

一番话让在场的同胞们陷入沉思，一位台胞立即站起来大声说，"我捐1万元（指台币）！"另一人也站起来，声音哽咽着说："自己的父老乡亲，我们不帮谁帮，我也捐1万元！"同乡团拜会成了募捐专场，台胞们争先恐后报出自己捐献的数字。这一场募捐，收到的善款折合人民币三十多万元。

为了筹集到更多的资金，陈老先生又多次自费乘飞机，赶到台北宿迁同乡会，为家乡医院募捐。

一张汇款单，满怀着对乡梓的牵挂

1996年4月，宿迁市人民医院决定筹建急诊中心。那时有规定，医院作为社会公益事业单位不能贷款。因为缺少资金，工程开工不久即停了下来。刘磐院长只好让黄陈再给舅舅陈良福先生写信，询问筹款进度。

其实，为医院筹集资金，陈老先生一刻也没有停止过。1997年7月初，同样心急如焚的陈先生把在台募捐情况多次电告黄陈，让他转告医院领导：高雄、台北同乡会，加上新竹中学已募集5万多美元。

这年的9月初，陈老先生飞越海峡，带来了50400美元支票（按当时对外汇率折合人民币41万多元），这张普通的外汇兑换单，却承载了海外同胞们的深情重意。医院领导接过这张单据，激动的心情溢于言表:"到底还是血浓于水的感情啊!台胞们在自己也不富裕的情况下,慷慨解囊,此情此恩终身难忘!"

因为是美元外汇兑换单,当时在宿迁中行无法兑换,陈老先生又带上黄陈急匆匆奔赴上海美国花旗银行,把钱兑换成人民币后带回宿迁,通过银行立即拨付到市人民医院账户,就这样,急诊大楼工地又响起了施工机器的轰鸣声……

1997年10月,急诊大楼竣工了。这幢在防震草棚上建起的大楼定名为宿迁市急诊中心,面积达3600平方米,高5层,并首次开通宿迁市急救电话120,极大地为宿迁百姓们的就诊提供了便利。

消息传到台湾,宿迁同乡会的台胞们一片欢腾,纷纷打来电话表示祝贺。那一刻,在每个人的心中,都涌动着一股两岸同胞一家亲的暖流。

一块纪念碑,见证了海峡两岸血脉情

"我们不能白拿台胞们的钱,我们也要给人家回报。"刘磐院长说,医院决定为提供赞助的台湾同胞们提供优惠医疗服务。首先是发送给他们与赞助金额等价的医疗使用券,他们的亲朋好友都可以使用,为期十年。还为台胞们的医疗就诊提供"三优先"服务,只要他们来医院看病,大多是由黄陈亲自接待,为他们妥善安排就诊、用餐、乘车。这样的贴心服务,黄陈一直持续了十几年,从未间断,毫无怨言。

医院还决定,为急诊中心的建成立碑纪念,记载建楼经过,撰刻捐款者姓名。刘磐院长亲自撰写碑文初稿,叙述建楼过程,赞许台湾同胞高风亮节,慷慨

相助。把碑文草稿发给陈老先生后,他深明大义,表示不用突出他个人的功劳,每个人留名即可。根据陈老先生的意见,医院对碑文再次进行修改完善,使之既体现台胞们的心意,又质朴低调。

纪念的石碑刻好了,碑正面是急诊中心记事,背面刻上102名捐助者的姓名。如今,这块石碑仍旧屹立在急诊大楼门西侧。多年来,常有台胞来医院就诊时,在急诊楼里走走看看,再到石碑前凝神注目,那一刻,仿佛那颗漂泊的游子之心,又回到母亲身边。

冬去春来,花谢花开,这一块看似普通的石碑,见证着医院成长的经历、奋进的足迹,这一幢看似普通的大楼却深情地记载着两岸骨肉同胞的亲情无限!

一位台商和 41 个昆山孩子

六月禾未秀

陈桂祥——昆山高树饰品有限公司董事长,一位普通的台商,说话带着闽南语口音。和其他许许多多台商一样,多年来,他始终在昆山这片神奇的土地上用自己的智慧和汗水辛勤耕耘、收获;同时,他也是一位不普通的台商,说他不普通的原因是——在昆山,陈桂祥的财富不仅仅是工厂,还有 41 个孩子。他说:"41 个受资助的昆山孩子是我最宝贵的财富。"

幼时家境贫寒催生资助念头

陈桂祥今年 63 岁,来昆山投资已经近 20 年时间,是最早一批来昆投资的台商之一。20 年时间一晃而过,在昆山,陈桂祥除了整日为事业忙碌操劳以外,还有一件事情始终萦绕在他的心头——那就是怎样为昆山的贫困大学生和名校大学生多出一份力,让他们在求学的路上走得更轻松、更自如。

陈桂祥之所以有这样的想法,还得从他小时候说起。陈桂祥出生在台湾中部的一个普通家庭,因家庭贫困,他没机会接受高等教育。陈桂祥始终坚信,获得良好优质的高等教育对一个人成才十分关键。因此,尽管许多年过去了，贫困大学生一直是他关注关心的对象。从1995年开始，陈桂祥就开始零星地、小范围地资助身边的贫困家庭和学生。为使资助工作更加组织化、规律化，2005年，陈桂祥打算拿出一笔钱，在昆山成立一个基金会专门用来资助贫困大学生和优秀大学生。陈桂祥的决定得到了家人的一致同意。2005年8月，他拿出近10万元，奖励、资助昆山中学和震川高级中学当年考取大学的10位家庭困难的优秀学生。不久，陈桂祥夫妇筹资200万元，报经江苏省民政厅批准，成立"陈李香梅"慈善基金会，该基金会也成为江苏省首家由台商出资设立的非公募性慈善基金会。

"孩子的困难就是我的困难"

有几个孩子的家庭故事就很多了，陈桂祥的这个特殊"大家庭"有41个孩子，故事就更是多得说不完了。

2009年2月3日是大年初九，早上8点，很多人还没有上班，陈桂祥就已经早早地等候在某律师事务所门口。一打听，不是因为陈桂祥自己有什么法律事务需要向律师咨询，而是因为他资助的大学生中，有一个名叫高洁萍的女孩需要实习，正愁找不到实习单位，陈桂祥得知后，毫不犹豫地告诉洁萍："我来负责帮你联络！"这才有了前面的一幕。

"孩子的困难就是我的困难，孩子的骄傲也同样是我的骄傲。"陈桂祥这样说也是这样做的。正在北京大学上学的姚雯雯毕业于昆山中学，活泼外向的她在学校里很活跃，不仅曾经带队为外国留学生服务，而且还去西藏考察过。说起雯雯的这些经历,陈桂祥就像一个父亲说起自己的孩子一样,骄傲之情溢于言表。2008 年,雯雯申请到相关基金要赴太湖考察。可是,毕竟是个还没有出校门的学生,雯雯和她的队友们不知道应该怎样联系相关企业并且获得他们的支持。

陈桂祥得知这个消息后,一方面为孩子能这样做感到自豪,一方面也为他们着急。不过,很快,陈桂祥便联系到在无锡等地投资的台商,希望他们能够接待雯雯一行,并且提供力所能及的帮助。在雯雯出发前,陈桂祥还像父亲一样给她准备了足够的用品,并且备上了给当地台商的礼物。"我的孩子需要别人帮助,我这个当'家长'的自然要给对方准备点小礼物感谢他们。"陈桂祥开心地说。

一本特殊的笔记本

陈桂祥有一本特殊的笔记本,在这本笔记本上记录的既不是企业盈亏状况,也不是保密的先进工艺,其中一本记录的是 41 个孩子的照片、性格、脾气,甚至是他们各自目前遇到的困难等,每一页陈桂祥都是自己一笔一笔记录下来的。记者看到上面甚至有"某某圣诞节发了短信祝贺""某某最近想买个手机"之类的记录,内容之仔细齐全让人吃惊。记者问陈桂祥这样仔细认真会不会影响工作或者太累,陈桂祥爽朗一笑:"他们就是我们的孩子,父母关心自己的孩子哪里会嫌累,就怕我对他们关心不够,让他们受委屈了。"

除了记笔记关心孩子,陈桂祥还有个习惯是剪报。记者看到在他的剪报本上既有关于人生哲理、亲情友情的记录，还有不少中外专家关于青少年成长的相关知识介绍。陈桂祥告诉记者，每当看到好的文章，他都会剪下来，复印后寄给有需要的学生。"和41个孩子一起成长，我这个'家长'不能不比普通家长多操一份心。"陈桂祥说。

据了解，从基金会正式成立到今天，陈桂祥已累计为41名昆山贫困大学生和优秀大学生提供资助130万元左右，每年奖励金额达30万元。陈桂祥说："希望通过基金会资助一批优秀的学子，让他们全身心投入学习，学有所成后回报社会，帮助更多像他们一样需要帮助的学子完成学业。"

"陈伯伯给我们的不仅是金钱"

从2005年起，"陈李香梅"慈善基金会每年和教育局联系，从昆山中学和震川中学中挑选学生给予资助。陈桂祥对孩子的关心和资助不仅给他们解除了经济上的后顾之忧，更多的是给了他们生活上的爱心和智慧。

南京师范大学的周芸聪2005年考上大学的时候，由于家境贫困被列入陈桂祥资助对象。按计划，周芸聪直到大学毕业都可以享受陈桂祥的资助，可是，2007年，周芸聪主动提出不再接受陈桂祥的资助，原因是随着家庭条件的改善，她觉得自己已经不需要继续接受资助了，她说："我想把机会让给比我更需要资助的大学生。"

陈桂祥的"陈李香梅"慈善基金会每学期都会为孩子们举行一个发放仪式，在这个仪式上孩子们会向陈桂祥汇报自己的学习生活情况，陈桂祥也会告诉他们自己的观点和看法。陈桂祥说，这是他和孩子们雷打不动的交流平台，也是他接触孩子、了解孩子的最佳平台。

在2008年的基金发放仪式上，陈桂祥发现资助的学生中有一个女孩不像其他孩子那样叽叽喳喳说个不停，而是面带忧郁比较沉默。细心的陈桂祥看在眼里，记在心上，不久，他就找了个机会和女孩谈心，了解她的情况。原来，女孩因为父母离异，加上母亲身体不是很好，总是显得闷闷不乐。陈桂祥得知后，开导她放下包袱，轻松前行。女孩说："陈伯伯让我重新自信起来！"

庄晓波，2005年从昆山中学考入清华大学数学系，在一次基金发放仪式上，这个爱打太极的大男孩开玩笑说："陈伯伯的资助让我在学校食堂点菜时，再也不用看着价钱犹豫半天了。"除了经济上带来的改变，庄晓波告诉记者，陈伯伯对他的资助还让他坚定了以后要多助人，常怀爱心的信念，"陈伯伯给我们的不仅是金钱，更多的是智慧和爱。"

在采访的最后，陈桂祥告诉记者，他现在最大的心愿是孩子们能成才，最大的快乐是和他们在一起，"成就他们胜过成就我自己！"

一座城，一家人
——台商谢学焕的淮安情

李超

"携一人白首，择一城终老"。对于去过许多地方，到过许多城市的台商谢学焕来说，选择淮安作为自己投资兴业生活的地方绝非偶然。2011年，当他一踏上淮安这片土地，顿时就被深深地吸引住了：优美的环境、朴实的民众、热情的政府、完善的配套……这里正是他苦苦寻觅的兴业之地。他当即决定和淮安市经济技术开发区签约，把可宾复合材料有限公司从宁波迁到淮安来。2013年，他又不由自主地把全家迁到淮安来。

淮安也确实是谢学焕的福地，可宾公司在淮得到了突飞猛进的发展。"当初投资的1000万美金，现在回报给我的是全球最大的复合材料安全鞋头生产企业。"谢学焕说的没错，今天的可宾复合材料有限公司坐落在淮安市经济技术开发区南马厂乡开福路上，占地30亩，员工二百六十余人，年产高科技安全鞋头650万双，是全球最大的复合材料安全鞋头行业的龙头企业，鞋头全球最薄、重量最轻、强度最好，产品畅销欧美等海外市场，高端市场占有率达70%。

谢学焕一家三代七口，就生活在这家公司的厂区内。他的办公室在行政楼二楼西首，宽大的办公桌上有序地摆放着往来名片和公司样品，办公桌的对面是他的会客区，我们的交谈就是从那张中式茶艺桌开始的。出了办公室，穿过左手边的小走廊，就是谢学焕一家的客厅和卧房。谢家繁忙的一天，往往从客厅的餐桌开始，谢学焕边吃着早餐边和儿子、儿媳们谈着生产、销售。大儿子谢孟男是台湾高雄大学的化工硕士，和大儿媳都是搞材料研发的，现在在公司主抓生产。小儿子谢孟洋是高雄师范大学商学院的高材生，主要负责公司的产品销售。兄弟二人各司其职又默契合作，将公司打理得有声有色，这让谢学焕相当欣慰。闲暇的日子，他最喜欢的事情就是和老伴一起逗小孙女玩，小孩子不满两个月就被大儿媳带到了他们身边，成了在淮安最小的台湾人。含饴弄孙，天伦之乐，谢学焕一脸满意地说："这是我创业28年来梦寐以求的日子。"

回首创业路，谢学焕按捺不住诉说的冲动。1960年他出生于台湾新竹乡下一个清贫的理发师家庭，生活的清苦让谢学焕从小就养成了吃苦耐劳、勤奋好学的好品格。他18岁考入台湾科技大学机械工程系，29岁就成为Wilson网球拍台湾分公司最年轻的生产厂长。1989年，他借款40万台币成立可宾公司，1993年他单枪匹马闯美国Nike总部，以三寸不烂之舌赢得了Nike公司高管及设计人员的一致赞同，成功挖到了人生中的第一桶金：研发的复合面料被耐克Jordan13运动鞋采用，当年就盈利6000万台币。

2000年谢学焕来到大陆，在宁波投资建厂，可宾公司迎来发展的又一个春天。次年，他凭借着手里掌握的高端复合材料安全鞋头技术获得了和欧美高端鞋业巨头 Red wing、Wolverine、Uvex 等合作的机会。面对着源源不断漂洋而来的订单，谢学焕更加坚定了自己最初的想法："一辈子就做复合材料安全鞋头这一件产品，一定要把它做到世界最强最好。"

"曾经我以为自己会一直在宁波待下去，直到我遇见淮安。"有着产业转移需求的谢学焕在淮安市招商团队提供的保姆式服务下，按下了迁厂来淮的快进键：6月签约落地、9月工厂动工、隔年5月顺利投产。谢学焕至今还记得公司投产时的情景：公司的宿舍还没有装修好，办公楼还在施工中，公司的外墙都没来得及清理干净，而车间的机器却已经在不停运转中……一切，都有一种"相逢恨晚"的感觉。

可宾公司成功的秘诀在哪里？谢学焕一语道破天机："我坚信员工才是公司的核心资产，只有当员工和企业形成了'命运共同体'，企业才能真正获得发展。"

"企业是我家，发展靠大家"是谢学焕和员工们朝夕相处中形成的共识。常年经商在外，和家人聚少离多，陪伴他最多的就是员工。他把对家人的那份爱转移到了员工们的身上。公司员工的婚礼，他再忙也要抽出时间亲自到场道贺，并送上大大的红包；员工父母生病请假，他知道后第二天就赶去探望。他担心员工吃不好，公司的食堂从不外包，每月还要随机抽查员工餐饮满意度；为了让员工住得舒服，公司宿舍里配备了空调、淋浴、电视、洗衣机、饮水机等必需品，wifi信号也做到了全覆盖。财务处一位来厂工作五年的老员工告诉我，这些年来无论多忙，谢总都会亲自安排好员工的福利。每年中秋、春节，公司都会给员工发奖金，每两年还会组织员工赴海外旅游一次，读书会、篮球赛、技能比武等娱乐活动在厂区也是经常开展，员工们从来都踊跃参与。

付出总有回报，员工们和谢学焕结下了深厚的感情，都把公司像家一样看待，而谢学焕就是这个大家庭的大哥哥。无论他在不在公司、去不去车间，员工们都积极主动、有条不紊地工作。正是在这种"爱厂如家"的企业管理理念指导下，可宾公司创造了多年团队干部流动率为零，而产品平均合格率高达99.8%的骄人成绩。2017年5月和7月，公司又先后获得中国国家发明专利、美国国家发明专利，进一步巩固了在行业的科技龙头地位。

"公司发展到今天，赚钱早已不是我的终极追求，我身后的二百六十多位员工和他们身后的二百六十多个家庭，才是我最终的牵挂。"让员工看到奔头，让员工体面幸福地生活，就成了谢学焕事业发展的不竭动力。

来淮五年多，谢学焕对淮安的爱毫不掩饰："内心深处我早已把自己当成了淮安人，我的事业和家庭都在这里，我没有不爱她的理由。"当年从宁波来淮安，他给朋友们发短信告别说："我去淮安了。"如今他在朋友圈发微信说得更多的却是："我回淮安了。"从"去"到"回"，一字之更折射出了他强烈的自信心对淮安这座城市深深的归属感。

现在，他更愿意把工作之余的时间留给家庭。他是一个爱好广泛的人：旅游、钓鱼、骑行、打球……不忙的时候，他会和老伴一起去打打高尔夫，也会和两个儿子一起骑行到洪泽湖钓钓鱼，晚上一家人聚在一起偶尔也打打掼蛋、喝喝小酒，看到儿媳们点点手机就送来的外卖和包裹，他也会由衷地感慨大陆电子商务的兴旺发达。

2016年1月29日，谢学焕获聘淮安市台协会执行会长。上任一年多来，他把会员从68家发展到了138家，并成立了青年会、"追风"车队等活动团体。每次回台湾他都不忘向亲友大力推荐淮安，说起淮安的好他如数家珍：苏北重要中心城市、南船北马舍舟登陆处、壮丽东南第一州、大运河、洪泽湖、淮扬菜、《西游记》……淮安这座城市的文化与魅力，得到了谢学焕深深的认同。淮安的101%服务更是他每次必谈的话题："淮安对我们台商的服务是超越100%的，挂钩帮扶、上门服务，能想到的都替我们想到了，去淮安投资保证不会后悔。"

苏轼有诗云："日啖荔枝三百颗，不辞长作岭南人。"吃着淮扬菜，喝着"今世缘"，谢学焕和家人齐声表示"不辞长作淮安人"。

赤子心 故乡情

恽正平

　　余纪忠先生是我的二舅家表哥,他1910年4月16日生于常州,先后就读于武阳小学(今局前街小学)、东南大学附中、中央大学,1934年赴英国伦敦大学政经学院留学。其间,大哥两度投笔从戎,从军抗日。1948年9月,大哥举家迁台,婉拒官位邀约,在重重困难中创办四开油印小报《征信新闻》,筚路蓝缕,历经沧桑,终于发展成拥有《中国时报》《中时晚报》《工商时报》《时报周刊》等多种报刊和三大文化单位的庞大的中时报业集团。他以报纸作阵地,旗帜鲜明地反对"台独",始终不渝地为促进两岸交流、祖国统一鼓与呼,成为海内外备受推崇的报业巨子。

　　2002年4月9日,大哥与病魔搏斗了6年之后在台北与世长辞,享年93岁。时至今日,每每忆起大哥生前崇文重教、心系祖国、情系家乡所做的一切,我心情激动,充满敬意,大哥委托我主办的造福桑梓、泽被家乡的一件件实事也像过电影一样浮现在我的脑际。

寻根

大哥出生于书香门第、爱国世家。忠孝传家，慎终追远的中华美德和情怀始终在他的胸中涌动。由于历史的原因，两岸阻隔，音讯全无。及至20世纪90年代，随着两岸关系逐渐解冻，大哥的寻根情节愈发强烈，一则曲折艰辛且近乎神奇的寻碑故事由此展开。

常州余氏祖茔位于北乡史古庄，惟毁于20世纪50年代，余氏历代祖宗墓碑竟不知所终。其后经常州亲友多方奔走，仍遍寻不着，大哥为之"寝食难忘"。我在常州市台办及时任当地大队书记的我的老学生许君的大力协助下，会同史古庄当地负责人、村干部、守墓人及老农等，于原墓区作地毯式搜寻，终于在一农舍后觅得余老太爷之原始墓碑。虽经82年风吹雨打，烟熏油污，但墓碑本体尚称完好，仅略有缺角而已。特别难得的是墓碑上所刻"显考幼舫府君之墓"及"余男纪忠敬立"等字迹依然历历在目。一向侍亲至孝的大哥在获悉这一奇迹般的发现后极感欣慰，并以"实为始料不及"为这一段人子寻根、感人肺腑的故事划上了一个句号，也为常台情深留下了一段佳话。

余老太爷墓碑寻获后，于当年（1994年）2月3日运抵并暂厝我的家中，我家专门腾出一室，布置妥贴，安放墓碑。大哥随即派遣他的二公子余建新赶抵常州，代表双亲向墓碑祭奠，他十分激动地表示："父亲4岁丧父，好辛苦！好辛苦！我第一次回家乡，就见到祖父墓碑，真是天意，天意！"说着，向我和内人行大礼。3月10日下午，电话铃声响起，海峡彼岸终于传来了相隔将近半个世纪的亲切而凝重的声音，大哥深表欣慰之后，随即委托我主办两件事，一是筹建余氏佳园（墓园），二是筹建"常州市华英文教基金会"。4月1日，大哥来信要求"公墓位置务希多留空间，余氏子孙不论身在何处，总希叶落归根，心系祖国也。"4月26日，大嫂余蔡玉辉女士专程抵常，亲临凤凰山公墓实地勘察，几经评估，乃选定朝阳墓区特区一号作为筹建余氏佳园墓地之用，并由台湾久负盛名的赵沛明建筑师本着大哥"朴实大方之原则"与"融合自然之构思"进行设计。在当地政府大力支持下，营建墓地的人员冒着酷暑全力施工，使余氏佳园于1995年1月7日全部完工，一座依山逐势、屈曲迂回、花木扶疏、错落有致的纪念性园林浑然天成。是年4月21日，大哥、大嫂率子女抵达我家中，向暂厝的老太爷幼舫先生墓碑行礼致祭，在虔诚肃穆、香烟缭绕之中，余氏家庭成员恭立在墓碑前追念哀思。两天后，4月23日上午老太爷的墓碑在大哥的两位公子护送下请抵墓园安放，余氏家庭在此举行了庄严肃穆的祭拜仪式。大哥几十年来念兹在兹、寝食难忘、为人子之孝思终于在此时此刻功德圆满。

育才

大哥出资100万美元（后又增资25万美元）委托我筹建"常州市华英文教基金会"，我深感责任重大，随即向常州市委、市政府领导做了报告，市领导对此给予高度赞赏，表示大力支持，指示"特事特办"。并指出："余氏佳园"是根，基金会是两岸交流交往的纽带，希望我不负重托，尽最大努力做好。大哥亲自拟定创立基金会的原则，审定章程，并为基金会取名"华英"，意在把基金会的宗旨定位于培育中华英才。基金会由大嫂余蔡玉辉女士亲任理事长（2004年改任董事长），其二公子余建新先生任理事（2004年改任副董事长），并委派我出任常务理事兼总干事（2004年改任常务董事、管委会副主任），主持基金会工作。基金会成立大会于1994年8月28日举行，省、市有关领导出席，余建新先生专程来常出席，为基金会揭牌并讲话，"华英奖"首次颁发，由此开启了奖掖家乡子弟、培育中华英才的"华英之路"。

在大哥1995年4月的第一次返乡之旅的行程中，他特地安排时间，亲自主持基金会工作简报会。会上，他动情地说："我不能忘记故乡父老的培养教育，不能忘本，现在应当回馈乡里，造福桑梓，为家乡尽点力。"他还说："各种事业都要有一个根，这就是教育。教育要搞好，必须打好基础，从基础教育抓起。"他即席题词："属望吾乡子弟德智兼修，奋发精进，期成未来建国人才。"基金会依据本会章程设立了三个奖项，即奖励优秀应届高中毕业生进升大学本科深造的"华英奖学金"，奖励品学突出优异的高中学生的学生"华英奖"和奖励实绩卓著的中小学教师的教师"华英奖"。为了弘扬尊师重教、尊老敬老的传统，基金会又决定在每年春节慰问退休中小学教师。为了保证基金会的宗旨、章程和颁奖办法落到实处，理（董）事会聘请常州市及有关部门领导出任基金会顾问，聘请具有敬业奉献精神、德才兼备的教育界资深人士组成评审委员会。基金会在工作实践中逐步形成了"严肃认真、客观公正、民主科学"的评审准则和"敬业、清正、严谨、热诚"的工作作风，以及注重教育，催人奋进的颁奖激励机制，尤其是"华英奖学金"的颁发形成了"跟踪考核，严格评审，逐年颁奖，重在激励"的具体操作模式，增添了评审工作的活力，激发了获奖学生自强不息的动力，成为基金会工作的一大特色。1995年5月，大哥伉俪第二次返回故乡，又抽出时间会见本会同仁及获奖学生代表，听取他们的汇报发言，赞誉勉励有加，大哥爱才、惜才、育才之心于此可见一斑。这次返乡，大哥、大嫂还专门挤出时间到常州市少年宫观赏天鹅少年民乐协奏团演出，并于同年邀其访台，亲自宴请这批小客人，真诚"欢迎家乡来的天鹅们"，为两岸交流添一亮点。尔后数年，基金会寄给大哥的工作简报，他总是拨冗仔细阅看，对获奖师生的优秀事迹和他们在颁奖大会上的发言，时有来函加以勉励，评价为"笃实诚恳而有抱负，於心甚慰"，从这些"名师"和"英才"身上，大哥仿佛看到了复兴中华的美好未来。

大哥对家乡的经济、社会、文化建设也一向关注，一往情深。1998年11月，时报基金会依照大哥的指示，邀请组团访台，由时任常州市副市长杨大伟先生率团前往。2002年9月大嫂秉持大哥遗愿，再次邀请组团访台，由时任常州市副市长周亚瑜先生率团前往。两次访台，参访团与时报基金会进行了交流活动，拜会台北武进同乡会，并在台北、台中、高雄等地参观访问学校和文化设施，收获颇丰。在第一次组团访台时，大哥为家乡基金会增资25万美元，并另拨专款以其二公子余建新先生的名义在常州购买房产，作基金会办公和开展小型活动之用。大哥的深情和远见让我感佩。

大哥炽热的爱国情愫和培育英才的殷殷期盼深深打动了我、感染了我，我深切意识到做好基金会的工作不仅是一般意义上的奖励优秀师生，而且关乎促进两岸交流交往，增进两岸同胞的骨肉情谊，培育建国英才，复兴中华民族、共圆"中国梦"的伟业。这也是我一直以来自勉要尽心竭力做好基金会工作的动力，促使我下决心把办好基金会这一份沉甸甸的重任担当起来。

传承

2002年4月9日大哥去世。当年6月12日大哥的骨灰由大嫂率子女及中时报系同仁护送回常，奉厝天宁寺。国台办及省、市领导敬献花篮，市领导及我市各界人士前往吊唁。6月15日大哥的骨灰奉安"余氏佳园"，大哥的母亲即我的舅母储太夫人的骨灰一并迁葬于此，长眠于祖国母亲的怀抱。大哥生前素爱黑松、翠柏、红枫，曾函示："数年之后，郁郁葱葱，一片成林，余氏佳园之内拥有宁静、肃穆之气象，则深所望也。""有几株红枫更好。"待到大哥魂归故里时，"余氏佳园"果然苍松翠柏，浓郁葱茏；万碧丛中，一抹红枫；秀竹挺拔，曲径蜿蜒；绿草如茵，亭台雅致。大哥之夙愿终成现实，也为大哥的赤子心，故乡情留下一个美丽的注解。

大哥去了，家乡人民并没有忘记他。无论当他百岁诞辰纪念、逝世十周年祭扫，或者大哥每年的逝世纪念日，亲人和家乡领导，民众和华英学子都会怀着崇敬的心情前往祭扫，寄托哀思。大哥走了，他的"华英"情结仍在传承，他的"华英"事业仍在继续。2002年6月14日，大哥的骨灰奉安"余氏佳园"前夕，大嫂率子女及中时报系同仁一行视察了基金会，关切询问基金会的工作,并观看基金会图片展,共同缅怀大哥创办基金会走过的历程,感慨万千,并寄语未来。余建新副董事长继承父愿,继续为两岸的交流交往尽心尽力,继续为家乡的建设和繁荣献计献策,继续关心、支持基金会各项工作的展开。2003年他提议并全额资助,开展了"新西兰游学营"活动,来自常武地区12所高中的15名优秀学生参加游学营,从1月28日到2月14日赴新西兰进行了17天的游学之旅,同学们普遍反映,这次游学见了世面,长了见识,是"全新体验",将"终身难忘"。2009年4月2日,在大哥百岁诞辰纪念活动的间隙,他拨冗与获奖师生代表见面,并决定从2009年起,每年10月另拨2万美元用于提高奖励额度。

2014年3月5日,在迎接基金会成立20周年到来之际,余建新副董事长特地到我家中亲切探望叙谈,并会见常州市教育局局长、常州市华英文教基金管委会主任丁伟明先生及基金会同仁代表,宣布基金管委会班子调整,承诺再增资50万美元,鼓励大家把基金会得更好。自此,我除继续担任常州市华英文教基金董事会常务董事外,在管委会改任名誉主任,淡出一线工作。

2014年8月2日,余建新副董事长专程来常参加常州市华英文教基金创设20周年庆祝大会暨2014年颁奖大会,并讲话。他真诚地评价说:"在家乡各界小心爱护、辛勤灌溉下,先父当年播下的一粒种子,如今已枝繁叶茂,花坛锦簇,足堪告慰先父当年的殷殷期盼,同时也为培育中华英才做出了最有利、最直接的注释。"他还动情地说:"在这里,我特别要感谢基金会名誉主任恽正平先生,为基金会打拼了20

年，以会为家，任劳任怨，即至今日，年事已高，朝思暮想，念念不忘的还是华英基金会的大小事务。家父提供了一片土地，是恽叔叔把它打造成了一个美丽的花园。恽叔叔，谢谢您。"说着，他把获奖学生代表献给他的鲜花转赠给了我。

2016年3月30日，余建新先生再次来到我家，同意我因年事已高（90岁），请辞基金董事会常务董事的要求，改聘为荣誉董事，管委会名誉主任。同时决定由恽飞担任董事，蔡月新、恽黎担任管委会副主任。这样由年轻优秀的后来者接棒，使基金会事业得以稳定、健康的发展。

经过二十多年的辛勤耕耘，大哥创办的华英基金会硕果累累，迄今已奖励优秀师生及慰问退休中小学教师计5053人次，奖助金额计803.08万元，获得了常武地区各级领导的高度肯定、社会各界的广泛赞誉，称道华英基金会是沟通海峡两岸的一座"桥梁"；基金会的评审工作是一片"净土"、一台"天平"，常武地区的广大中小学教师和高中学生也十分看重"华英奖"，认为体现了荣誉和品位，含金量高，获奖不仅是经济上的惠及，更重要的是精神上久远的激励与铭记。我深知，这些评价是对我们工作的鼓励和鞭策，"华英"的工作还有许多不足，还有很长的路要走。基金会事业是面向未来、洒满阳光的常青事业，让我们如余建新董事长所说的那样，"凝心聚力，精勤惕励，为中华民族的下一个20年、100年共同谱下最深远的期许，最美好的祝愿"，也为常台两地的交流交往再谱华章。

宝岛归来话情谊

陈洪玉

相隔整整九个月,我又一次踏上了宝岛台湾。

8月的台岛,骄阳似火,赤日炎炎,蝉虫痴鸣,树草疯长。然而,比大自然更"热"的是台湾的人。从国民党的元老、企业的老板到媒体的朋友,无不对大陆尤其对淮安表现出了高度的关注,让我们被热情所包围,被真情所感动,为友情所陶醉。

一

我们这一次台湾之行,一个重要的任务是召开新闻发布会,宣传宝地淮安,推介台商论坛,让淮安深入宝岛,让台资涌入淮安。

2010年8月16日上午11时,"第五届台商淮安论坛台北会前记者会"在风景如画的君悦大酒店如期举行。

会前十分钟,应CCTV国际频道记者陈曦的邀请,到大厅接受她的专访。我还未站稳,一大批记者蜂拥而至。大小不等的摄像机、"长炮短枪"的照相机、有形无形的录音机统统对准了我。这种场面我在电视上见过,但毕竟没有亲身经历过,有点激动,有点兴奋,更有点紧张。但是,面对不停闪烁的镁光灯和来回推拉的镜头,我很快意识到镜头聚焦、对准的不是我个人,而是我们淮安,淮安的文化、淮安的智慧、淮安的发展、淮安的未来,是淮安一万平方公里的富庶大地,是540万勤劳智慧的父老乡亲。想到此,我充满自豪,格外镇静。

陈曦首先提问:请问陈市长,为什么有这么多台商相中淮安?我回答说:淮安是三块宝地:成本洼地,各种规费、水电气价格、劳动力成本全省最低;服务高地,政府高效、廉洁、诚信、团队,为客商提供101%的服务;投资福地,生态环境优美,治安环境良好,人文环境文明,宜商宜居,生福生财。

有记者问:淮安对台资企业有没有优惠政策?我说:在遵守国家政策、法规的前提下,根据企业的规模、质量和贡献大小,我们会给予一定的优惠,有时甚至一企一策、一事一议,一定让来淮安投资的老板有利可图。

又有记者问:淮安的社会治安是什么样的状况?我回答说:人的第一需求就是安全,包括人身安全、财产安全、食品安全等等。我们淮安民风淳朴、社会和谐,加之基础扎实、防范有力,虽不能说夜不闭户、路不拾遗,但可以说是小心为好,担心多余。

记者兴趣盎然,提问不断。不知不觉已经超时,见面会的主持人非常礼貌地劝阻了大家。

记者会由台湾"中国广播公司"著名播音员赵婷主持,完全按照台湾惯例进行,形式多样,轻松活泼。我作了约20分钟的主旨发布,除了记者来来回回摄像、照相以外,会场鸦雀无声。中央电视台、中国新闻社、"中央通讯社"、东森电视台、中天电视台、《中国时报》《中华日报》《联合报》《中国网络电子报》《环球邮路网络报》等30多家媒体记者前往参加。

会后举行招待午宴。整整两个小时，我没有发现一个记者离场。真的好感动，由衷地感谢所有传统媒体、新兴媒体、岛内外媒体的朋友们。特别感谢东森电视台的陈立元副总经理和姚静宜总监，从方案策划、媒体邀请到会场布置等等事务全是他们包下了，而且是无可挑剔的。

二

17日下午，冒着滂沱大雨，迎着飞溅的水花，我们依约来到了国民党荣誉主席吴伯雄先生的办公室。

刚进门，老先生穿着传统的对襟白布衬衫就迎了出来，一一握手，连声说："欢迎，欢迎。"落座以后，没等我们开口，他就说：对不起，我不知道你们着正装，穿得随便了点，请原谅。听了这话，我们拜见这样一位长者、一位大家，原本紧张的心情一下子就放松了。老先生七十有二，精神矍铄，谈吐超群，眉善目慈，平和可亲。我们报告说是来自淮安，他说：淮安我知道，那里有大运河，是周恩来的家乡。我们介绍了淮安的历史、现状，特别介绍了台商在淮安投资的情况，老先生关切地问：有哪些企业在你们那里投资？我们一一作了回答，他听了很高兴，说：经贸打头，两岸合作，发展经济，互利共赢，是我们唯一正确的选择。ECFA的正式签订为两岸的深度合作又打开了一扇大门。对有些东西我们要求同搁异，暂时不一致的地方用时间、用中华民族的智慧去慢慢解决。

原计划20分钟的会见进行了四十多分钟。伯公差人拿来了一本画册，慢慢地说：2009年我70岁，有人劝我出一本回忆录，我以为太早，不可能真实，就收集了一些照片出了这本集子。他随手写下"洪玉市长雅正 吴伯雄 2010.8.16"，并双手捧着递给我。此时此刻，我们在场的每一个人都被他老人家的人格、人品的魅力所折服、所倾倒。

临别前，我送了他一瓶江苏今世缘酒业集团刚刚研发生产的国缘V6酒，他捧在手中反复端详，连声说：好酒，好酒！我们告诉他：今世缘的文化创意是"今世有缘，今生无悔"，他连连点头说，世上万物都是缘份，人与人、地区与地区、国家与国家都要友好相处。比如我们今天见面就是缘份，有机会我一定到淮安看看！

他谢绝了我们的劝阻，把我们送到了楼梯口，一一握手道别。

三

"结识新朋友，不忘老朋友。"在台湾的几天里，我们整天马不停蹄，到处走"亲"访友。

台玻集团下属的实联化工有限公司是在我市注册资本最大的台资企业，林伯实先生既是集团的掌门人，又是实联的大老板。8月15日下午，林先生去看望了94岁高龄的老父亲以后匆匆赶来接待我们。坐下来一看，还有他邀请的几位有意来大陆投资的朋友。我们参观了雄伟壮观的台玻大厦，浏览了林林总总的台玻产品，看望了我市驻台北经济联络处的工作人员。在座谈会上,我介绍了淮安有关情况,邀请嘉宾来淮安投资。没等我话说完,伯实先生就插话说:"我是淮安荣誉市民,淮安是我的家乡,欢迎大家到我的家乡来投资开办工厂。"几位朋友哈哈大笑,流露出了真情,流露出了实感,流露出了友谊。

敏实集团创建于台湾,发迹于大陆,走红于国际,是覆盖中国和北美、泰国的汽车零部件航母旗舰。听说我们到了台湾,秦荣华主席特意从厦门赶了回去,相约见面。临近傍晚,雨过天晴,汽车爬到阳明山的半山坡,终于停了下来,我们沿着栈道拾级而上。郁郁葱葱的树木,绿茵如画的草坪,争奇斗艳的山花,群起群落的鹭鸟,花枝招展的蝴蝶,亦真亦假,亦梦亦幻,亦信亦疑。其实,这是秦先生的私人庄园,在约400平米无人居住的别墅里,秦先生带着一大帮工商界朋友设宴款待我们。觥筹交错、谈笑风生之间,我把淮安狠狠推介了一番,大家听得心驰神往。其间,有一位老板产生了怀疑,突然发问:市长,你说的是真话还是假话?我正准备回答,其中一位先生站起来说:我悄悄去淮安考察过,淮安人不讲假话,说话是算数的,请大家相信我!顿时掌声一片,不约而同地高高举起了酒杯。

这里,我还要提到一位老朋友——台湾工业总会副理事长、工信集团总裁潘俊荣先生。上次赴台,我专门拜访了他,一见钟情,相见恨晚。这次到台,因为安排实在太紧,我们未能谋面。但是,我在台湾的每时每刻、每日每夜都感受到了他的帮助、照料。在台北、在花莲、在台东、在高雄,他都嘱人安排我们的吃、住、行,还特别要求组织当地的企业家和我们见面、交谈，为淮安的招商引资牵线搭桥。

情，是友情；谊，是交情。我个人认为：世间相处，友谊为重；结交朋友，感情自有。扁平的地球、开放的世界，广交朋友、善结良缘，对你、对我、对一个单位、对一个地区都是有益无害。如果我们淮安在台湾没有那么多的朋友，没有那么多真情实感的投入，能有"苏北台资集聚新高地"的今天吗？

2010年8月23日夜

恋恋乡情
——顾氏兄弟的故乡情怀

盐城市台办

有这样一个人，在 20 世纪 70 年代后期，就用自己独特的方式，从海峡对岸，遥寄着自己的情思：每到农历春节前夕，他都会安排一个人，携带款项，绕道香港，来到广州，把一笔笔数目清楚、受助人明确的美元和戒指项链，交给一位从家乡来的亲戚手中，再由他奔波数日，往返上海、南京、盐城、阜宁、射阳，把这一笔笔寄托着祝福和思念，更寄托着游子心声的金钱和首饰，分送到近百位亲属手中。这样近乎于地下工作的秘密活动，持续了十多年，直到进入上世纪 90 年代。

20 世纪 80 年代末，两岸坚冰开始融化。他那颗漂泊已久的心，有了一种冲动，回乡的愿望在他的心底不停地鼓荡。他要回乡看一看，看一看久别的故乡，看一看那生于斯、长于斯的故土。1990 年 7 月，他终于要实现自己蕴藏已久的愿望了。回乡之前，家人还是有顾虑。他对家人说："我们要回去。回去，也只谈现在不谈过去，只谈感情不谈是非，只做活人事，不做死人事。以往受父老乡亲的关心照顾，一定要感恩报德。"他的话，让家人在思想上有了统一的认识。在 1990 年 3 月,他率领着在台湾和在国外的兄弟儿孙三十余人,乘着回乡探亲的大潮,飞过台湾海峡,走过罗湖口岸,来上海、去南京、回盐城,每到一地,都在寻访多年未见,却又血浓于水的亲情、乡情、友情,寻访在困难的岁月里,曾给予他和他的家人以帮助、救助的亲戚朋友。当他带着家人回到阔别四十多年的故乡射阳县通洋乡的时候,他的心再也不能平静。他看着熟识而又陌生的故土,难以抑制心头游子的悲怆,哭倒在村头。少小离家老大还。岁月悠悠,物是人非,乡音未改,鬓毛已衰,乡梓童稚真正是"笑问客从何处来"了。

这依旧是他的故乡。他依旧认得进村的路,仍然可以不用人带领,就走到自己的家门前。许多的亲邻仍然住在河畔、桥旁、柳树下,那些都是留在脑海里和睡梦中的印记,很多未曾改变。印象中高大宏伟的建筑,仍旧耸立在离村五里的街头,只不过远没有印象中那么壮观,寻找半天,才发现它不过是一幢砖墙瓦房。他来到曾经就读过的小学旧址,寻访曾经教过他的老师。但老师已经故去,学校也已撤销,他只能在老师的墓前鞠躬致敬,表达怀念之情。他在故土的巡访中发现,村办企业缺乏管理人才,农业生产仍旧延续着落后的经营方式。引起他更多感慨的,是许多农村少年失学在家,无法继续上学深造,身无一技之长,不是南下打工干着粗活,就是无所事事地在村头游荡。他的心再也不能平静。他要为故乡做些事情。他要为故乡的容颜,为故乡的美丽,为故乡的人们,尽一分心,尽十分力。他敦促自己尽快行动起来,让故乡成为那一个桃花盛开的地方。

他与当地政府交流时，提出了自己的构想。他要发挥自己的特长，多建一些学校，为家乡培养有用的人才。他深知只有发展教育、培养人才，才是农村摆脱贫困走向富裕的当务之急。县乡领导说到建学校、办教育，经济上有些困难，他当即表示，为了家乡的发展，他愿意捐资办学，捐资额是950万。分别在盐城市的滨海、阜宁、射阳、盐城城区，创办四所明达高级中学，在阜宁的益林镇和射阳的通洋乡创办两所小学。他还有个设想，他要创办一所大学，让家乡千千万万的学子，能够学上一技之长，为农村、为社会、为国家，贡献自己的力量。他，就是台湾醒吾中学、醒吾技术学院的创办人——顾怀祖先生。

捐资办学是顾家的传统。早在清朝光绪年间，顾家先祖就曾经在阜宁捐资创办过明达学堂。到了宣统三年，明达学堂改为官办的明达中学。是盐阜地区较早的教育启蒙先驱。当时的江苏提学使陈伯陶还赠送了"灌输文明"的扁额以示表彰。

顾怀祖先生少年时代就读于怀安师范学校，后考入国民党青年军官学校。从青年军官学校毕业后参加了国民党的青年军，在抗日的烽火中走上战场。1949年到台湾后因生活窘迫而退役，开始了一段艰难的打拼历程。他种过菜、养过鸡、卖过旧衣服，在街头打了好几年烧饼。他用这些艰辛劳作获取微薄收入，供养一家人的吃穿用度，支付两个弟弟和儿女一代的学费。没有住房，他就在街头搭起一间小小的属于违章建筑的住房，一家七八口，祖孙四代，就生活在这狭小的空间。但他的心，却没有因此封闭狭隘。艰难的生活，让他有了更多的人生思考，有了愈挫愈勇的气概。在多年经营过程中，他深刻地体会到，要办好企业，让企业兴旺起来，就需要有人才。国家富强，需要有人才；靠土地生存的农民要富裕，更需要有人才。没有人才，一切就只能是空中楼阁。他想起先祖曾经捐地捐钱办教育，致力办学的想法，渐渐地在他的心中明朗起来。1963年，他开始了人生的一个重要选择，迈出了教育创业的第一步。他在台北县林口地区开办了一所高级中学——醒吾中学。到了1965年，他又在醒吾中学旁边，创办了醒吾商业专科学校。多年来，两所学校为当地社会培育了一大批学有所长的有用人才，为经济社会的发展，做出了不小的贡献。

顾怀祖先生在故乡时，对家乡的领导说："我小时候在这里生活了十多年，喝的是射阳河的水，吃的是这里长出来的粮食，受的是这里老师的教育，我不会忘记生我、养我、教育我的故乡故土。"他还说："人有钱的时候，不能只想着赚钱做守财奴，还要学会用钱。提到怎样用钱，想要做的第一件事情，就是回故乡看一看，为故乡做一点贡献。"他想做的贡献，就是要为家乡捐建几所学校。建这些学校，不是为了投资挣钱，而是要真诚地回报这块土地，回报这块土地上可亲可爱的人们。他的决定让许多人吃惊。因为捐助的款项非常大，而他却不要任何回报。有人问他："人家回大陆投资不是办工厂，就是搞贸易，这样总可以赚点钱。你却贴钱给人家，就不要一点回报？"他说："怎么没有回报？我这是在继承顾氏家族兴学办教的传统。办起几座明达学校，延续先祖办明达学堂的传统，这就是莫大的回报。我还要在家乡从幼儿园办起，办几所小学，办几所中学，然后再办起大学。"

顾怀祖先生豪情满怀,他想在这片梦牵魂绕的土地上,形成系列化现代化的学校教育体系。

家乡的各级领导积极支持他的想法,及时划出土地,配备资源,为他的宏大计划能够尽快实现,创造了各种有利条件。

回到台湾以后,顾怀祖先生不仅把捐助的款项迅速地汇回家乡,还热切地关注着学校的建设情况。与此同时,他又资助了许多无钱回乡探亲的退伍老兵,为他们解决回乡的路费。他深切地感受到,一个人,无论漂泊多远,时间多么漫长,故乡仍是他灵魂的寄托,是心的依靠。没有了这些寄托和依靠,心底里总显得空虚迷茫。恋恋乡情,时刻萦绕在顾怀祖先生心间。

就在几所明达学校破土动工的时刻,顾怀祖先生于1991年7月7日,在台北的家中,突发心脏病猝然辞世。他在遗嘱中嘱咐胞弟顾建东和顾怀祐,要继续完成捐资办教育的事业。为了落实他的遗愿,顾建东和顾怀祐先生从台湾赶赴大陆,回到家乡,继续实施捐资办教育的计划。

射阳县明达中学、阜宁县明达中学、滨海县明达中学、盐城市明达中学相继建成以后,顾建东先生又把目光放在了创建现代化幼儿园、现代化双语小学和现代化大学的计划上。他要在这里实现他"十年树木,百年育人"的教育理念,引进优秀的教育模式。

在创办醒吾中学时,顾建东先生就是醒吾中学第一任校长。他秉承哥哥顾怀祖先生倡导的"忠诚勤和"的校训,在醒吾中学的教学中,营造出一种和谐健康、积极向上的氛围,让每一个从醒吾中学出来的学生,都养成一种"永不放弃，永远精进"的特质。他要让学生体验到，"上学永远是一件快乐的事情"。他的一些先进的教育理念，落实在他的治教实践中，使得醒吾中学成为一所没有围墙、没有大门的学校。调皮犯规的学生，从不轻言处罚，或者推向社会。他以为，学校本来就是育人树人的地方，把不好的学生教育成好学生，这才是教育的本质。这使得醒吾中学和醒吾技术学院在创办的几十年里，为社会提供了数十万名优秀的人才，得到社会和当地政府的赞誉，成为私立学校的翘楚。

在四所明达中学和两所小学建成后，国家放宽了对民办学校的限制。他先是和弟弟顾怀祐共同出资550万元，创办了设备现代化，管理科学化，教学优质化，面积达5200多平方米的射阳明达幼儿园，于1995年建成并正式开学，接收学生。报名当天，几百个名额就已经爆满。

接着，顾建东先生又去北京，去南京，多次奔赴国家教育部和江苏省教育厅，申请创办民办的明达大学。由于当时国家的相关规定，明达大学只能先挂靠在扬州一所大学名下，校址却仍然放在顾氏兄弟的故乡射阳县海通镇。这一举动令人震惊，也令人感慨，这块偏僻的土地上，从此有了自己的大学。当地政府对明达大学寄予了殷切希望，不仅拨出大片的土地，还在各方面给予大力支持。顾建东先生拿出一个亿，为明达大学的创建工程奠定基础。只用了一年时间，就完成主体部分的建设，1996年秋天，明达大学开始招收新生。大学办起来了，顾建东先生似乎可以松一口气，告慰大哥顾怀祖的在天之灵。可顾建东先生仍然没有放弃对办学建教的浓厚兴趣，他又将目光放在了更高的目标上。1997年，他又投资创办射阳县明达双语小学。这所学校是射阳县第一所寄宿制民办学校。在1997年春天动工奠基的那一刻，顾建东先生特意从台湾日月潭带来一壶水和一捧泥土，倾倒在这块即将破壳诞生的学校地基上，默默地祝愿这所学校，能够为国家培育出栋梁之材。现在这所学校在当地名闻遐迩，他们以独特的教学方法、全优的教学模式、优秀的教学成绩，赢得社会各界的赞誉和家长们的青睐。每到开学报名的时候，学校的校长都要躲起来，把手机关掉，因为想上这个学校的学生太多，名额却太少了。

1999年3月，国家教育部批复《关于同意建立民办明达职业技术学院的通知》以后，顾建东先生再次将大笔资金，投进这所他为之操劳多日的大学。现在，明达职业技术学院已经完成投资2.5亿元，设立了经济贸易、信息工程、机电工程、旅游、外语、艺术六个系，二十多个专业，在校学生三千余人。整个校园已经成为黄海边上一道亮丽的风景。也就在这一年，国家发出开发西部的战略决策，顾建东先生又率先从台湾组织一个经贸教育考察团，奔赴祖国西部考察。他依旧是延续顾氏家族的传统，主要关注西部的教育状况。在甘肃兰州考察时发现，这里的职业技术教育还比较薄弱。他当即决定，在兰州设立明达职业技术学院兰州分院，开启了台资在甘肃创办高校的先河。

在创办学校的同时，顾建东先生开始创办实业。他让弟弟顾怀祐和侄子顾大义回到大陆创办经济实体。由此就有了一个横跨东西部的富安百货公司。在上海，在重庆，在四川，在江苏，富安百货创造出的经济效益，又用来反哺顾氏家族的教育事业，实现了顾怀祖先生回乡时对乡老父老的践言："我到家乡来做事，只能讲回报，绝不谈赚钱，今后办学校也好，开工厂也好，如果有盈利的话，我也决不拿一分钱，照样投资家乡办事业。"

在顾怀祖先生率领全家回大陆探亲，于上海举行省亲招待会与亲朋故友相见的时候，曾经对众人说："有家乡子弟，故友亲戚，需要出国深造的，顾家愿意担保资助。"这在上世纪90年代初，无疑是一个振奋家乡子弟人心的消息。十多年间，顾家共为一百多位学业出众的子弟担保，并负担路费和第一年的学费、生活费。有一位万姓学生，在美国取得博士学位，并担任美国一所大学学院的院长，开华裔之先，曾经获邀请参加国庆观礼。几年前回乡探亲，他特地找到顾家，拿出一笔钱，说是来还债的。顾建东先生已经忘记曾经捐助过这样一位学生，愕然半天，才知道自己曾经放出过这么一笔"债务"。他笑着拒绝万博士的金钱，却又为他的真诚而长久感动。他说："要还债，你就还给那些需要你帮助的人吧。"顾建东和顾怀祐兄弟，一提起这件事，都津津乐道，把这类事当成他们莫大的成就和至高的荣耀。更多的受到他们资助的留学生，用他们的知识和智慧参加了祖国的现代化建设，有的已经成为有名的学者和科学家，有的则在科学领域和国际经贸中发挥所长。

2000年夏天，射阳县第二所民办小学——射阳县国际外国语学校破土动工。顾建东先生专程从台湾飞抵射阳。在明达双语小学全体教职员工大会上,顾先生激动地说:"我为你们有了竞争对手而高兴。因为孩子们又多了一份选择,因为你们又多了一份'生于忧患,死于安乐'的意识。"他明确表示:"经济上,我做你们的坚强后盾,矢志不渝;教育上,你们应该做我的有力保障,持之以恒。"

在弟弟顾怀祐和顾家上下以及熟悉顾家的人嘴里,顾建东先生是个"最穷的富人,最忙的闲人,最烂的好人"。说他"最穷",是因为他身无值钱之物,手表、戒指、手机、车子、房子全都没有,可他动辄就能调动大笔资金,为家乡办学校,说他"最忙",他已经是不再担任任何职务的退休闲人,却经常为各地的学校做咨询当顾问。美国、日本、韩国、东南亚各地,对他的邀约连续不断,他却每年数次组团回大陆考察,以促进两岸交流、祖国统一为己任。祖国大陆有去台湾的考察团,只要他在台湾,就常常会出现在接待现场,为考察团做各种指点;说他"最烂",是因为他不管什么事,只要有人请求,他都想揽过来尽一份力,却不管自己有没有这个能力。他这个好人当得让家里人觉得特别累。顾怀祐先生无奈地说:"我这个四哥呀,净给我找事情做。"

顾怀祐先生扳着指头说:"在盐城,我们已经捐助了盐城明达中学、阜宁明达中学、滨海明达中学、益林明达小学、射阳明达小学、射阳通洋明达小学、滨海长兴小学,又投资了射阳明达双语小学、射阳明达幼儿园、大丰明达幼儿园、明达职业技术学院,现在的摊子已经很大。他老人家倒好,又在西部的兰州搞了分院,还要在上海建一所大学。手里直接管理已经有了四所学校,他还不满足。不满足你自己去干呀,可他把在上海松江区的校址圈好,留下的事情,就叫我去做了。"顾怀祐先生带着似嗔似怒的神情说着。在他眼里,正因为有了大哥顾怀祖的遗嘱,才有了现在的明达系列学校。而有了四哥顾建东揽下的"烂事",才有了他不辞劳苦地在大陆的四处奔波,管理着的这一系列学校和富安公司。

顾怀祐先生笑着说:"这也难怪我四哥。当年射阳县王县长曾跟我四哥说,'你们捐钱办学校固然了不起,但是更重要的,还是要自己办学校,把你们积累的办学经验也献给家乡,才是更大的贡献。'王县长是个好人,了不起,他说到了点子上。他是要我们把好的教育模式带过来。好,我们就自己办起来,带过来。"

在明达学院校园里,地面上看不见一丝杂物,不见一片纸屑。才用过饭的饭桌干干净净,饭堂的地面没有油腻。顾怀祐先生说:"刚开始,我没有要求学生们做什么。我只是不停地去拣地上的杂物,把拣起来的垃圾放进垃圾箱。我跟学生讲,台湾的醒吾中学没有工友,所有事情都是学生和老师做。不是没有钱请工友,而是要培养学生形成好习惯。包括卫生间。我敢说,学校卫生间的清洁,可以和星级宾馆的卫生间比。醒吾中学没有大门,学校的走廊里挂的全都是名家字画,可就没有一幅被偷走的。玻璃也没有被打坏过。在这里,刚开始的时候有学生上网整夜不回,我每天晚上就去学校周围的网吧看。好啊,你喜欢上网,我就在学校里办网吧,费用比外面便宜,还干净安全。现在再去外面的网吧看看,已经没有我们学校的学生去了。学生不懂什么是金钱，不知道节俭，好啊，我就带你去看，去贫困家庭访贫问苦。那些家庭盖的被子破破烂烂。学生看了以后，有的当场就哭了。回来后几个同学商量，自己筹钱买了被子送过去。好呀，学生晓得了什么是贫困，晓得了金钱是怎么回事，晓得了要帮助贫困穷人。这比说什么都有用。什么是言传身教？这就是了。这里原来有几个小食堂，我叫学生勤工俭学，刚开始没有学生愿意干。家庭贫困的学生还特别爱面子，以为这不是我们该干的。我跟他说，你将来总是要为社会服务，要融入到社会中去的。现在不干，不学点经验，那将来是不是就不要进入社会？不要工作了？在学校里先实践起来多好。现在好了，人人争着报名当服务员。在餐厅里工作，每月有一百多元的工资，还管一日三餐，为什么不干？我还想，多腾出来一些工作岗位，让更多的学生进入这个行列。让学生管理学校，这多好。"

在明达学院里，从图书馆，到健身房；从陈列室到卫生间；从操场到信息教育课堂；从大会堂到饭堂；从学生会、团委活动室，乃至网吧的管理，到处都有学生作为管理者出现在现场。

学旅游外语的陈明丽，是在食堂里打工的一位2005级学生。她说："原以为在这么偏僻的地方不会有什么好大学，有一种这辈子栽了的感觉。现在看起来，这个大学比我想象的要好许多倍。这里的环境好，教育资源好，人在这里学习，很轻松，很有进取心。看到许多已经工作的学兄学姐，还常回来看看，就觉得他们是把这儿当成家了。"

学艺术设计的胡俊是2004级学生。才来的时候，只带了一身换洗的衣服。学校在了解到他家庭清苦的状况后，及时提供奖学金为他解决了生活困难，还为他安排了一个勤工俭学的工作岗位。他的艺术设计作品，不仅获得了学校老师的青睐，还在华东艺术院校学生作品大奖赛中，获得了二等奖。还没有毕业，已经有多家公司来函邀请加盟。

毕业生的就业问题，一直是困扰各普通高校的难题。而明达职业技术学院相对地就不存在这难题。他们设立的专业，经过了认真细致的考察，是针对社会需要而设立招生的。几年来，他们的就业率一直保持在98%。要做到这一点的确不容易，但是他们做到了。学校也因为这一骄人的佳绩，不仅得到社会的好评，也吸引了大批优秀的老师和学生。

这也使明达学院的学生有了一种向心力，明达学院也就有了一股强大的凝聚力。明达学院的学生们，总是以自己是明达学子为荣。他们的脸上，闪耀着自豪的神情。看到他们，就能感觉到一股力量。这是一股可以创造美好未来的力量。

比起明达职业技术学院，上海立达职业技术学院的规划更加宏伟。上海立达职业技术学院，2003年3月11日经上海市人民政府批准正式创建。当年秋季，正式列入上海市普通高校招生计划。总投资3.6亿元，占地四百亩，建筑面积十二万一千多平方米。有从美国回来的朋友对顾怀祐说："我去过美国许多学校，去过哈佛，去过斯坦福。可他们的学校比不上你们学校漂亮。你看这立达学院的夜景，简直是美轮美奂。"顾怀祐说："人家是世界名校，有百多年历史。和他们比起来，我们是婴儿，是幼儿园。我们和他们是不能比的。"顾怀祐虽然这样说,可心里还是憋着一股劲。他要让立达学院有所成就,能够成为世界职业技术学校中的名校。他说:"在上海办校,就是要依托上海这个国际金融大都市在国际上的地位,培养面向世界的人才。我们从今年开始,招收一百名能够拿到国际护士资格证书的护士,所有学科全都聘请外教教学。我们还有面向国际化的一些班级,旅游、信息、电子商务管理,这些都是国际上急需的人才。好啊,国际上需要什么,我们就做什么,让学生走出去,走到国际上去。让外国人看看,中国人也是搞管理的行家。为什么不行?"

在顾氏家族中,凡是遇到了困难险阻,顾怀祐先生总是显示出他过人的管理才能。在各个企业、学校,因为管理出现危机的时候,大家就把顾怀祐先生请来,让他把脉疗经,他也总能够对症下药,提出自己的管理意见,完善管理,使许多企业从危机中恢复过来。因为这些成就,许多熟悉顾家的人,便把顾怀祐称为管理大师。可他在明达系列学校中,只挂着董事长的名衔,校长全由别人担当。而他这样一个董事长,只忙些别人看不见,却又有着非凡效果的小事,默默地在幕后尽心尽责。

顾怀祐先生笑着说:"我儿子带了几个老外回来,老外问我儿子,你爸爸是干什么的?儿子说,我爸爸不能干什么大事,只不过是个跑腿的。我儿子说得对。我大哥在台湾办醒吾中学时就说过:在学校,学生第一,老师第二,校长第三。创办学校的人,只有责任没有权利。一定要把学校办成一个大家庭。我儿子当时对老外说,我老爸只不过办了几所学校。这几个老外就去台湾的醒吾中学和醒吾学院看。看过后，又到上海的立达职业技术学院看。看过后，再到盐城来看明达职业技术学院和下面的幼儿园、小学、中学。当时我说，我不陪了，你们自己去看吧。几个老外全看过以后，对我儿子说，我们知道了，你老爸真正了不起，他心里装着个大中国啊！"

是啊，他的心里是有一个大中国情结。十七年来，他为了家乡的教育，已经无偿投资了五千万元；为资助家乡的贫困学生，他又捐资了近千万元；为扶持家乡的产业改造，为乡亲们脱贫致富又捐款五百多万元。其实，这种大中国情结，不是顾怀祐一个人所拥有，而是他们那一个家族、那一代人，是世世代代中国人所共有的理想。正是这种理想，推动着中华民族文明的传承和发展，为中华民族的伟大复兴用力不竭！

银杏之乡是我家

张朝鸿

前不久，我到徐州市台资企业——徐州强雾日常用品制造有限公司调研，见到了公司年轻的当家人林重安。小林刚到而立之年，阳光帅气，谦和淳朴，闲聊中，当我问他是否经常回家时，他脱口答道，这儿就是我的家呀！他的回答让我迷惑不解，但进一步的漫谈解开了我心中的疑窦，一位台湾青年觅家、安家、恋家的故事让我感慨不已。

小林出生于台湾嘉义市，父亲林铭志一直在当地做生意，并于上世纪80年代初创办了台湾强雾公司。2004年，由于市场饱和、经营环境不佳，老林决定到大陆投资办厂。经过反复考察比选，最终把投资地定在了江苏邳州市，决定在这里创办徐州强雾日用品公司。这座苏北小城不仅有美丽的风景，更有无微不至的投资服务。办厂伊始，工厂所在的高新区专门安排一名班子成员和两名业务人员组成帮建小组，全程代办各种手续，协调解决遇到的问题。当年四月签订合同，五月工厂破土动工，不到半年时间便正式投产，这样的投资环境，这样的办厂速度，老林做梦也没有想到！

小林自幼聪慧好学，从台湾成功大学航太系本科毕业后，又顺利考入台湾大学应用力学所读硕士，并于2010年秋以优异成绩毕业。在成功大学读书期间，一位漂亮时尚的女同学对小林颇有好感，几番接触，两人都觉投缘，于是确定了恋爱关系。服兵役一年后，小林开始投简历求职，先后收到台塑集团、台积电集团、富士康集团等著名企业的录用通知。经多方权衡考虑，小林最终决定到富士康集团工作，主要从事市场调研分析工作。工作半年后，小林渐生倦意，更牵扯他心魂的，是父亲在邳州愈发红火的企业，以及那片土地上美丽的风景、动人的故事。

读大学期间，每逢寒暑假，小林都要到父亲的工厂来，一来打打下手，二来跟父亲跟班学习办厂、管理的经验。在这里，小林真正见识了当地营商环境的魅力，一些看似棘手的问题，只要父亲一个电话，高新区领导和相关部门便会及时出面帮助解决，使问题迎刃得解。父亲在这里如鱼得水，企业规模不断扩大，依托大陆广阔的市场，企业的营业额和利润裂变式增长，业绩大大超过在嘉义的公司本部。

2012年6月，经过反复认真考虑，小林决定辞去在富士康的工作，到大陆去和父亲并肩打拼。他的决定遭到相恋6年女友的激烈反对，让他要么留下和她结婚，要么自此分道扬镳。但小林去意已决，在一个细雨霏霏的夜晚，他和女友洒泪而别，第二天便毅然登上了去大陆的航班。到公司后，小林被任命为总经理特别助理，主要负责公司新产品研发工作。他积极招才引智，请来了台湾中央大学化工博士陈俊荣等人组成高水平的研发团队，迄今已拥有一百多项发明专利，自有品牌"家必洁"深受国内外消费者欢迎。目前，强雾公司已经成为集研发、生产、销售、服务为一体的全球最大的PVA用品制造公司。看到儿子这么优秀，老林便把主要精力投到惠州分公司上，而把徐州强雾公司交给儿子全权负责。

在邳州，小林那颗被泪水浸透、漂泊不定的心又重新觅到了温暖的港湾。公司财务室有个叫王娟的姑娘，本市占城镇人，毕业于无锡一所职业技术大学，清秀温润，因为工作关系，两人接触较多，也很能谈得来。王娟有个爷爷叫王广玖，原是国民党老兵，大陆解放前夕去台，只大体听说在嘉义司法系统工作过，便抱着试试看的想法，委托小林帮助查找。一次回台期间，小林动用所有能动用的关系、渠道，费劲周折，终于联系上了早已迁居台北的王广玖老人，王娟及家人都十分感动。小林和王娟都爱好摄影、户外运动，每逢工作之余、周末，他们便结伴骑自行车外出，水美花香的沙沟湖、碧波荡漾的大运河、鬼斧神工的蘑菇峰、梵音袅袅的铁佛寺、天下水杉第一路……到处都留下他们的足迹。更让这对年轻人迷恋的是银杏，邳州是银杏的世界，素有"邳州银杏甲天下"之誉，这里有连绵三十余万亩的"天下银杏第一园"、有中国最美的银杏路"时光隧道"、有树龄在1500年以上最古老的银杏树……置身银杏森林，宛如进入诗画仙境，满目树影婆娑，满耳虫鸣鸟吟，令这对年轻人心醉神痴，流连忘返。在遮天蔽日的银杏林海中，小林和王娟顺理成章地牵起了手。2014年"五一"佳节，在市、高新区多位领导的见证下，老林按当地传统习俗，在公司为小林举行了隆重而简朴的婚礼。而今，小林已有了一双可爱的宝宝，2岁的女儿林瑾茗，1岁的儿子林湛崴。

每当有人问起小林是哪里人时，小林总爱说自己是邳州人。是的，这里有他亲爱的妻子、可爱的孩子、钟爱的事业，分明就是自己的家呀。他总觉得，生他养他的那座城市已渐行渐远，面目模糊，而脚下这座充满活力、不断成长的苏北新城，才是他最迷恋、最向往、最钟情的家！